有爱的青春陪伴者

江月年年

著

暗恋翻车后

An Lian Fanchehou

广东旅游出版社
GUANGDONG TRAVEL & TOURISM PRESS
中国·广州

图书在版编目（CIP）数据

暗恋翻车后 / 江月年年著. — 广州 ：广东旅游出
版社，2022.6
ISBN 978-7-5570-2684-4

Ⅰ. ①暗… Ⅱ. ①江… Ⅲ. ①长篇小说－中国－当代
Ⅳ. ①I247.5

中国版本图书馆CIP数据核字(2022)第037540号

暗恋翻车后
An Lian Fan Che Hou

江月年年 / 著

◎出版人：刘志松　◎总策划：苏瑶　◎责任编辑：何方　◎责任技编：冼志良　◎
责任校对：李瑞苑　◎策划：雪人 廖唯佳　◎设计：颜小曼 孙欣瑞　◎封面绘制：
陶然

出版发行：广东旅游出版社
地址：广州市荔湾区沙面北街71号
邮编：510130
电话：020-87347732
印刷：长沙鸿发印务实业有限公司
地址：长沙黄花工业园三号
邮编：410137
开本：889毫米×1194毫米　1/32
印张：9.5
字数：282千字
版次：2022年6月第1版
印次：2022年6月第1次
定价：45.80元

目

Contents

录

AnLian
fanchehe

目

Contents

录

Part 01

/ 初遇是你 /

"柚柚姐，你帮我找找综艺吧。"

炎夏将尽，横店的烈日却依旧没有落下，晒得人昏昏欲睡。

李柚原本在无风的片场感到浑身黏腻闷热，听到此话却吓得一激灵，不可思议地望向说话的人，瞬间从睡意中惊醒。

拍摄现场，楚月怡刚刚拍完一场戏，她古装外袍内的里衣在高温中被汗水微微浸湿，鹅蛋脸被阳光蒸烤出白里透红的霞意，那双灵动的杏仁眼却剔透而平静。

李柚难以置信地望着她，又赶忙递去一瓶覆着寒霜的矿泉水，随即干巴巴道："你是不是被热晕啦？"

自楚月怡出道以来，李柚就担任对方的经纪人，对她的性格了如指掌，非常清楚她外表和内在的巨大反差。

楚月怡生着一张天真娇俏、亲和力十足的娃娃脸，看上去乖巧又听话，实际上却比谁都有主意。李柚曾经暗示楚月怡搞搞综艺、炒炒热度，但楚月怡都礼貌而不失分寸地略过话题，完全不为所动。

现在颇有想法的艺人突然改变主意，自然吓得李柚给她投喂冰水，唯恐对方是热得头脑发昏！

楚月怡面对发愣的经纪人，随手拧开瓶盖饮下几口冰水，驱散体内暑热，紧接着脸上绽放出无懈可击的微笑，温声道："没有啊。"

李柚看着对方熟悉的营业笑容，欲言又止道："月怡，其实拿没拿奖无所谓，说实话现在的奖项含金量也不高，你以后的事业路还长着呢。"

李柚认为楚月怡的一反常态是由于前不久拿奖失利，自然出言宽慰。

楚月怡轻巧地摇头："柚柚姐以前不是也说话题度很重要嘛，我最近仔细思考了一番，感觉确实挺有道理。"

李柚见她态度诚恳，将信将疑道："真的吗？你不是被没拿奖刺激的吧？"

按照作品和能力来说，楚月怡获得年度最佳女演员属于板上钉钉的事，可谁想到最后是一位有资源的流量女星拿奖，对方影视作品不多，综艺节目一堆，换谁都咽不下这口气。

网上有不少路人替楚月怡打抱不平，但闪光灯总是聚焦在胜利者身上，源自同情和遗憾的热度并不会长久。

"真的跟拿奖没关系，我演得好不好，我心里最清楚。"楚月怡没有如此脆弱，她对自己擅长的事极有自信。

李柚紧盯楚月怡良久，她感到对方的话不似作假，这才将心放到肚子里："行，那我最近去接触一些项目，你在组里等我消息就行。杀青后，我再带你去见一见导演，碰碰节目组。你以前没怎么上过综艺，团队在这方面积累不多。"

楚月怡点头应下，她深知自己在综艺上毫无成绩，现在打定决心要做此事，起步肯定不容易。她以前没有上综艺，仅仅是感觉时机未成熟，如今或许是合适的新开始。

做事业就如烧柴火，作品是木柴和火，综艺就是扇子和风，趋向稳定的火焰想要再大，便少不了恰到好处的风来助燃。

她现在就要等风来。

暑去秋来，横店里闷热的时光一晃而过，连片场都迎来了凉爽的风。

杀青日，楚月怡抱着剧组送的捧花，笑着跟并肩作战的伙伴们一一道别，然后才坐上接自己的保姆车，告别奋战数月的地方。

车内，李柚全程盯着楚月怡跟剧组人员的互动，等楚月怡终于回到车里，这才好奇地询问："刚刚那些人是谁，我怎么都没印象？"

李柚仅仅见过团队的主创，例如导演、制片人等重要人物，然而全剧组有几百人，还真不是谁都面熟。

楚月怡掰着手指，如数家珍道："化妆的小雅，制片组的柳柳，B组掌机小夏，门口小卖部的王老板……"

"你还在深入践行群众路线？"李柚眼皮微挑。她早就发觉楚月怡很会经营人际关系，每回都能认识形形色色的人，而且相处得还不错。

"不，我们是打工人的惺惺相惜。"楚月怡停顿片刻，又补充道，"哦，王老板不算打工人。"

李柚已经习惯对方良好的群众基础，她晃晃手里的节目资料："我有一个好消息，还有一个坏消息，你想先听哪一个？"

楚月怡试探地开口："好消息？"

"综艺节目找到了，团队水准不错，你镜头也很多。"

现在综艺资源同样抢手，楚月怡能在节目中占足镜头，无疑是给她更多表现机会。她原以为经纪人要费一番功夫，没想到自己刚刚杀青，居然就有新综艺项目。

"那挺好。"楚月怡点头，"坏消息呢？"

"这是一档恋爱综艺节目。"李柚面露无奈，"估计不好让你出彩。"

正因为是恋爱综艺，镜头量才有保障，但随之而来是其他问题。

楚月怡一愣，若有所思："也不坏。"

李柚直直地注视了她许久，小心翼翼地试探："据我所知，你应该没谈过恋爱吧？"

李柚只知道楚月怡入行后没有恋情，但不太了解她学生时期的过往。

"对。"楚月怡作为"母胎单身"，态度倒是谦逊，她坦然地点了点头。

李柚挑眉："那你哪儿来的自信觉得不坏？你根本就没有实战经验！"

楚月怡煞有介事地辩解："不，我有丰富的理论知识和实践积累……"

李柚相当诧异："没谈过恋爱，哪儿来的实践积累？"

楚月怡一本正经道："大学在校期间，我长期担任宿舍及班级情感导师，通过情绪疏解、数据分析、案例解析，独立解决了多起情感恋爱纠纷，阶段类型覆盖暧昧期、热恋期、挽回期全链条，参与面对面情感辅导几十场，积累深夜语音咨询上百小时……"

李柚："嗯？"

楚月怡："毕业后……"

李柚望着滔滔不绝的楚月怡，面无表情地打断："冒昧地问一句，您有如此丰富而光鲜的履历，如今却依旧'寡王'的缘由是？"

李柚：聊起别人恋爱头头是道，面对自己恋爱啥也不是？

楚月怡故作深沉："智者不入爱河。"

李柚："……"离谱，真就离谱！

"我突然觉得你挺适合恋爱综艺，有没有谈过恋爱另说，但还真挺有综艺感，本来还怕你总演戏不搞笑……"李柚麻木地点评，"谢谢，有被笑到。"

楚月怡漫不经心地翻着资料，随口道："因为总演戏，所以更适合。恋爱综艺就是表演恋爱，又不是真要谈恋爱，何必在乎有没有经验？"

"嘉宾和观众不会当真的，就像各类影视作品一样，大家都知道仅仅是一场盛大而虚幻的演出。"所以楚月怡绝不会因戏生情，她清楚那是镜头前的表演，只要营造出最真实的幻梦就行。

李柚顿时被说服，出言感慨："不愧是你，极度理智。"

楚月怡合上资料，笑道："所以柚柚姐当初选择了我。"

李柚微微一怔，随即露出释然的神情，又安慰道："没事，我看能不能让节目组安排一个活跃的男嘉宾，稍微带动你，问题就不大……"

尽管楚月怡外表看上去挺好相处，但李柚清楚其实她很难敞开心扉，她用礼貌和友善来做保护壳，骨子里却疏离而有界限感。

楚月怡没有婉拒经纪人的好意，她跟李柚一向分工明确、各司其职，相信对方会替自己做出最佳选择。

这档综艺名叫《心动约定》，每一季有多组嘉宾，节目规则围绕"约定"而生。楚月怡配合导演组填了份复杂的表格，其中询问她对理想型的各种要求，甚至包括许多约会想法。这份调查表之细，令她感到震惊，总觉得粗略筛选部分条件之后，就能在业内确定具体人物了。

楚月怡填表结束，私下向经纪人嘀咕："调查表的问题好细，就差直接问你喜欢谁了。"

李柚："那你怎么不干脆填人名？说不定他们真能找来。"

楚月怡："填人名找不来的。"

李柚好奇道："那可不一定，你是照谁填的表？你的理想型艺人很红吗？"

楚月怡眨眨眼："我照动漫人物填的，他们能一比一定制吗？"

李柚："……你'寡王'不是没有原因的。"

没过多久，节目组就传回消息，要和楚月怡搭档的是一位音乐人，名叫时光桦。

此人显然不符合李柚口中"活跃男嘉宾"的要求，却让向来克制的经纪人相当满意，原因无他，唯红而已。

楚月怡没有看过时光桦的节目，近来却同样听闻他的名声，时不时还能刷到其消息。他曾跟楚月怡合作过的男偶像共上过一档电音制作节目，前期都是面戴口罩、才华横溢的鬼才音乐人形象，录制中寡言少语、频频冷场，却由于一次露脸合唱刷爆了存在感。

颜值是第一生产力。时光桦靠脸就为微博猛冲了一波KPI，完美诠释了帅不但可以当饭吃，还能为无数人提供饭碗。

楚月怡作为认真敬业的打工人，还专门观看了未来同事的节目，很快就理解对方一夜出名的原因——

行外人拥有吊打行内人的颜值，难怪能靠一场演出成为万家墙头。

楚月怡捧着iPad观看节目，李柚站在旁边感慨："邹乾站在他身边都快被比下去了。"

邹乾就是楚月怡合作过的男偶像，他跟时光桦在节目里是同一队，两人都是相貌出众的人物，气质及风格却各有千秋、难分伯仲。

"自信点，去掉'快'。"楚月怡毫不客气地打压邹乾，她望着屏幕上清冷寡言的时光桦，又心生疑惑，"但时光桦没必要上恋爱综艺吧？"

楚月怡看完新同事的音乐节目，实在不理解对方参加恋爱综艺的缘由，换她绝不会做这种职业规划，因为无疑会冲击掉看脸的女友粉。

"他原来不是业内人，可能资源还跟不上。"李柚啧啧道，"不过他上节目怎么不早点摘口罩，说不定能吸到更多粉，难道是怕别人光看脸，不听歌？"

如果时光桦一开始就直接露脸，估计前期都不用跟其他人比音乐，开局就能秒杀全场。

楚月怡摇头："这话就显得格局小了，要我说前期就得戴口罩，绝对会比不戴要吸粉。"

李柚虚心求教："故意制造反差感？就像电视剧里演的一样，不戴就没有摘下时的惊艳？"

"那倒不是，你想多了。"楚月怡忍不住吐槽，"这又不是偶像剧情节，平平无奇的女主角摘下眼镜后貌美惊人。"

"那为什么？"

楚月怡振振有词："现在疫情还在反复，尤其刚录节目时情况不明，不戴口罩如何活到最后吸粉，你看他是录制超过十四天才摘，这是对自己及他人生命的负责，活得久才能多吸粉……"

李柚："……"究竟是谁想太多？

《心动约定》首期录制来得很快，地点位于一家环境浪漫的湖景餐厅，餐厅门口还有小小的木制桥头，站在湖边放眼望去，便看到夜色中波光浮动。

车内，楚月怡跟编导们交流结束，静待正式录制开始。

李柚仔细打量了一番楚月怡的装扮，露出满意的神色，又问道："现在感觉如何？"

楚月怡取出小镜子检查妆容，感慨道："原以为工作能躲开相亲，却没想到相亲变成工作。"

"下车就要装麦克风，你还可以准备一下。"李柚和楚月怡现在还能自如交流，待会儿就要完全暴露在镜头之下。

楚月怡望着镜中的自己，深吸了一口气，一键切换到工作模式，脸上绽放出无瑕的笑容："我准备好了。"

傍晚的夜风微凉，楚月怡下车时不禁打了个寒战，莫名感觉冷飕飕。虽然她面对李柚大言不惭，但真要跟陌生男嘉宾约会时，心里还是生出了些许紧张。

说实话，她近年都忙于工作，除此之外很少跟异性相处。

不过楚月怡看到蜂拥而来的工作人员又挺直腰身，配合地让他们安装收音设备，恢复到稳定的录制状态。她对周围环境和新同事都感到陌生，也不太适应综艺节目的节奏，却在面对摄像机时镇定了下来。

这是一场表演，观众只会看到镜头内的浪漫情节，她却能看到镜头外的无数工作者。

她是演员，她能演好。

楚月怡思及此，步伐顿时平稳起来，刚下车时的惶惶也随之消散。她缓缓推开餐厅的木门，只听见一声清脆的风铃响，餐桌边却空无一人。

时光桦还没到。

楚月怡微松了一口气，她率先将包放在座位边，开始自如地环视起环境，又随手翻了翻桌上的菜单。

屋内的灯光柔和昏黄，空气里流淌着舒缓的音乐，木制餐桌上陈列着两副餐具，一切都是恰到好处的雅致。

楚月怡跟服务员交流了两句，刚刚回到桌边还未落座，便听到一串惊心动魄的风铃碰撞声，吓得手心差点冒汗。

门口，进屋的编导慌张地双手合十，又连连鞠躬致歉，这才让楚月怡回过神来。她原以为是时光桦进门，却不想仅仅是工作人员。

总导演察觉到楚月怡的紧绷，小声道："月怡，麻烦你稍等一会儿，他们可能还有二十分钟才到。"

楚月怡闻言，下意识地露出满分笑容，柔和地应道："好的，导演，不着急。"

楚月怡是优秀的打工人，二十分钟足以缓解焦虑，使她进入表演状态。

门口的风铃再次被撞响，楚月怡顺势礼貌地起身，望向进屋的修长身影。她总觉得现实中的时光桦比节目里要高，他着一身休闲的黑衣，戴着纯黑的口罩，进门时微微低头，气质比镜头里还出众。

时光桦的出现仿佛携来湖畔微凉的风，他抬眼时正撞上她的视线，眸色漆黑、濯如深潭。

有的人天生气场就强，出场便让人难以忽视，瞬间镇住全场。

当然，时光桦镇住全场不仅仅是气场使人难忘，还有他在门口静立了三十秒的缘故。

没错，他在进屋看清楚月怡后，一、步、都、没、有、动。

楚月怡原本在微笑着等他进来，然而她脸上的笑容都要僵硬了，新同事却仍像冰雕般立在大门处，还是顽固的哈尔滨冰雕，可谓死死地粘在冰面上！

周围的工作人员同样面面相觑，他们诧异地望着此幕，无声地用口型交流："什么情况？"

楚月怡还算心理素质过硬，眼看场面尴尬住，她索性上前几步，主动地伸出手来，笑道："你好。"

时光桦终于缓缓地动了，但他并没有马上回握，只是向前迈了两步。

楚月怡作为演员，就势将手一扬，直接将握手化为引导入座，丝毫没有透露出尴尬，和气道："座位在这边。"

然而，两人各自落座后，冰封般的窒息及沉默仍在蔓延，连自诩交流能力出众的楚月怡都救不起来。

"外面是不是有点冷？"楚月怡关切道，见时光桦没有反应，她又自然地笑着补充，"啊，忘了自我介绍，我叫楚月怡，是一名演员。"

时光桦："……"

楚月怡怀疑对方不认识自己,干脆从头自我介绍,但依旧得不到任何反馈,犹如对着木头人自说自话。

她其实不太理解时光桦的沉默,她知道他在节目里确实挺高冷,但现在未免有点高冷过头,比在音乐节目里还寡言数倍!

"好的,设备有点问题,我们停一下啊!"总导演适时地打断录制,又忙不迭朝两位嘉宾致歉,"月怡,光桦,实在不好意思,麻烦你们稍等片刻。"

虽然总导演使用的说辞是"设备有点问题",但明眼人都清楚被调整的"设备"是谁。

果不其然,总导演直接走向时光桦,同时跟其团队交流起来。

楚月怡没有听墙脚的兴趣,她还对刚才的状况满头雾水,一边伸手关掉麦克风,一边走向角落里的经纪人,两眼发蒙道:"他不是歌手吗?为什么不说话?"

李柚严谨地纠正:"准确地说,他是音乐人,并不是歌手。"

楚月怡颇感离奇:"你的意思是音乐人可以不说话?"

李柚同样感觉此事莫名其妙,她完全不懂时光桦的冷脸反应,出言安抚道:"你没生气吧?"

"没生气,是我的问题,我要早知道新同事不说话,就该提前学学手语。"楚月怡轻松道,"这样起码能看懂他的比画。"

李柚还怕突发状况影响楚月怡的录制状态,现在听到对方调侃的语气,反而被逗乐:"不愧是专业的打工人。"

楚月怡:"是,打工人遇到不顺是常态,工作顺利才有古怪。"

李柚闻言,又望向时光桦及总导演等人的方向,微微皱眉道:"待会儿听听导演回复,那边究竟是怎么回事。"

楚月怡嘀咕:"无非是紧张、生疏、经验不足,我已经能拟出官方借口。"

楚月怡深知时光桦的异常表现有原因,但她最后听到的必然是最无关痛痒的内容,这就是业内的套路。

李柚将信将疑:"这说法未免太假了吧,他在上档节目可不是这样。"

果不其然，总导演没过多久就走了过来，无奈而歉疚地解释道："月怡，实在是对不起，光桦说他有点紧张，还不习惯上综艺节目……"

楚月怡回想时光桦在音乐节目里的孤傲及睥睨，心想此等冷面冰山会紧张才有鬼，但她在此刻只字不提，佯装不知地笑道："是吗？我还以为他刚进门觉得冷，所以暂时没缓过劲儿来。"

李柚露出欲言又止的神色，却被楚月怡的目光无声制止。

总导演不是没瞧见李柚的脸色，见楚月怡如此善解人意，他轻轻地叹息了一声，恳切道："月怡，你是好演员，带带时光桦，他原来是行外人。"

楚月怡就像被委托带实习生的公司老员工，只能忙不迭地应声："好好好，没问题，我王者带青铜。"

总导演离开后，李柚语气复杂："你可真是好脾气。"

楚月怡淡定道："大局为重，要撕扯也不是现在，我没有让别人在片场等我的习惯。"

时光桦是行外人，他可以拖慢录制进度；可楚月怡是行内人，她自然要专业而效率。

李柚收工后可以跟总导演及时光桦团队掐得天翻地覆，但楚月怡不希望事情波及现场的普通工作者，谁也不愿今日无功而返。

录制重新开始，楚月怡和时光桦回到各自的座位，一切又重归正轨。

尽管总导演已经找时光桦谈过话，但他看上去并没有半分改变，脸上依旧戴着黑色口罩，依旧一言不发地坐着，既像是魂不守舍，又像是痛苦受刑。

楚月怡静候时光桦许久，然而他都不肯让两人视线相触，时不时就会睫毛轻垂，低头看看桌上的手机。

时光桦的状态让一旁的总导演都有点黑脸，谁也不想大晚上浪费时间拍默片，但男嘉宾至今都没有破冰的表现。

楚月怡强自忍耐了数秒，她望着对方漂亮的睫毛，内心涌现出一丝暗黑的念头，甚至想要将其一根根拔掉。

当然，她面上却笑得灿烂，提议道："不然我们交换报告吧？"

时光桦抬眼看她，似乎略感不解。

楚月怡半开玩笑道："交换核酸报告，或者出示健康码，好让你能放心摘口罩。"

时光桦："……"

楚月怡没有直说他戴口罩、看手机不太礼貌，反而风轻云淡地笑着带过了，毕竟当前的气氛就足够生硬，再僵持下去恐怕只会更糟。

她怀疑目前的录制镜头都没法用，播出去估计也是事故现场，两人尴尬的初遇完全摆在台面上，观众们能嗑得下 CP 才是心大。

总导演已经脸色不佳，楚月怡决定想想办法。

必须找机会逆转。

时光桦闻言一愣，停顿了数秒，这才伸出手来摘下脸上的口罩，露出了俊美的五官。

积石如玉，列松如翠。这是楚月怡对新同事的第一印象。

她在业内已经见过无数相貌出众之辈，却仍在此时倒吸了一口凉气，惊讶于他的气质卓绝，可谓面如玉粹、凛若寒雪。

艺人总在追求镜头中的完美，镜头之外常常显得单薄，但时光桦的真人竟比屏幕上还要出彩。

楚月怡开始理解网友对其热火朝天的追捧，长得帅的人挺多，但帅得有灵魂的很少。

她忽然福至心灵，这其实就是好的转机，可以推翻前面的情节。剧情陷入绝境并不可怕，关键是要留出一线生机，不能将路封死。

楚月怡眸光微闪，索性直直地注视着时光桦，婉声道："真不容易，终于看到你的脸。"

时光桦回望楚月怡，只见对方的眼眸在柔光下宛如夜空的星，盛着盈盈笑意，脸上还绽放小小的酒窝。她身着一袭白色连衣裙，在窗外夜色湖景的映衬之下，犹如一颗熠熠生辉的珍珠。

"看完气消了一半。"

她眨了眨眼，语气既似嗔怪又似调侃，笑起时连酒窝都浸满蜜意，有种说不出的甜。

总导演盯着楚月怡的表现，他如今总算是长舒一口气，松开了一直紧绷的神经，抬手向身边人无声地示意：前面的素材可以留。

楚月怡说自己完全不生气，那就假到观众都不相信。她要留一点余地，还显得合情合理，所谓不破不立，只要说破就行。

在楚月怡眼里，时光桦现在是毫无演技的糟糕拍档，他有没有反应都无所谓，完全不会影响她的表演发挥。

楚月怡：现在都不能称之为新同事，仅仅是搭戏的新道具罢了。

桌上僵硬的氛围终于松动，楚月怡将一份菜单递给对方，又看起自己面前的单子，开口道："你想吃点什么？如果没有想法的话，服务员刚刚也有推荐。"

楚月怡提前跟服务员交流过，她早就摸清了餐厅的特色菜，又询问起时光桦的忌口及偏好。

"我都可以。"时光桦没有翻开菜单，而是第一次开口说话了。

楚月怡原本正低头点菜，听到男低音眉头一跳，暗道他居然真不是不会说话，面上却没显露出半分惊涛骇浪，以及自己内心的"UC体"吐槽——震惊！当红音乐人竟能开口说话，众人听完后沉默了！

楚月怡点完菜，将菜单递还给服务员，又确认道："你还有想要的吗？"

时光桦迟疑了片刻，似乎突然想起什么，低声道："海鲜炒饭。"

楚月怡望向服务员："请问有海鲜炒饭吗？"

"有的，那就再给您加一份海鲜炒饭。"

"好的，谢谢。"

点餐结束，楚月怡总算不用绞尽脑汁地尬聊，节目组适时地进行规则引导，为两人分配漂亮的信笺纸。

总导演："现在想请两位写下对彼此的第一印象。"

两人面对面坐在桌边，看不到对方写的内容。

两人各自写完初印象，将信笺纸上交给节目组，又收到了新道具——一只典雅的小木盒。

木盒内装着三枚做工精致、造型独特的银质小棍，既像是弯曲的火柴，又像是 DNA 螺旋链。

总导演介绍道："这是约定之匙，每人拥有三枚，使用后可以向对方提出一个要求或约定。对方完成约定后，约定者要将用完的约定之匙交给履约者，用过的约定之匙不能再次使用。

"如果想要婉拒对方的要求，同样可以使用约定之匙来抵消，互相抵消的两枚约定之匙会被我们收走，不归于任何一方。当然，手里没有约定之匙，也就不能拒绝对方的要求，请两位把握机会好好使用。"

楚月怡听完，恍然大悟。她感觉这就像游戏骗技能，谁先把对方的技能消耗空，便能在最后时刻进行绝杀。如果时光桦率先将道具消耗完，那她就能提出他无法拒绝的要求，例如让他穿女装在茶楼讲相声。

楚月怡思及此，心头萌生出一丝愉悦。原本她还对时光桦的冷脸略感不适，现在却又觉得那都不算事儿，连带着脸上的笑容也变得真切起来。

片刻后，服务员将几道佳肴逐一摆上桌，美食使陌生的两人渐渐开始有了交流。

楚月怡时不时会抛出话题，尽管时光桦的回答言简意赅，完全是一个字一个字地往外蹦，但相比刚开始的默片现场，现在简直是可喜进步。

服务员最后将海鲜炒饭端上桌。

木盆里热气腾腾的米饭颗粒饱满，弹性十足的虾仁、鱿鱼若隐若现，搭配着时蔬及嫩绿的葱花，堪称色香味俱全。

楚月怡好久没吃海鲜炒饭，看到后莫名心动起来。这家餐厅的炒饭不是一人份，而是配有分餐的小碗，正中她下怀。

因为海鲜炒饭是时光桦开口点的，所以楚月怡不好表现太明显。她主动拿起旁边的餐具，先给新同事盛满一碗，还在顶端点缀淡粉的虾仁，看上去相当可口。

楚月怡将小碗递给对面的人，笑道："你的海鲜炒饭。"

时光桦沉默数秒，还是伸手接过，低声道："谢谢。"

楚月怡招呼完他就没有了顾虑，直接拿勺给自己也盛了一碗，大大方方地吃起来。

温热的海鲜炒饭刚一入口，虾仁的鲜美便在嘴里炸开，只让人心满意足。楚月怡刚刚都在假笑营业，全程是食不知味，现在才总算活了过来。

时光桦并没有碰海鲜炒饭，他安静地看着对方犹如小动物般咀嚼的模样，连眉梢都染上吃到美食的喜悦。

楚月怡抬头冷不丁撞上他的视线，当下差点没一口噎住。她迅速地咽下炒饭，又含蓄地以手掩嘴，好奇地问道："你不尝尝吗？这个很好吃。"

——大哥，别盯着我看，你倒是吃啊，吓得我呛住！

时光桦在她殷切而明亮的眼神中，矜持地舀起一勺海鲜炒饭，正好是顶端的虾仁，缓缓地送进嘴里。

楚月怡期盼道："是不是很好吃？"

时光桦没有应声。

楚月怡心下无奈，她发现跟他吃饭真是累极了，还不如自己一个人。

好在尴尬而麻木的录制总会结束，总导演在楚月怡笑僵以前，终于宣告今晚的拍摄正式收工。

楚月怡将麦克风还给编导，迎面就被经纪人李柚揽在怀里，李柚安抚地拍着她的后背，心疼道："辛苦了，真的辛苦了……"

楚月怡此时社交能量早就耗尽，仅凭一口气在现场强撑，这是打工人最后的尊严。

收工后，现场就变得闹哄哄，楚月怡跟着李柚离开了餐厅，前往湖边的停车场乘车。

夜风飒飒，湖光烁烁。

餐厅门口，李柚眼看楚月怡穿得单薄，揉了揉她微凉的胳膊，嘱咐道："你别过去啦，到那边等着，我让他们开车过来。"

楚月怡听话地走到角落里等待。节目组的人都聚在屋内收拾器材，门口反倒冷冷清清、四下无人。然而，她没想到有人同样盯上了此处，正是沉默寡言的新同事。

时光桦已经重新戴上黑口罩，只露出剑眉星目，静静地立在门边，更显得身材挺拔。

楚月怡暗自吐槽：这口罩怕不是他的本体，或者半永久地做在脸

上了吧。

楚月怡现在看到时光桦，都要应激地露出职业假笑，条件反射地寻找起话题，否则就会有一种"尬场"的不安。她左思右想了一番，总算是憋出一句："时老师，我们加个微信？"

她不知道该如何称呼时光桦，双方的关系实在微妙，索性使用剧组的常见叫法。

说实话，时光桦要是直接拒绝，楚月怡都不觉得奇怪，他却默默地取出大衣里的手机，跟她交换了联系方式。

楚月怡笑道："谢谢！"

时光桦注视着她客气礼貌的笑容，冷不丁道："你的笑容好像没有变化。"

楚月怡有一套专属的营业笑容，甚至精准到了最完美的弧度，维持得极度稳定。这一行从来不缺高颜值的人物，关键是如何打出差异化，拥有鲜明的个人标签，氧气笑颜就是她的一大记忆点。

楚月怡当下心里一惊。她早就能游刃有余地使用笑容，就连无数老前辈都瞧不出纰漏，哪想到会被初见的时光桦识破。

她正打算用轻松的玩笑翻过此页，却不想时光桦接下来的话更绝。

时光桦凝视了她许久，直言道："这样不好看。"

"……"

楚月怡听完此话，脸上没有任何情绪波动，但热血已经猛地上涌，只感觉脑瓜子嗡嗡地响。

奇、耻、大、辱。

他可以说她长得不好看，但不能说她笑得不好看。毕竟前者是先天条件，但后者是营业态度！

楚月怡深知自己先天条件并不完美，可她的工作态度是端正的！

既然他最开始就是沉默形象，那为什么不能乖乖地一辈子沉默？他开口说话还不如闭嘴呢！

楚月怡录制期间对时光桦百般包容迁就，是源自优秀打工人的职业素养，但现在属于收工时间，她并不是没脾气的人。

但她没露出一丝恼意，反而笑得天真无邪，软声道："你就是笑得不好看，所以才从来不笑吗？"

时光桦长得好看又有什么用？他只是一个不会笑的人。

时光桦还未来得及应答，木地板便发出"吱呀"一声。

楚月怡回头就看到了一个陌生男人，似乎是时光桦的经纪人或助理，正僵硬而难堪地缩在后边，也不知道偷听了多长时间，被她发现后小心翼翼地挥挥手，紧张道："啊，不好意思，你们聊，你们聊。"

楚月怡侧头看到不远处归来的李柚，并没有心情继续在此纠缠下去。她回怼时光桦被人抓包也不气弱，还神色自若地寒暄完才离开："那我先走了，今天辛苦了。"

男人见她跟自己说话，慌张而客套道："没有没有，您辛苦了！"

楚月怡离开前，只跟时光桦的工作人员打了招呼告别，却没有再多看他一眼，好似身边仅是一团冷空气。

小程目送楚月怡进入保姆车，忍不住回头质问："我的亲哥啊，你为什么要说那种话？这也就是楚月怡涵养好，我都好怕她直接揍你！"

小程既不是经纪人也不是助理，他是时光桦的好兄弟，协助对方处理经纪事务。因为时光桦目前不算真正的艺人，他其实也没有明星梦，走红后仍是玩票性质。

时光桦说："确实没有她以前笑得好看。"

小程听到他毫无求生欲的直男解释，又思及他在录制时的奇葩表现，不禁太阳穴直跳，皱眉道："有一说一，你在节目里的态度，我要是女嘉宾，我也会很生气。"

时光桦略显错愕："她生气了？"

小程崩溃道："她在晚餐时见你摘口罩，说'看完气消了一半'，这不就暗示她前面在生气，你都完全没听见吗？"

时光桦刚开始不说话、不握手、不理人，完全是拒绝交流的"三不"态度，任谁被如此对待都会不爽。

"没有。"时光桦沉默片刻，努力回想饭桌上的谈话，却只剩下模糊的记忆，他无奈地坦白，"我根本听不进她说话。"

小程迷惑，他凭什么如此嚣张？就凭这张脸吗？

小程刚想怒斥长得帅也不能为所欲为，却猛然发现时光桦露出的皮肤微红，他本就肤色白皙，如今浮现一层红疹，自然格外显眼。

小程疑惑道："哥，你的脸怎么了？你把口罩摘一下，这是突然起疹啦？"

时光桦刚刚还没有感觉，在小程的提醒之下，他才发觉脸部微痒，还有些许的刺痛。

"哦，我对海鲜过敏。"时光桦不紧不慢地摘掉口罩，淡然道，"可能有反应了。"

小程大惊失色："那你刚刚还吃？"

"忘了。"时光桦敷衍。

"这也能忘？"小程看他没事人般的态度，难以置信道，"你到底全程在想什么？既不主动去说话，也不听别人的话，还要乱吃东西！"

时光桦面对询问，实在无法回答。

"我去给你找点药来，你今天确实有问题……"小程早就习惯他不爱搭话的模样，自然也没有强要答案，而是跑到一旁去找过敏药。

他到底全程在想什么？

时光桦觉得小程高估了自己，他全程什么也没有想，连声音都快听不到。

他最初看到她的时候，就已经失去了思考的能力。

返程的路上，楚月怡跟李柚等人在车内召开紧急会议，深入探讨这次尴尬进地缝的首期录制。虽然楚月怡没怎么参加过综艺，但她已经有了播出必扑的预感，她跟时光桦真是毫无 CP 感。

李柚试探地开口："月怡，你心里怎么想？你觉得节目适合自己吗？"

楚月怡沉着道："不是我怎么想，而是他怎么想。他的团队到底是什么意思？难道导演没有提前通知过女嘉宾是我吗？"

楚月怡并不理解时光桦的反常，她只能推测对方高冷的缘由，有可能是他不想上恋爱综艺被迫过来，也有可能是他根本瞧不上她的"咖位"。尽管两人都不算一线，半斤八两，但部分男艺人常有谜之自信，在业内也不少见。

如果时光桦觉得她高攀，那索性现在就一拍两散，省得浪费彼此的时间。

"没有没有，总导演提前通知过，他们知道嘉宾是你。"李柚沉吟几秒，干巴巴道，"其实我刚刚跟时光桦团队的人交流过了，但他那边的工作人员就很啥……你懂吧？"

收工后，李柚本打算气势汹汹地怒撕对家一场，谁想到时光桦经纪人就是个"战五渣"，他只差扑通跪下、原地磕头，还真不是想象中盛气凌人的模样。

没有趾高气扬，没有扒高踩低，简直是草台班子。英雄无用武之地，李柚感觉欺凌弱小极不光彩，实在毫无成就感。

楚月怡精准地概括："团队随他，都不专业。"

李柚点头："没错，毕竟他以前不是艺人。但这也不是坏事，咱们的自主权会更多，播出后舆论宣传会更有利。当然，前提是你觉得自己适合节目，如果真的要录制下去，今天的情况会成常态，所以我才说你的想法最重要。"

楚月怡心下了然，选择时光桦的优劣势都挺明显。

优势是他近期有热度、团队好交流，播出后能避免双方互撕；劣势是他本人综艺感差，堪称锯了嘴的葫芦，只能由她来带动氛围。

虽然李柚充分尊重艺人的意见，但楚月怡知道退出节目的弊端。即使换男嘉宾，换别的节目，她同样可能遇到新问题，人只要工作就得迎接困难，或许还会比面对时光桦更糟。

楚月怡作为永不言弃的打工人，权衡利弊后，当下做出决断："柚柚姐，没有适不适合，只要机会降临，我就不会放手。"

李柚嘀咕道："但我感觉时光桦性格是真的闷，听他经纪人说他平时就不理人……"

目前看来，时光桦的高冷似乎无关傲慢，仅仅是性格使然，天生就不爱说话。

"世界上没有完美的事情，真要看着毫无瑕疵，那肯定事有蹊跷。"楚月怡平和道，"瑕疵处于可控范围内，反倒比十全十美靠谱。"

楚月怡从不相信天上掉馅饼的美事，只有利弊明显的选项才靠得住，前期就使收益及风险一目了然。与其选择未知的挑战，不如选择已知的难题，起码能找到解题思路。

李柚见她拿定主意，倒也没有再多劝，反而提醒道："既然要继续录制，那就得搞好关系，完全像今天那样可不行。他经纪人说他比较慢热，不然你最近跟他熟悉一下，平时稍微问候或者聊聊……"

"啊，年纪大就是容易唠叨，差点忘记你最会这个！"李柚正说着，突然醒悟过来，笑道，"这点倒是不用担心你。"

楚月怡在合作团队中无差评，大部分工作人员都喜欢她，李柚一直对此挺放心。

楚月怡闻言一愣，她想起刚刚自己回怼时光桦的场面，突然发觉此举好像草率了。

她不由得取出手机，望着微信里新加的好友，迟疑道："柚柚姐，你觉得音乐人记忆力好吗？"

李柚疑惑："怎么突然问这个？"

楚月怡："你说我现在发一条嘘寒问暖的消息，能不能覆盖掉刚才留下的印象，让新同事原地失忆……"

李柚迷惑。

楚月怡原本认为时光桦是在针对自己，但他的经纪人都说他不善交流，那他可能确实就是不会说话的冷场王。她一路都在琢磨如何挽回局面，终于字斟句酌地发送消息，决定先跟时光桦建立联络。

楚月怡以前跟同事们交流，总能极好地把握分寸感，毕竟大家都是拍戏认识的同行，只用维持友好而和谐的工作关系。然而，她和时光桦的关系略微特殊，两人要在恋爱节目上营业。

太生疏没法破冰，太亲近又挺奇怪，处于模糊的界限。

如果时光桦是经验老到的演员，或许能配合楚月怡把控节奏，但他偏偏在正常人当中都属于不擅交际的类型，简直让楚月怡无从下手。

楚月怡最终编辑的内容礼貌而不失关怀，开头依旧使用客气的"时老师"来称呼。她觉得第一条消息还是别直接攀交情，先试探对方的态度，再结合反应来推进，自然而然地拉近距离。

楚月怡推算着时光桦的返程时间，在下车后点击发送，思及睡前时光利于交流，紧接着静静等待新同事的回复。

然而，她一直守到了凌晨一点，依旧毫无回信。

新同事不会是回家倒头就睡的养生老年人吧？

"柚柚姐，能不能麻烦你给时光桦的经纪人发条消息，就说今天的录制辛苦了。"楚月怡思考片刻，又轻声道，"问问他们有没有顺利回去。"

李柚给小程发送消息，对方基本是秒回，复述道："已经回去了。"

楚月怡继续指导经纪人，让李柚去打听消息："时老师原来很少录节目，估计还不习惯录制节奏，他是不是已经累得休息啦？"

李柚："没有呢，他说时光桦经常熬夜，现在应该非常清醒。"

楚月怡："……"干得漂亮！

楚月怡确认对方已读不回，不禁对时光桦又有了新认识，喃喃道："原来还挺小心眼的。"

她不过是有样学样地说他笑得不好看，居然还能气得不愿意回微信？

李柚没听清她的自言自语："什么？"

"没什么，是我的问题，我没提前做好功课。"楚月怡无奈地反思，"虽然看过他参加的节目，但我对他的了解其实很少，也不怪我们初次见面尴尬。"

李柚欲言又止："月怡，不要对自己苛求过多，其实你算是我见过的最能搞事业的艺人之一。"

李柚没有撒谎，她初识楚月怡时就有预感，眼前的小姑娘绝对会成功。楚月怡有着远超常人的韧性和眼界，以及严于律己、宽以待人的强大心性。

楚月怡听到此话，眼前一亮，豁然开朗道："对，我能搞事业，现在仅仅是事业变成他……"

李柚满脸茫然："啊？"

楚月怡猛地坐起身来，翻开桌上的笔记本电脑，搜索起时光桦的资料，面无表情道："以前是搞事业，现在搞他而已。"

李柚震惊。

她就不信拿出搞事业的劲头，还搞不定区区一个时光桦！

时光桦录制结束后，在返程路上还感觉神经紧绷，索性没有回到住处休息，而是一头扎进了工作室里。

小程惊讶道："哥，早点回去睡啦，你都过敏了还做音乐？没必要那么拼吧？"

时光桦："睡不着。"

"你可真是铁人，我光跟着都累。"小程忍不住打起了哈欠，跟时光桦挥手道别，"我回去睡了。"

时光桦没法解释他高度清醒的状态，他觉得自己的思维跟身躯已经分离，明明身体感受到疲惫，浑身却充斥着轻飘飘的感觉，根本无法在床上安稳地躺下。

他的脑海里涌动着无数新鲜的音符，满腔情绪只能靠音乐倾泻而出。这是一种电击般的刺激，比多年前更鲜明，致使他一夜无眠，完全沉浸在创作里。

他想起一些回忆，又捕捉到些许变化，却像薄雾笼罩，完全没法参透。

隐晦的，遮掩的，神秘的，不可言说的。

一如今日完美的她。

他们现在算认识吗？

第一缕初阳透过落地窗洒进走廊。

时光桦写完新曲，带着自己心里的疑问，终于离开封闭无信号的工作室，在晨光中鬼使神差地打电话给邹乾，难得主动地探寻信息。

电话那头，邹乾的声音里夹杂着浓浓睡意，忍不住抱怨："大哥，你知道现在是几点吗？没人告诉你别那么早打电话吗？"

时光桦言简意赅道："有点事问你。"

"什么事？"邹乾对好友的冷淡习以为常，他似乎突然想起什么，兴奋地八卦起来，"对啦，你昨天是不是去录节目了？第一回见偶像的感觉如何？我就一直没琢磨明白，你怎么想不开要去粉楚月怡！"

时光桦面对邹乾连珠炮般的发问，严谨地再次否认："我不是她的粉丝。"

邹乾敷衍道："对对对，你不是粉丝。我懂你们这类人，都爱自称路人，其实私下追剧看采访，粉得比真粉还深，都是老路人了……"

时光桦觉得对方听不懂人话，沉吟了数秒，无语道："我真不是她的粉丝。"

邹乾疑惑道："那你们是什么关系？"

时光桦："跟你没关系。"

邹乾："你不是有事问我，你说跟我没关系？"

时光桦淡淡道："你的新专辑不是要抒情歌？我昨天晚上刚好写出一首……"

邹乾闻言立刻将好奇心抛在脑后，声音谄媚起来："哥，时哥，我的亲哥哥，咱们的感情不用看关系，您想问什么，尽管问我吧！"

时光桦沉默片刻，又开始产生昨日头脑空白的眩晕状态，低声道："她私下是什么样的人？"

邹乾曾跟楚月怡在同剧组合作拍戏，生活中有不少交流机会，邹乾以前还开玩笑，要把她的微信给时光桦，但每次都被他严词拒绝。

邹乾一愣："你说谁啊？"

时光桦不言。

邹乾试探道："楚月怡？"

时光桦心头微跳。

"她啊……"邹乾摸了摸下巴，短暂思索后，如实地说出印象，"她就是没有感情的工作机器。"

邹乾没有说假话，楚月怡在工作里一丝不苟，私下照顾人也面面俱到，倘若没有暴露出真面目，堪称完美而精准的机器。

时光桦原以为对方有多深的见解，听到后却莫名不悦，果断冷声道："胡说。"

邹乾惊呼："好家伙！你还说不是粉丝？现在踩你正主，顿时气得跳脚，果然是披路人的皮，行粉丝控评之事！"

时光桦懒得听他碎碎念，干脆利落地挂断电话，又看到屏幕上鲜红的消息提醒。

时光桦原来在国外很少用微信，他在工作室创作时总是断网无信号，被人戏称"不会说话的山顶洞人"。周围人对他不回消息已经司空见惯，有急事都直接去敲工作室的门，久而久之也不给他发信息。

时光桦点开一看，是楚月怡温暖的问候消息，看时间是昨晚自己钻进工作室后，怪不得现在才收到。

他看完微信，越发认定邹乾是在胡说八道，楚月怡明明就很有感情。

清晨，李柚如往常般抵达楚月怡家中，刚刚打开屋门，就瞟到客厅内的人影及巨大白板，顿时被吓了一跳，白板上是密密麻麻的黑色字体，光看一眼就能让密恐患者紧张。

楚月怡背对着李柚，头发凌乱地翘起，她盘腿坐在一张旋转椅上，一边低头看着腿上的电脑屏幕，一边不时侧头往白板上继续书写内容，犹如刻苦研究难题的数学家。

李柚绕开脚边乱七八糟的障碍物，又随手将沙发上的衣服摞在一起。她已经在屋里环顾了一圈，然而椅子上的人依旧没反应，她只得主动开口道："月怡，不要告诉我，你一晚没睡。"

李柚昨天离开时，屋内的状态基本就是如此，现在只多了一张滚轮大白板。

"如果夜晚的定义是下午六点到次日清晨五点的话……"楚月怡低头看了一眼电脑屏幕上的时间，以严谨的学术态度回答，"那我确实算一晚没睡。"

李柚眉头直跳："你居然敢通宵，皮肤不想要了？"

她伸手敲敲白板，费力地辨别字迹，疑惑道："这又是什么？你大晚上不睡觉瞎琢磨什么呢？"

楚月怡揉揉眼睛，淡淡道："时光桦的资料。"

李柚一愣："啊？他是巨蟹座吗？这看上去可完全不像，明明长着张摩羯或天蝎的脸。"

李柚掏出手机，想查查时光桦的百度百科，然而显示出来的内容却极少，甚至简略得可怜。

"别搜了，但凡你能查到的，我都已经全部看过了，他百科上没有生日。"楚月怡慢条斯理地泡起咖啡，直到喝下一口温暖而醇香的液体，这才感到浑身苏醒过来。

李柚问："那你怎么知道他是巨蟹座？"

楚月怡不紧不慢地晃着咖啡杯："邹乾早年评论过他的微博，内容是'时哥，过两天你生日聚聚呗'，虽然时光桦没有回复，但能推测出生日区间。"

时光桦的微博也基本荒废，但还能找出蛛丝马迹，邹乾给时光桦评论区留言的时候，好像是他在韩国做练习生的时期。

李柚两眼发蒙："这也行？"

"那这些地点是什么？还有连接在一起的箭头？"李柚望着复杂的白板，她不知该将视线落在何处，只能看到什么就直接问。

楚月怡平静道："INS上风景照的地点，他曾经工作及生活轨迹的预测，我先了解这些国家，以便能有储备话题。"

李柚心情微妙："如此优秀的信息搜查能力，你做演员实在屈才，做狗仔早就赚翻了。"

"而且你现在把他查得底朝天，这是要下回录制乱杀？"李柚惊叹楚月怡的用功，果然生活总能将打工人逼到新境界。

楚月怡："下次录不能还是我，按剧情是他的回合。"

李柚："什么意思？"

桌上的手机提示音骤然响起，打断了楚月怡和李柚的交谈。

楚月怡拿起手机查看，竟是时光桦的回信。他线上的语气不似生活中冷硬，尽管没有使用任何表情包，措辞却诚恳而恰到好处。

这是一条堪称完美的模板回复，前提是楚月怡不知他已读不回的话。

楚月怡现在看到回信，更感觉他像是晾了自己一晚，睡醒后逐渐冷静，这才着手来"营业"。不过她并不在意这些细节，反正她发消息也是出于节目，双方都没资格指责彼此，面子上过得去就行。

楚月怡伸手打出"期盼下回录制"，又重读了一遍前面的内容，确定没有任何瑕疵了，才点击发送。她还面无表情地又发了一张可爱猫猫表情包，以求不要显得过于官方、客套，要表演出真情实感。

楚月怡回完新同事消息，又继续刚才的话题："我上回录制时表现还行，但他确实完全不出彩，想要让观众嗑起来，起码要给我一个在镜头前欣赏他的理由，否则恋爱剧情就会显得太假。"

李柚弱弱地提醒："你确定他话那么少，能有出彩的时候？"

楚月怡抬头望着自己奋斗了一夜的白板，懒洋洋道："没关系，我可是最强的。"

既然时光桦没有办法自己出彩，那就由她来制造出彩机会！

Part 02

/ 琴音我心 /

第二回节目录制的时间推迟了几天，并没有按原计划一口气录完一期。一是节目组感受到双方节奏不太对，在思索紧急补救的措施；二是时光桦团队提出暂缓两天，时光桦似乎身体抱恙。

楚月怡当然少不了发嘘寒问暖的消息，但时光桦也没说具体的抱恙缘由，一度使她怀疑他是不是在跟团队吵架，其实私下打算弃演节目。

惠风和畅的日子里，楚月怡终于再次见到新同事，时光桦今日没有戴口罩，正站在角落里跟他的经纪人小程交流，脸上并无半分病色，墨发随风、身姿鹤立。

楚月怡透过车窗遥望此幕，忍不住嘀咕："他对着别人话也不少啊。"

时光桦跟小程交流无障碍，尽管他仍是寡言少语的神色，但绝不会一个字都憋不出来。

他就是有情绪不想跟她"营业"！

李柚站在车外催促："月怡，下来装麦克风了。"

楚月怡收起满腹吐槽，在工作人员的帮助下佩戴好收音设备，又开始了打工人充实的一天。

录制地点仍是湖景西餐厅，相比夜晚的静谧湖光，白日景色又有新韵味。

楚月怡和时光桦此次同时抵达，他们从不同方向踏上桥头，在餐厅门口恰巧相逢。

楚月怡看到他，条件反射地露出笑脸，先一步推门想让他进去。

时光桦望着她眸光微闪，轻轻地抿了抿唇，最后错开一步来，替她扶住餐厅门，视线却微斜到不远处的湖景，并没有继续落在她身上。

楚月怡看着他闪避而沉默的态度，心想此人果然是老毛病不改，估计是不想跟她离得太近，好在这回面上做得还算绅士。

楚月怡思及此，脸上的笑容越发柔和，落落大方道："谢谢。"

然后她率先进入餐厅，时光桦在原地停顿了数秒后，才缓缓地跟上去。

门口风铃发出轻响，屋内布置已经焕然一新。餐厅内夜晚使用的氛围灯撤掉了不少，取而代之的是宽阔而敞亮的空间，角落处还有一个表演区，放着一架钢琴，琴盖擦得锃亮，看着闪闪发光。

楚月怡和时光桦被安排入座，他们面前放着一只漂亮的海螺形琉璃容器，里面装着无数卷起的彩色纸条。

"这是秘密海螺，里面装着普通条和秘密条，由双方轮流抽取提问。普通条上是兴趣类问题，例如喜欢的口味、颜色等，抽到秘密条则是自定义问题，可以询问对方一件事。"

楚月怡顿时明白过来，这应该是节目组安排的互相了解环节，他们估计私下也在网上搜集过时光桦的资料，同样发现此人信息少得要命。

虽然节目组设定的方式相当生硬，但面对一言不发的时光桦，确实只能如此撬开他的嘴。

楚月怡看向新同事，轻声笑道："谁先来？"

时光桦："我都行。"

不愧是冷场达人，一句"我都行"真是异性交流尴尬金句。

楚月怡思索片刻，试探道："但我要是先抽到秘密条，说不定会问刁难的问题，你可不能后悔。"

时光桦见她眼神明亮，垂眸道："没关系。"

她想知道的，他都可以答。

楚月怡心想这真是"天堂有路你不走，地狱无门你偏闯"。她随手抽了一张纸条，拆开一看便感觉胜券在握。她笑着将手里纸条翻转过来，给他展示纸条上的海螺图案，扬眉道："秘密条。"

时光桦静待她提问。

"为什么初次见面的时候总看手机，我没有手机有趣吗？"她笑起来本就既甜又软，现在既像是开玩笑，又像是小抱怨，温柔的语气却跟这犀利问题截然相反。

时光桦刚刚觉得她什么都能问，现在面对她灿烂的笑容，发觉自己还真的答不上来，莫名有种窒息感。

他能回答什么呢？

难道说自己佯装看手机缓解焦虑，却由于紧张忘摘口罩，面部解锁频频失败，还头脑发昏地想不明白？

这话，他实在说不出口。

楚月怡早料到时光桦答不出来，令她意外的是，时光桦眼底竟有一丝慌乱无措，这可比上回录制的反应大得多。她推测他也在担忧节目效果冷场，这才游刃有余地拉回录制节奏，主动挽回道："如果答不出来，不该自罚一曲吗？"

时光桦顺着她的视线望去，瞧到角落的钢琴，读懂了她眼神里的暗示。

楚月怡半真半假道："你要是能弹得好，说不定我也能表演得好。"

时光桦面露不解："表演什么？"

"表演原地失忆？"楚月怡笑意盈盈道，"毕竟弹琴好听的人，绝对不会在饭桌上看手机，肯定是我的记忆出现了偏差。"

"……"

两人移步到钢琴旁，时光桦缓缓打开琴盖，摸了摸黑白相间的琴键，却迟迟没有落座。

时光桦现在的表现太差，楚月怡必须给予他展示才华的机会，她接下来在镜头前的营业才立得住脚。时光桦是音乐人，楚月怡对此表达欣赏挺合理。

楚月怡双眼发亮地站在一边，佯装期待地盯着时光桦，然而见他半天都没坐下弹琴，内心就有点犯嘀咕：小老弟，别告诉我你业务水平也不行啊？！

好在时光桦终于没有掉链子，他仅仅在钢琴前思索片刻，似乎是陷入了某种回忆，随即将琴椅往旁边稍微挪了挪，从一旁取来新椅子放下，安静而绅士地伸手示意。

楚月怡撞上他亮如冽泉的目光，心底一愣，意识到对方在邀请自己落座后，才抱着琉璃海螺慢慢坐下。她明显感觉到时光桦的气场发生了变化，他之前都是封闭而压抑的状态，现在摸到乐器就气定神闲起来。

楚月怡很了解这种感觉，那是在自己擅长领域的游刃有余，就像她对表演的感受一样。时光桦对音乐有极度自信，即使没有刻意地夸耀，仍能让人觉得稳如泰山。

两人并肩坐在钢琴前，时光桦并没有翻看任何琴谱，修长的手指下便流淌出跃动的音符。

轻巧的，灵动的，偶尔有些急促，却又委婉地滑过耳边，瞬间使明亮的餐厅内充满了妙不可言的乐音。

这还不是最厉害的事，最神奇的是楚月怡能从中听出感情来！

美妙的音乐时急时缓，偶尔又半遮半掩，错落间犹如在不好意思地讨饶，不时还有如心跳般紧张而羞赧的短音。

楚月怡颇感惊讶地望着他，推测道："你是在道歉吗？"

时光桦没有应声，他正专注地弹着琴，闻言睫毛微微一颤，只留下清俊的侧脸，然而指尖蹦出的音符却越发柔和，他直接用音乐回答了楚月怡的问题。

楚月怡恍然大悟，原来时光桦只是没装上发声设备，只有用乐器才能传达出情感！

她现在是真的对他的才能生出新奇了，疑惑道："这首曲子叫什么？"

时光桦略一思索，他弹奏出的音乐也变得懒洋洋，好像在漫不经心地表示"没名字，现想的"。

楚月怡：装起来了，装起来了，开始有音乐节目上跩哥那味儿了！

不过楚月怡难得没有对此表达恶感，她认为在某领域的强者或多或少都会有点嚣张，连她本人偶尔也是如此。那是一种不在乎外人评价的自信，不是故意要炫耀，仅仅是自然流露。

虽然时光桦录制节目时表现稀烂，但他的业务能力可谓是出类拔萃。

时光桦演奏完一曲，楚月怡居然恋恋不舍，还有点怅然若失。

时光桦察觉到她的失神，沉吟了几秒，低声道："你要弹吗？"

楚月怡听到他的声音，这才猛地从音乐世界中回过神来。她对上时光桦沉静而平和的面孔，莫名觉得此话耳熟，为难地笑着摆手："不了不了，我不会弹琴。"

楚月怡如今稍感局促，是因为他们置身音乐环境，现在开始由时光桦掌控起节奏。她对音乐的了解不深，身边又是大师级人物，自然感觉束手束脚。

"我要是一直抽到秘密条，岂不是能让你一直弹琴？"楚月怡飞速地回归状态，献宝式地捧起琉璃海螺，再次露出营业笑容，"该你抽了。"

时光桦紧紧地注视着楚月怡的神色变化。从刚开始面对楚月怡的紧绷不安，到现在依靠音乐逐渐平静下来，他也察觉到了许多微妙而晦涩的细节。

那种隐晦而难以言说的感觉重新萌生，他总觉得她完美无瑕的笑容略显刺眼，明明刚才还如娇弱的小蜗牛般探出触角，现在却又一溜烟地缩了回去，深深藏进自己的壳里。

时光桦摇头："我不抽。"

楚月怡："啊？"

时光桦望向她："都由你来抽吧，你不是想听我弹琴吗？"

她只有听音乐时才伸出触角，那他索性就一直演奏下去。

"……"

楚月怡不敢置信地盯着时光桦，她快要不认识眼前的人了，这还是半天都憋不出一句话的新同事吗？！

不过楚月怡没有婉拒他的提议，她本来就想收集更多新同事的资料，于是便大大方方地继续抽签："那我就不客气啦！"

但楚月怡并未马上抽到秘密条，她接连抽出了许多有关喜好的普通条，好几回她都认为不能再用音乐作答，但时光桦总能不假思索地作出新曲，用钢琴的曼妙琴音编织出一个又一个答案，他的琴键上有大海，有午后阳光下的阅读时光，有阴雨天咖啡相伴的温暖，一切都靠音符的建构显得真实而梦幻。

楚月怡作为外行人，看完时光桦弹琴作曲只有一个感受，那就是——邹乾真是彻头彻尾的小废物！

瞧瞧！真正的音乐人一小时就作曲量惊人，某位男偶像却三个月都死活憋不出一首歌。

等楚月怡将琉璃海螺中的纸条抽完，亮出了最后一张秘密条。

时光桦安静地望向她，耐心地等待着问题，手下美好的音乐却没有停止，乐声依旧绵延不绝。

楚月怡此刻突然恶趣味爆棚，她强忍着没露出狡黠笑容，反而无辜地眨眨眼道："为什么不向我提问，你都不想了解我吗？"

"……"

果不其然，黑白琴键上落下一连串不和谐的错音，某位音乐人难得在音乐上翻车，堪称弹得乱七八糟！

楚月怡眼看他僵硬地放下手，顿时有扳回一局的感觉，虽然他在音乐方面很厉害，但她在表演方面还是最强的。

她本以为时光桦又要恢复憋闷无言的状态，却不想他第一次没有用音乐来作答。

他眸光微闪，垂下眼睑："我都知道。"

他没有撒谎，他知道的远比琉璃海螺中的问题还多，根本不需要去问。

楚月怡被他的答案杀得猝不及防，心脏都快漏跳了两拍。

他、在、说、啥？

楚月怡被此话震得脑袋发蒙，但依旧驾轻就熟地表演出微报，余光瞥到角落里编导们夸张的捂嘴表情，顿时更感错愕！

为什么这些工作人员全是"嗑到了"的表情？！

楚月怡暗骂现在的人真是什么糖渣都敢嗑，但她也知道时光桦能做出此等表现已经算惊天进步，从初次录制时全程冰封，到如今能够挤出四个字来，自然让在场人都激动狂舞。

楚月怡不能张嘴戳破时光桦的谎言，就算他私下有调查，估计也是最近的事，就像她为节目深挖他资料一样。而且，她根本不认为他会为自己下心思，这应该就只是客套的营业话术吧……

这小子表演基础虽然差，但还算愿意学，孺子可教也。

如此一想，楚月怡心情竟有点欣慰，果然打工人的未来是光明的。

秘密海螺环节结束后，两人从餐厅中离开，开始在湖边游船。

楚月怡小心地踏上船，感受到迎面而来的微风，笑着打趣道："我就知道肯定要游船，不然节目组的湖景花销就浪费了。"

时光桦正在倾听工作人员念安全须知，小船上仅有两位嘉宾和摄像机，其他人会在别的船及岸边进行拍摄。

天朗气清，湖水在日光下波光粼粼，小船在湖面划过涟漪阵阵。

楚月怡在悠闲的环境中莫名放松，她跟时光桦各坐一边，望着远处的美景，远离了里三层外三层的编导们的包围，才有了一种不在录制节目的感觉。

楚月怡盯着湖水，时光桦盯着她，两人都享受起安宁而愉快的时光。

片刻后，楚月怡察觉到船上的氛围过于沉寂，斜眼瞟到船头的摄像机，顿时又产生"营业"的念头，立刻调动储备话题库，开口道："我原来特别喜欢游船，会感觉心情很平和，你……"

你在济州岛的时候游过船吗？

楚月怡知道时光桦曾居国外，她想要从自己的游船经历引导他交流，然而声音却在看到他手中的东西时戛然而止。

原因无他，时光桦突然掏出一包莲子，还有保鲜袋，朝她伸手晃了晃。

楚月怡看到莲子，视线下意识地追逐袋子，最后跟他大眼瞪小眼，嘴边的话也骤然一变："你怎么还带着莲子？"

时光桦问："你要吃吗？"

楚月怡眉头微挑："这是……"这是什么剧情发展？

时光桦说："洗过的。"

楚月怡："……"这根本就不是重点！

时光桦重复道："你要吃吗？"

楚月怡纠结了数秒，闷声道："吃……"

楚月怡原本想要设置船上交心环节，两人在美景中敞开心扉交流，这是多么浪漫而美妙的情节，却被时光桦的一包莲子打破了计划。

两人用湿纸巾擦过手后，便开始剥新鲜的莲子，从浪漫约会瞬间变成小学生零食分享会。

楚月怡将白嫩的莲子放入嘴中，清新甜脆的味道一下涌来，她讶异地瞪大眼，惊叹道："这个好好吃啊，你在哪儿买的？一点都不苦！请把链接分享给我！"

时光桦见她认真剥着莲子，甚至顾不上抬头讲话，不由得目光微暖。

他就随意地吃了几颗，剩下的剥完就放回了袋子里，下船时还将装有莲子的保鲜袋交给了楚月怡。

楚月怡自然笑纳，她早就盯上了他剥的莲子，料到他吃得磨蹭，最后肯定吃不完。

尽管她在游船时没打出营业佳绩，但今日的录制素材应该够多，白捡一包莲子也不亏。

录制结束后，楚月怡照例跟工作人员们告别，她提着那袋莲子走向经纪人，甚至按捺不住兴奋连蹦了两步。

李柚看到她欢快的小步伐，不禁感慨道："时光桦也没那么差嘛，你说喜欢游船吃莲子，那都是多久以前的采访了，他还翻出来看。"

楚月怡愕然道："我有在采访上说过吗？"

这些年杂七杂八的采访太多，她都不记得自己何时说过喜欢吃莲子。

"有啊，我记得是你拍完第一部古装戏的时候吧，说吃到场记送你的莲子惊为天人，回来后老让我们给你买。"李柚摸着下巴，不禁陷入回忆，"那是几年前的事啊？"

楚月怡刚才还觉得时光桦带莲子真奇怪，现在望着手里的小袋子，又思及他"我都知道"的回复，心情颇感复杂。

居然真下心思了。

返程路中，楚月怡在车里吃完莲子，又给时光桦发消息致谢。她现在对新同事有所改观，尽管时光桦的工作经验不足，但态度可谓努力上进。

楚月怡觉得自己应该包容、大度一点，他已经在以肉眼可见的速度成长。

时光桦这次回微信也很快，内容简略得体，句式模范标准。楚月怡发现他不会用花里胡哨的表情包，也不用任何叹词，不过她握着手机已经感到心满意足，她随手给他发了一个猫猫表情包，结束聊天，完成此轮线上营业。

接下来的日子里，两人暂时没有录制《心动约定》的工作，仅仅只能在微信上联络，但楚月怡仍会每天定时发送消息，虽然只是随意地跟时光桦聊几句。

李柚对此深表不解，疑惑道："你不该趁下回录制前多聊聊吗，好歹再熟悉一下？"

"短期高频聊天确实会制造上头感，但这些内容又没法录进节目。"楚月怡淡淡道，"而且我们就是镜头前'营业'，我天天给他发那么多条信息，万一引起对方的逆反心理呢？"

楚月怡给自己的定位很清晰，她和时光桦就是同事关系，"营业"是他们的主要工作。如果同事在闲暇之余总找你聊工作，换谁都会感到不爽及烦躁吧？

楚月怡在镜头前可以拿出百分百热情，但她私下挺有分寸，绝不会打扰到搭档。

李柚："你还挺照顾时光桦的情绪。"

楚月怡："那当然，我可不想在工作里招人烦。"

楚月怡说完，瞟一眼时间，发现又该给新同事发消息了，便拿起手机完成每日的"营业"。

另一边，小程前往工作室找时光桦，然而他刚刚踏进走廊，便在长椅上看到熟悉的人影。

晚霞下，时光桦捧着笔记本电脑在走廊里工作，一双大长腿有点

无处安放，还时不时低头瞥一眼手机，也不知道在想什么。

小程眉毛一挑，狐疑道："时哥，你怎么没进工作室？跑走廊里坐着干什么？"

按理说，时光桦此时该雷打不动地扎在工作室里，他有时都懒得出来休息，忙起来就废寝忘食，简直跟外界隔绝了联系。

小程等人偶尔都怀疑时光桦是不是自闭，然而他以种种言行力证自己仅仅是懒得理人，完全没有心理疾病。

时光桦听到小程的提问，言简意赅道："没什么。"

小程对时光桦寡言的模样见怪不怪。他们都清楚时光桦没有坏心眼，只是性格使然憋不出太多话。

见时光桦仍坐在长椅上一动不动，小程大大咧咧地摆手，随口道："行，那我先去工作室，你弄完再过来吧！"

"好。"

下一秒，时光桦的手机突然响起，是新消息的提示音。

小程听到声音，下意识地去摸自己手机，又惊得回过头来，诧异道："是你的手机吗？你居然没开静音？"

时光桦没有吭声，他正认真地回复消息，更让小程大感愕然。

山顶洞然有信号覆盖！山顶洞人进入 4G 时代！

时光桦给楚月怡回完消息，等看到熟悉的猫猫表情包后，才将手机收回兜里，抱着笔记本电脑站起身，晚霞辉光映照在墙上，投射出挺拔的黑影，犹如终于挪动位置的浮冰。

他不知道在长椅上端坐了多久，起来后还活动了一下肩膀，随即大步朝小程走来，淡然道："走吧，去工作室。"

小程迷惑。

小程："不要告诉我，你坐在这里，就为等消息？"

时光桦不言。

众所周知，时光桦不答不是不想答，而是他根本答不出来。

小程知道工作室信号不好，他望着视线飘移、沉默不语的时光桦，难以置信道："难道是来自外星的重要信号吗？事关全人类安危的那种？"不然怎么能惊动你？

时光桦不想被调侃，生硬地岔开话题："对了，有点事问你。"

小程："问吧问吧我的哥，毕竟你都开始接收外界消息了，说不定马上就有拯救人类的重任……"

时光桦沉吟几秒，闷声道："如果有人见面很热情，但线上聊天很生疏，一般都是什么原因？"

小程："这是男生，还是女生？"

时光桦："女生。"

小程思及时光桦白纸般的情感经历，内心生出忧虑，嘀咕道："你该不会遇到推拉大师了吧，玩弄感情什么的……"

时光桦抿抿唇，断然道："不可能。"

小程被一秒否决也不恼，反而醒悟过来："等等，你怎么会跟女生聊天？你是不是给楚月怡发微信？"

小程深知时光桦周围环境堪称和尚庙，最近能接触到的异性也极为有限，思来想去就只有一人，如果对方真是楚月怡……小程回忆起窒息般的录制，他大概能猜到具体情况是什么样了。

小程无奈道："哥，你给我看看聊天记录呗。"

时光桦握住兜里的手机，迟疑地没有递出。

小程察觉到他的动作，只得好脾气道："给我看看吧，让我瞧瞧你是如何气坏女嘉宾的。"

"我没有气她。"时光桦交出手机，他认为小程用词不当，煞有介事地反驳。

小程不屑地冷笑了一声："哈，我还不知道你？就你那要死不活的回复语气，也就我们哥儿几个平时能忍……"

"我说什么来着，楚月怡真是涵养好，我要这么跟我女朋友说话，回去就能被铲出家门！"小程看着聊天记录只觉触目惊心，他发现楚月怡性格是真的好，要是换成别的女生早就深感受挫了吧。

时光桦慢条斯理地说："你女朋友是挖掘机才铲人，她又不是。"

小程听到他的直男言论，顿时大感头疼，高声道："不行，你平时编曲时就傲慢得不行，今天我也要在你面前跩一回，好好教教你！"

"我们来分析一下现有文本，首先是主动发消息的问题，为什么天天都让女嘉宾给你发，你就不能找话题跟她聊聊？不要老让女生主动！"

时光桦一愣，垂眸道："这会不会有点打扰……"

"那你再来解释一下你的回复，为什么冷硬得就像没感情？！"

时光桦面色郑重："我是认真回复的。"

小程恨铁不成钢道："我们就看这一句，为什么只回一个'好'字？你是生怕别人没感受到你的臭脸？"

时光桦虚心求教："那该怎么回？"

小程："'好哦''好呀''好啊''好嗷'，给我在后面加上带感情的声音，不要只回一个字吓坏女孩子！"

时光桦不解，这居然会吓坏她吗？

小程："还有，表情包都给我用起来，不要老发那种模板回复，你是一个活生生的人类，不是冷静沉着的 AI 客服！什么可爱就给我用什么！"

时光桦："……"他哪知道什么可爱？

屋内，楚月怡发完消息就将手机随手放在桌上，却意外听到提示音，她一扫聊天页面，发现时光桦居然又回了一条——一张乖巧猫猫头的表情包，代替她成了聊天结束者。

楚月怡不敢置信道："他居然偷我表情包！"

这是楚月怡曾发过的表情包，他现在是又发了回来。

李柚将 iPad 支到自家艺人面前，调到《心动约定》的首播页面，劝道："好啦，别号了，过来看看首期节目。"

《心动约定》成片的效果还不错，尽管现场偶尔会遇冷，但剪辑组都有加工，素材经过精妙的剪辑处理，再配有浪漫的抒情音乐，还挺有偶像剧的感觉。

楚月怡觉得剪辑组加的画面滤镜简直能封神了，她愿称之为全球变暖滤镜，能融化千年冰山。屏幕上，时光桦注视自己的目光竟然挺温柔，完全没有面对面时的尴尬。

李柚满意道："我觉得还不错。现在就是期数少，等到播得多了，就能逐渐发酵。"

《心动约定》刚播一期，暂时没有过多热议度，这类节目是滚雪球式宣传，越往后话题度越高。

楚月怡刚看了一小会儿就已经猜到节目水准，索性将头扭到一边，佯装不感兴趣道："就那样吧，毕竟我俩都是第一回上恋综，首期能有这种水平已经可以了，实在嗑不起来也没办法。"

李柚见她背过身去，好奇道："你不看了吗？"

楚月怡"凡尔赛"式摆手，谦逊道："都是节目效果，没什么可看的。"

李柚仍盯着 iPad 屏幕，了解地点点头："也是，你们确实综艺经验不多，部分网友也说感觉另一组嘉宾更甜。"

楚月怡原本还是漫不经心的姿态，听到此话瞬间竖起耳朵，面无表情地转过身来，直接伸手将 iPad 放在自己面前。

李柚："你不是不看了？"

楚月怡心想：刻意谦虚是职场话术，但不代表打工人真没自信，我可以说我不行，但你还接就不对！

她挺直后背，严肃地盯着屏幕："让我看看是什么'工业糖精'，还能打败我的'手工糖厂'？"

"……"

《心动约定》还有别的男女嘉宾，现在人气较高的有两组，一组是楚月怡和时光桦的"月光 CP"，另一组则是"呼啸 CP"。月光组优势明显，俊男靓女的搭配堪称节目颜值担当，而且两位嘉宾路人缘都不错，但同样有人声称嗑不到。

楚月怡粗略一扫弹幕，开始收集观众反馈，总结起自己的营业问题，一边看，还一边做出点评。

——姐姐就是最牛的！别撩他请撩我！

楚月怡叹息："这样嗑不到也没办法，怪我无处安放的魅力。"

——有一说一，感觉两人不熟，甚至不像朋友。

楚月怡点头："这条也没错，确实是不熟，我们是同事。"

——不行，我看不进，年纪大就要追求刺激，只喜欢荷尔蒙碰撞！这是综艺能播的内容吗？

——没错没错，来点成年人该看的，月光组还是太纯。

——"月光"都是细节糖，冷直男却记你喜好，静静地看你笑闹。

——把"时光桦不行"打在公屏上。

——喜欢是小心翼翼，"呼啸"也太油腻了，"月光"很真！

——这年纪谁没谈过恋爱，再扭捏就有点虚伪，"呼啸"利落不造作。

——前面人身攻击？被骂虚伪的母胎单身伤心地哭出声来[流泪]！

——你觉得他俩长那样能没谈过恋爱？太假了！

——你们有爱情还骂"狗"？我作为"爱狗协会"一员力挺"月光"！

《心动约定》节目组将"月光"定位为"初恋感CP"，但并不是人人都买账，有人觉得双方还不熟显生疏，有人则觉得嘉宾不可能是初恋，说这种设定着实荒唐、虚假。

这话在弹幕区不知为何引发众怒，母胎单身跟质疑的网友掐成一团，连带着月光粉和呼啸粉也一争高下，细致罗列出各自CP的"糖点"。

楚月怡不好解释自己确实没谈过，但她倒是被网友们挑起了好奇，拖动进度条到"呼啸CP"的片段，疑惑道："但恋综不可能十八禁，哪有空间发挥呢，我来学习一下。"

李柚欲言又止："嗯……你估计学不会。"

楚月怡开始还不理解李柚的复杂语气，等她看完"呼啸CP"的综艺内容，顿时尴尬得可以在地上抠出一座豪华魔仙堡。

楚月怡惊道："为什么他刚见面就叫她宝贝儿？"

李柚："可能是爱情来了。"

楚月怡捂嘴："我的天，这种甜言蜜语居然也能说出口。"

李柚："可能是爱情来了。"

楚月怡崩溃："他们怎么就牵手？怎么就揽腰？"

李柚："可能是爱情来了。"

楚月怡失魂落魄地扶额："原来是我不懂爱情。"

楚月怡吃完工业糖精后受到了极大冲击，高频的暧昧情话及肢体接触，她难以想象男女关系竟然能如此快地拉近，她突然明白网友们说"呼啸CP"更有上头感的原因了，跳过前期的磨合直接甜蜜，自然是炸裂式开局。

楚月怡面露迟疑："但现实里这种感情真靠得住吗？"

他们两个人还不够熟悉时，就在一天内飞速拉近关系，宛如相恋多年的情侣。楚月怡确实没法做到这样，她不能立刻对人敞开心扉，也不能接受男方动手动脚。

这样一想时光桦也挺好，起码免受油腻之词的侵扰。

李柚出声提醒："这只是节目啊。"

楚月怡闻言一愣，随即低声道："说得对。"

只有节目才会如此。

狗屁的爱情，全是真人秀。

她思索了片刻，将综艺节目关掉，镇定道："我大概知道差点什么了。"

李柚为难道："其实你和时光桦不适合这种。"

楚月怡点头："我懂，我不会完全照着答案抄，起码抄错几道才真实。"

Part 03

/ 营业是我 /

　　网友们觉得"月光CP"不够亲密，那适当增加肢体接触，逐渐化解隔阂感就行。

　　虽然楚月怡心中已有主意，但她暂时还没找到契机，只能静待第二期节目的录制。

　　第一期主要是相识，第二期是相伴，男女嘉宾将结伴外出游玩，楚月怡等人会奔赴郊区的山岭，那里有一片环境出色的景区。

　　导演组有自己的录制车辆，楚月怡和时光桦却是自驾过去，车内安装了摄像头，就像游船时一样，创造出二人空间。

　　停车场内，时光桦今日着一身休闲的深色登山装，正平静地跟导演交流着，时不时低头在手机上记录，似乎在核对驾驶路线。楚月怡站在车边等待录制，她其实并不知道如何行驶，但身边环绕着如此多的拍摄车辆，想来不会在途中迷路。

　　时光桦归来后，节目录制就正式开始。楚月怡在上车前略一停顿，总觉得此车正副驾驶离得很近，可她最后还是拉开了副驾驶的门，缓缓地坐进车内。

　　时光桦敏锐地察觉到她的迟疑，没有马上开门进来，反而透过放下的车窗，轻声道："你想坐后面也行。"

　　楚月怡笑道："怎么好意思让音乐人做司机？"

时光桦认真地开口："我可以做司机。"

楚月怡摇头："那不行，我没有老板命。"我只是打工人。

时光桦看她打定主意，这才拉开车门坐了进来，启动车辆驶离众人集合的停车场。

不得不说，时光桦的言行让楚月怡挺有安全感，起码他不会嘴上说些天花乱坠的情话，然后迫不及待地拉近彼此距离。相比其他男嘉宾，楚月怡看他都顺眼、清爽起来，她觉得自己带的"实习生"也还行。

楚月怡：冰山冷归冷，但他不油啊。

汽车驶入主路以后，时光桦随手打开车载音乐，楚月怡刚上车还有点紧绷，后来在这舒缓的音乐中逐渐放松，慢慢找回了"营业"状态。

她别扭地活动了一下，又看看座位距离，茫然道："这是你的车吗？"

楚月怡总觉得此车座位太不合理，倘若时光桦是车主，按照他生人勿近的性格，应该不会喜欢这么紧凑的空间。

时光桦瞥了一眼电子屏，伸手切换音乐，直白道："不是，我的车音响没那么差。"

正在隔壁车上盯着录制、道具却遭嫌弃的编导们迷惑。

楚月怡感受到他语气中的怨念，竟难得地被对方逗乐了。她调侃道："这就是传说中'用低于 5.1 杜比声道的音响听音乐都是往耳朵里倒垃圾'吗？"

楚月怡：不愧是你，"端木"桦！

她联想到《一起来看流星雨》里的经典台词，莫名感到喜感，竟忘记了如今正在"营业"，条件反射地抖了个机灵，露出了私下的真面目。

时光桦原本正在专心开车，余光瞟到她的笑容后，沉默数秒，突然道："这样很好看。"

尽管他并不知道她为何发笑，但这是她发自肺腑的真实笑脸，不是浮于表面的官方面具，她真正笑起来时比阳光还灿烂，让人想起向日葵金黄而柔嫩的花瓣。

楚月怡一愣，很快回过神来，摸了摸扎起的丸子头，误以为他是在说自己的新造型，露出无懈可击的笑意酒窝："谢谢。"

同样的招式无法对圣斗士使用两次，楚月怡经历过"我都知道"的被杀瞬间，就不会再被他的骤然"营业"轻易扰乱分寸。

还真是转瞬即逝。

时光桦发现了她的转变，眸光微黯，略感怅然若失，却什么也没说。

楚月怡认为要对"实习生"的进步给出鼓励，也开始了商业互吹，赞叹道："你还挺细心，刚刚看你在跟导演交流，上回乘船还听安全须知。"

而楚月怡就没他的意识，她平时出行全被李柚安排好了，生活能力比较低下，连房间也时常乱七八糟。

时光桦握着方向盘，正目不转睛地望着前方，只露出线条流畅的俊美侧脸，淡然道："因为不是我一个人乘船或坐车。"

"……"好家伙，教会"实习生"，优化"老员工"？

楚月怡犹记初见时，时光桦还在湖景餐厅半天都憋不出话来，但现在他却逐渐恢复了交流能力，偶尔还会冷不丁杀出一句让人心梗的话。

还真是进步神速。

楚月怡听着车内的电台音乐，突然感到耳熟，问道："这是不是邹乾的歌？"

时光桦刚刚切换到音乐电台，这里会随机播放国内流行乐。他略感意外："你听过？"

楚月怡点头："听过，他每回发新曲都会在朋友圈刷屏，想不听都难。"

时光桦："好听吗？"

楚月怡扭头望向时光桦，他依旧在专注地开车，语气就像随口一问，只是下意识地抿唇暴露了他的内心。

"好听，完全没被糟糕的音响拉低水平，现在听也非常好……"楚月怡发现他嘴角放松了下来，她脸上也绽放出笑意，拍手赞叹道，"毕竟是优秀音乐人写的歌。"

时光桦完全不知自己的表情落入她眼中，整个人顿时一愣："你……"

楚月怡笑道："怎么，难道你觉得我不知道作曲人是你？"

时光桦沉默片刻，心情被她感染得明快，轻声道："只是一般人不会知道幕后制作者，所以我感到有些惊讶。"

楚月怡歪头："我上学时是二班人。"

时光桦闻言，不知该说什么，只是摇摇头，眼底溢出浅浅的笑意。

如果楚月怡想跟谁好好交流，只要对方能够做出反应，那就基本没有冷场时刻。她唯一的翻车时刻，就是碰到了沉默形态的时光桦，其他时间她都能找到话题炒热气氛。

楚月怡问："你和邹乾很早就认识了吗？"

时光桦回答："对，他原来在国外做练习生，当时跟我是同一家公司。"

两人在车上随意地闲聊，慢慢摆脱第一回录制的陌生感，开始有了几分朋友的感觉，不知不觉竟一直聊到车辆抵达景区。

下车后，楚月怡望着庞大的景区门口相当茫然，她下意识地寻找起节目组的跟随导演，想要知道接下来的拍摄安排。

时光桦见她满脸迷糊，伸手示意道："从这边走。"

楚月怡面对人生地不熟的环境，只能乖乖地走到他身边，好奇道："你来过？"

时光桦说："没有，但过来前稍微查了查。"

楚月怡听他语气沉稳，这才不再有晕头转向的感觉，索性将对方当作经纪人李柚，老实地跟着他往里走。

时光桦带着她前往门口，亮出手机，刷好电子票，还没等编导们赶来，他们就已经先一步踏入景区，摄像们只能抓紧时间跟上。

景区内郁郁葱葱、层林尽染，青翠山脉被秋意熏成焰火般的金红，遥遥望去绚烂如画。楚月怡深吸了一口新鲜空气，感慨道："我好久没来景区了，当然横店景区不算。"

"演戏没时间吗？"

"不，我倒也没那么多戏可演，仅仅是懒而已。"

"……"

楚月怡正琢磨着今日的"营业"，像小尾巴一般跟在时光桦身后，

暂且不知如何是好。她望着前面肩宽腿长的时光桦，偶尔还会冒出一些胡思乱想，像极了被工作逼到思绪混乱的"社畜"。

楚月怡：我把他的鞋子踩掉算肢体接触吗？

时光桦似乎意识到了什么，突然停下脚步，差点让楚月怡撞到他身上。他握着手机，询问起意见："前面是岔路口，你想去哪边？"

楚月怡凑到他身边，低头看地图："有什么选择呢？"

楚月怡今天没有披长发，考虑到游玩的便捷性，她扎了个小巧的丸子头，变相也提高了自身海拔。

时光桦正举着手机给她看，感觉面前蹭过她柔软的脸，紧接着是若有若无的淡香，顿时抬起头来，视线斜到一旁，僵立不动道："可以去观景台，也可以去高空栈桥。"

楚月怡思索片刻，拍板道："那就去高空栈桥。"

楚月怡深知阿瑟·阿伦的吊桥效应，人类会在危险或刺激性情景下促进彼此感情，错将情境引起的心跳加快理解为心动。她跟时光桦千里迢迢奔赴此处，在观景台溜达有什么乐趣，当然要抓住关键，既然追求刺激，那就贯彻到底！

楚月怡探头看完地图，便左右寻找起方向。时光桦感受到她离开，这才解除了木头人状态，微松一口气，说道："这边走。"

高空栈桥果然名不虚传，山间横着一座狭长而绵延的栈道，其间的桥板还有空隙，向下望去深不见底，犹如晦暗而神秘的深渊。

工作人员给两人装上安全索，关怀地问："以前有玩过吗？"

楚月怡摇头："没有呢。"

虽然楚月怡没有走过高空栈桥，但她吊威亚的经验丰富，两者看上去大同小异，对她来说没有过多挑战性。

工作人员安抚道："没事，别紧张，很安全的。"

时光桦低头检查完安全索，又瞥了一眼楚月怡的安全索，这才跟着她踏上高空栈桥。

楚月怡刚踏上高空栈桥，就发觉脚下的桥面摇摆不停，尤其是时光桦跟着她上来后，摇晃的幅度开始加大。

两人相隔的距离过近，其中一人稍微活动，就会影响到另一人，产生荡来荡去的感觉。

楚月怡其实能如履平地往前走，但他俩是来拍恋爱综艺的，又不是拍竞技综艺，她没必要展现自己过强的能力，将时光桦压制得完全抬不起头，那是本末倒置。

大风刮来，栈桥更加剧烈地摇摆，惊得前方游客叫出声来。

楚月怡在狂风中略一仰身，下意识地拉住身后人的手腕，又扶着他勉强站稳，忙不迭道："抱歉，我还不太适应……"

楚月怡：很好！我真是平平无奇的武侠小天才！

即使楚月怡能在栈桥上轻盈如猫，但她还是果断抓住机会"营业"，她把握好分寸，隔着衣袖扶住时光桦，以免对方产生不适，直接来一招同归于尽。

两人明明连皮肤都未接触，烈风中隔着衣料也感受不到彼此体温，却使时光桦产生手腕被烫的错觉，差点脚下一滑。

他瞬间听不到耳边的风声，取而代之是凶猛的心跳，震得他大脑空白。他一动不动地盯着楚月怡，半天没有说出一句话，重现了初遇时的沉默形态。

楚月怡见他瞳孔地震，还无辜地回望对方，像极了一张可爱表情包，配字"猫猫能有什么坏心眼呢"。

半晌后，时光桦哑声道："没事……"

他的声音几不可闻，简直要随风飘去。

楚月怡本想着扶他一下就行，但她发觉对方用手腕托着自己，索性就将他当作栏杆，缓缓地继续往前走。

她认为时光桦挺上道，就是好像不太适应高空栈桥，此时他面色紧绷、动作僵硬，完全没有刚开始的自如。

楚月怡胆大包天地向下看，确实是令人胆战的高度，于是她善解人意地给男同事留了些面子，没有戳破他畏惧高空的弱点，只是安静地走到栈桥另一头。

两人走完单程后，都没解开安全索，楚月怡怕他不舒服，婉声道："还要走回去吗？"

时光桦重新踏上平地，看上去犹如虚脱，好久都没有说话。等到终于缓过神来后，他深深地望着楚月怡，欲言又止道："我记得你在

《痕珠》里的戏很经典。"

楚月怡听他冷不丁提起自己的作品，有点跟不上节奏，但下一秒便醍醐灌顶，理解了此话的潜台词，《痕珠》里有无数的威亚戏！

其他人吊威亚常有眩晕及呕吐感，但她吊威亚一向灵活轻巧，拔剑挥袖样样不落，里面甚至还出现了竹林高空打斗的名场面！

楚月怡一边惊叹他查资料真够细，一边愤慨他破坏了自己的营业设计，为什么要戳穿她擅长威亚的真相？！

来时她还在赞叹他进步了，搞半天还是大呆子。

这不就向观众表明了她全是表演，在处心积虑制造肢体接触吗？！

楚月怡现在只能寄希望于剪辑师不理解他的话，没将此句剪入正片内容。她勉强挤出灿烂笑容，风轻云淡地揭过话题："啊，谢谢，我们现在要回去吗？"

时光桦敏锐地察觉到她的情绪变化，但他不知自己为何惹恼对方，只得跟着她重新走回栈桥旁，继续完成剩下的半程。

楚月怡见他面色如常，不再有畏惧及不适，也就收起嘘寒问暖的心思。她现在心情微妙，总觉得他刚刚是在隐晦暗示自己，不要再对他图谋不轨。

可这是工作啊。

还是他感到很不舒服？

但她明明已经很注意地隔着衣袖接触，果然还是不太好吗？

楚月怡想起"呼啸CP"里的男嘉宾，突然感到小小的烦恼。她自然不愿沦为油滑的人，思及要不要收工后向时光桦道个歉，现在双方的边界感确实不够清晰，或许是她有失分寸。

楚月怡陷入思考的模样被时光桦看在眼里，他发现她重登栈桥后变得有点闷，没有过来时脚步轻快，也没再有要扶着自己的意思。

她的步伐很稳，一步接着一步，走得也挺迅速，像在完成任务。

时光桦沉吟数秒，突然伸出手来，隔着衣袖扶住她的手臂。

楚月怡感到手腕被碰，不由得停下脚步，茫然地回头望着他："嗯？"

时光桦："抱歉，我还不太适应。"

楚月怡："……"

楚月怡站在平静无风的高空栈桥上，盯着侧目望向远方的同事，内心是极为崩溃的。

好假的"营业"！现在连风都没有，他还不适应啥啊！

楚月怡面对时光桦拙劣的演技，在此刻竟有点没脾气。她只字未提桥上没风的事实，反而应声道："好哦。"

楚月怡扶着时光桦过桥，时光桦扶着她回去，简直像某种幼儿园游戏。

不过，时光桦笨拙而离奇的"营业"方式反倒让楚月怡放下了心理负担，也将萌生的犹豫及矛盾抛在脑后。她本来还在担忧时光桦厌恶肢体接触，但他现在同样扶过自己，双方就算扯平了！

思及此，楚月怡解下安全索后又活跃了起来，在原地轻蹦了两步，感慨道："其实还挺好玩的。"

时光桦见她脸上多云转晴，推测自己做出的举动没错，她现在心情确实变好了。

两人走完高空栈桥，又在秋意浓郁的山中闲逛起来，山间已有霜红的密叶，放眼望去相当壮阔，于是时光桦不时停下脚步，拍摄风景照。

楚月怡见时光桦专心在拍照，想起对方的 INS 内容，开口道："我看你只发风景照呢。"

时光桦简直是社交媒体神人，他根本没开通微信朋友圈，微博同样一片荒芜，只有 INS 上存在寥寥无几的风景照，能透露出的信息少得可怜，完全是拒人于千里之外的感觉。

他好像完全不想跟人产生联系，也没有任何建立联络的欲望。

时光桦闻言，停下了拍照的动作，沉吟道："因为这只是留下灵感的纪念。"

楚月怡面露新奇："创作的灵感吗？"

她完全不懂音乐的创作，自然不知灵感如何诞生。

时光桦点头："对，以后看到照片，就能想起感觉。"否则他连风景也不拍。

楚月怡随口提议："那你可以多发出来分享，比如发到朋友圈什

么的，说不定别人看到你的照片，同样也会产生创作的灵感……"

楚月怡怀揣私心地引导，她挺想让时光桦开通朋友圈，那样自己收集信息的渠道就能增加，她就更有机会投其所好。

时光桦诧异地望了她一眼，反问道："别人看我的照片？"

楚月怡忙不迭点头，笑着应声："对，互相分享！"

时光桦看她期盼得两眼发光的样子，若有所思地沉默了数秒，又重新开始拍照："好。"

楚月怡听他没有拒绝，继续鼓励道："那我等着看你的大作。"

时光桦听到"大作"两字，略微停顿了一下，又翻翻已经拍好的照片，不知在思考什么。

两人在景区游览结束，便到附近的农家小院用餐。菜品称不上多精致，但胜在食材新鲜、现摘现炒，也别有一番滋味。

楚月怡此时饥肠辘辘，也懒得继续装淑女，干饭人之魂彻底觉醒，好在时光桦并未对此多说什么。

饭后，节目组适时地抛出新内容，总导演出面引导拍摄："《心动约定》很快将迎来两位的共同好友，现在距此不远处有一个采摘园，我们想请两位过去采摘，为招待好友做准备。"

"采摘园内还会放置特邀好友信息，如果能够找到线索，说不定你们就能猜出是谁。"

楚月怡疑惑道："采摘园是种什么的呢？"她倒是知道附近有不少采摘园，只是品类各有不同，一般以水果居多。

总导演："瓜果时蔬都有，两位可以根据擅长的料理来选。"

楚月怡神色微变："料理？"

总导演肯定道："没错，从采摘到烹饪，由你们来制作自己的拿手菜，这样招待才更有心意。"

楚月怡："……"但她拿手的是点外卖？

楚月怡万万没想到，恋爱综艺还要求点亮烹饪技能，难道现在不会做饭都不配谈恋爱了？

她在剧组里拍戏吃盒饭，出来后就靠经纪人及助理投喂，实在不行就自己在家点外卖，还真没有进过厨房做过饭。

楚月怡：打工人下班后都累成狗了，哪还有时间给自己做饭啊！

采摘园内，楚月怡心事重重地换好雨靴，又戴上采摘用的手套，望着不远处欣欣向荣的菜地，诚恳道："我现在好感谢节目组。"

时光桦同样在戴手套，听到后不由得抬头道："怎么？"

楚月怡柔和地笑道："他们没让我们从水稻种起，真是好贴心呢。"

时光桦："……"

楚月怡现在就如被老板刁难的打工人一般，内心有怨却无法倾诉，身边环绕的全是老板眼线（编导和摄像），唯有时光桦是统一战线的真正同事，而她和时光桦还无法大肆抱怨，只能在厕所和茶水间暗地吐槽老板，犹如偷偷接头的地下工作者。

尽管楚月怡面上的笑容甜美又阳光，但时光桦明显能感受到她的小牢骚。他内心略感好笑，沉着地宽慰："没关系，摘点水果就好，下期就点外卖。"

楚月怡望着时光桦风轻云淡的随意模样，竟有种找到知己的默契感，索性向他伸手击掌，一拍即合道："时老师说得对！"

上班不摸鱼，工作没情趣！

这一刻，她跟他有着同仇敌忾的社畜情谊，开始感天动地的惺惺相惜！

时光桦没想到她会突然伸手，下意识地跟她击掌，撞上她明亮而感动的眼神，像是接收到了某种特定的秘密信号。

这是一种难以言喻的、秘而不宣的感觉，只有他们彼此才能读懂的默契，仅仅用视线便足够传达。

楚月怡击掌结束，提起小篮子就往里走，时光桦站在原地微微愣神，内心不由得遗憾起来。

刚刚那一幕拍下来应该能算大作。

采摘园内果蔬丰富，还有各类小动物。比如角落里放着兔子圈，旁边是喂兔子的白菜，各色毛茸茸的兔子在圈内蹦跶，偶尔还缩在一起玩耍、进食。

虽然楚月怡和时光桦已经密谋待会儿要点外卖，但她还是提着篮子，装模作样地一副认真采摘的姿态。她望着墙角一片的"绿油油"，提议道："我们摘点葱吗？不管做什么菜好像都要葱姜蒜吧？"

时光桦瞥了一眼她指着的方向，踌躇片刻，还是纠正道："那是蒜苗。"

楚月怡尴尬而不失礼貌地笑道："那就摘点蒜苗？"

时光桦没有意见，他眼看着她走向墙角的蒜苗地，又见阳光透过旁边的葡萄架洒下，在墙上投出斑驳而闪烁的光影，索性取出了手机。

蒜苗地旁，楚月怡不小心碰到身边的葡萄架，葡萄叶摩擦发出簌簌声响，连带从叶缝间漏下的光线也乱晃，阳光下不知何物突然反光，让她条件反射地想要闭眼。

楚月怡赶忙侧头回避，错开那束突如其来的光线，然后又好奇地探身上去，发现葡萄架上绑着一个玻璃纸做的小信笺，刚刚就是它在发光。

楚月怡取下信笺，将其缓缓展开。是特邀嘉宾的信息，虽然上面只有线索，并没有指名道姓，但任谁都能猜出是谁。

楚月怡握着信笺，回头朝时光桦招手："我找到线索了。"

时光桦闻言走过来，看完信笺上的内容，脸上也露出了"原来如此"的神情。

楚月怡得知特邀嘉宾是谁后，顿时更没动力摘菜，但她仍然心平气和地问："你知道他喜欢吃什么吗？"

时光桦想了想，转身去找采摘园老板，开口问："您好，请问喂兔子的白菜是在哪里摘的？"

楚月怡迷惑，好家伙，原来嘉宾只配跟兔子吃一样的？

两人从采摘园满载而归，将摘好的水果时蔬交给编导们后，他们终于能乘车返回，结束今日的拍摄。

楚月怡在车上还不小心睡着了，综艺录制的劳累完全不输拍戏，醒来后她小心翼翼地偷看了一眼时光桦，发现靠谱的音乐人正在认真地开车，莫名有种玩忽职守的内疚感。

她摸了摸兜内的东西，随即又安心下来，好在自己有所准备。

汽车重新开回最初的停车场，楚月怡从车内下来，舒展身体，一扫旅途的憋闷，感觉总算清醒了过来。

时光桦将车门锁上，在旁边静静地看着，一时不知该说些什么。

夜色降临，停车场昏黄的路灯下，两人即将迎来告别时刻。虽然他们今天已经畅聊过许多，但此时又莫名有种生疏感，冲淡了白日里的欢愉。

楚月怡早料到时光桦木头般的状态，他们在第一期录制时就没有道别，都是匆忙跟着团队离开，极少有画下句点的场合。两人就如同被导演支配的演员，开机时聚在一起，收工后忙碌离开，由外人控制着开关。

思及此，楚月怡主动走向时光桦，随手扯开松散的丸子头，抖了抖披散下来的长发，暖光下，她的发丝如同跃动的精灵。

时光桦见她走近，猜到即将迎来离别的时刻，表现得越发沉闷。

楚月怡望向时光桦，大大方方道："伸手。"她的语气既平静又磊落，就像白天般随意自然。

时光桦条件反射地伸出手来，下一秒就感觉手腕被套上了什么，那是一根细长的浅灰色皮筋。

她的动作可谓既轻又快，完全让他猝不及防。

时光桦愣住了。

楚月怡从兜里取出银色的螺旋小棍，她举着约定之匙随意晃晃，笑意盈盈道："第一个约定，我要你一直戴着它。"

她的语气温柔又有点小霸道，仿佛他根本没有拒绝选项。

楚月怡说完，便将手里的约定之匙放在时光桦掌心，银质小棍在灯光下闪闪发亮，一如她狡黠而闪亮的目光。

她的视线紧紧追逐着他，又露出看似皓如明月的无辜，其实是怀揣小小坏心眼的模样。

时光桦刚刚还被别离的阴云笼罩，现在却被她的话瞬间炸翻，只觉得自己从脖颈到耳根都开始发烧，完全失去了组织语言的能力。

楚月怡做完一切，原本打算落落大方地道别，却不想对方的反应出乎意料。

时光桦双唇紧抿，仿佛在强忍着不让颧骨升天，他缓缓地抬头望她，黑玉般的眼眸里星光颤动，透着隐晦而难以言表的情意。

他小心而试探地瞥向她，紧接着又不安地斜向一边，睫毛犹如翩翩黑蝶。

这是楚月怡从未见过的生动神情,跟他平时若无其事的模样截然不同。

人类会用言语撒谎,但表情难以遮盖,即使优秀演员可以做到精准控制表情,普通人却极少能抓住其中诀窍。

楚月怡是演员,她很清楚表情的含义,甚至能在某些时刻达到读心效果。

时光桦,他、在、害、羞。

这一认知猛地击中了她,连带着她也同样头脑发蒙,瞬间局促无措起来。他不是高冷人设吗?怎么能露出如此纯情的表情?

楚月怡刚刚还在游刃有余地"营业",但等她察觉到时光桦露出的一丝真情,便莫名有点晕晕乎乎,也快要失去语言能力。她都不知道自己在慌些什么,仿佛是被他的赧意传染了。

她突然不敢再紧盯着他,第一回错开了视线,下意识地挠头,忙不迭道:"拜拜呀……晚安晚安,早点休息!"

楚月怡说完就暗骂自己,明明应该漂亮离场,怎么嘴瓢得一塌糊涂!难道这就是魔咒?带人上分必变菜?

时光桦的表现也乱七八糟,他握紧手里的约定之匙,不好意思地以拳掩嘴,视线躲闪地看向一旁,闷声道:"晚……安。"

楚月怡最后是一溜烟逃出停车场的,她总觉得夜风拂面,才能掩盖自己脸蛋发烫的事实。

楚月怡还有力气逃走,时光桦却是在原地宕机了许久,快要僵站一世纪,才完成了大脑的重新开机,却在看到手腕的皮筋时再度大脑过热,整个人都似轻飘飘地踩在了云端。

时光桦内心平复了好久,将手中的约定之匙收好,又心虚地将鼻尖凑近小皮筋,果然闻到了白天里熟悉的味道。

是香的。

停车场内同样有摄像头,节目组的人窝在角落里,总导演望着此幕,犹豫道:"咱们待会儿再去叫光桦吧?"

小程了解地点头:"我懂,我还想活下去。"他要是在此刻暴露了,或许会被时哥当晚暗杀。

Part 04

/ 无瑕笑意 /

收工后，楚月怡都忘记了自己是如何回家的，她迷迷糊糊地跟着李柚上了车，返程路上的记忆已经完全丢失，清醒过来时就已经坐在家里的沙发上。

李柚等人早就收拾完离开了，屋内只剩下楚月怡一人。她习惯性地拿出手机看时间，却想起今日还没发消息给时光桦，往常自己录制后都会跟他寒暄或者感谢一下，力求表现真挚的同事情谊。

不过今天都聊过那么多，不然就暂且不发了吧……

楚月怡为自己找到合情合理的理由，顿时心安理得起来，却发现手机上有一条微信消息，十几分钟前发的，来自时光桦。

所谓事出反常必有妖，楚月怡眉头微跳，点开，莫名有些紧张。

好在不是文字，而是一张照片。

葡萄藤下，日光被密叶剪切成碎片，或明或暗地落在简朴的墙上，女生身着采摘服装，背影被光影笼罩，犹如披着温暖而精美的辉光。

楚月怡一愣，她没想到自己摘蒜苗的样子都能被拍得朦胧而唯美，不禁感慨音乐人的审美能力就是不同，又想起白天里的同游时光，终于摆脱了道别时的那股别扭劲儿，开始编辑消息向时光桦道谢。

第二期录制后，楚月怡和时光桦的线上交流情况有所改变，她发现新同事会主动给自己发消息。或者，更准确地说，他并不是发消息，而是发照片。

时光桦依旧没有开通朋友圈，但他会把好看的图片发给她，偶尔是天光渐弱时的蓝紫天空，偶尔是从高楼俯瞰城市的繁华夜景，同样全是风景照。

唯一的人物作品还只有背影，就是楚月怡摘蒜苗那一张。

楚月怡感觉自己的引导可能出现了错误，她是希望时光桦多在社交媒体平台上展现自己，但他好像理解为她需要他的照片来补充灵感。

这就像热心同事向你分享工作资料，却浑然忘记两人不是同一工种。

不过她是知足常乐的人，有照片总比没有要好，所以偶尔她还会问问照片细节，然后随意地延伸到其他日常话题，倒没有两人刚开始交流时那么辛苦。

当然，小皮筋事件还是给楚月怡留下了一些后遗症，至少她没了勇气点开第二期节目。

屋内，李柚抱着 iPad，略感遗憾道："你真的不看吗？"

楚月怡将头摇成拨浪鼓，一口咬死道："绝对不看！最后的操作太烂了，我不想一头撞死！"

她明明开始还镇定自若，却在后面被彻底带翻车，全程慌得不行，完全有失她的水准。

李柚："那你岂不是没法接受观众反馈？要我们看完告诉你吗？"

楚月怡盘腿坐在沙发上，将笔记本电脑翻开，随意道："我直接翻微博或评论就行，只要能不看节目。"

拍戏时，倘若她的镜头存在瑕疵，尚且还能有再来一次的机会，但综艺不好重复拍摄，她作为精益求精的演员，着实没眼看自己那晚的表现。

好在综艺节目如今在各大平台传播挺快，各式各样的片段都会被剪切出来，用于吸引观众，进行宣传发酵。

楚月怡小心翼翼地浏览，生怕自己会点开微博片段。等她将评论区里的意见读完，却发现了一条莫名其妙的评论。

【月光科学会：建议同学们结合教辅学习第二期课文。】

这条微博下有无数回复，点赞量同样极高，都是整齐划一的"老师辛苦了"，看着像某个研究机构的学子聚集在了一起。

楚月怡一脑门问号，这是哪家教育机构把水军买错了地方吗？但为什么有"月光"二字？

楚月怡怀着好奇心，点进"月光科学会"的微博，发现对方的简介是"嗑学，是一门科学"，微博页面里文字逻辑清晰，堪称图文并茂，像极了高中时的学习内容。

【月光科学会：同学们，时代在发展，"嗑学"在进步。嗑学作为宇宙最高级的学科，是一种面向现实超越性的洞见，是一种想象未来的能力。嗑学的思考就是要将这种想象的能力完善并臻于完美。嗑学也是人生的一门必修课，它既能让我们摆脱空虚之所在，又能抽离俗世之烦扰。】

【是落落呀：老师说得对！嗑学研究13天打卡！】

【小橙子：老师老师，课后题会延续下去吗？我觉得对学习有用[可爱]！】

【月光科学会：会的，光听课不做题，那就失去意义。】

楚月怡迷惑，怎么还有课后题？

楚月怡总觉得自己像是误入了某种神秘组织，这里的人浑身都洋溢着干劲，就像高考冲刺前的鸡血学生，迫不及待地刷题苦练。

她又往下翻了翻，准备寻找传说中的课后习题，搜集更多线索。

嗑学客观题：

1.结合上下文，如何解读"因为不是我一个人乘船或坐车"的含义？

A.字面意思，船上和车上确实不止一人。

B.潜台词，我要对你的安全负责。

C.潜台词，船底和车顶还有外星人，我要保护你的安危。

2.结合上下文，如何解读时光桦说的"抱歉，我还不太适应"？

A.他不适应走高空栈桥。

B. 他不适应肢体接触。

C. 他不适应没有肢体接触。

3. 如何理解楚月怡赠送时光桦小皮筋？

A. 她想给他扎小辫。

B. 暗示他穿女装。

C. 想要将他套牢。

D. 单纯没地方放。

嗑学主观题：

1. 观看课文，结合时光桦对楚月怡在《痕珠》中的表演评价，分析威亚经验丰富的楚月怡平衡力变差缘由并简述双方心境。

2. 双方在停车场道别时，楚月怡说"拜拜呀，晚安晚安，早点休息"，时光桦却仅回"晚安"一词，分析其中含义。

【风华月来：哪位同学能给我讲讲主观第二题吗？我真没懂。】

【01012：中心思想：不想拜拜，不想休息，只跟你晚安。你要结合"晚安"特殊含义，自己上网去查查，讲得再透没意思。】

【风华月来：多谢大佬！感恩比心！】

【柚子：课文尾声，时光桦好像耳朵通红，是不是在害羞？】

【月光科学会：这个镜头画质不够清晰，建议使用更有力度的确凿素材，避免被路人看作主观臆造、牵强附会。】

楚月怡看完整套题目，又浏览了下评论区的答题，顿时一脸蒙，这些人搞得她都快要相信她和时光桦是真的了！

楚月怡：这是什么可怕的洗脑能力，居然嗑得如此逻辑缜密。

如果楚月怡不是"营业"打工人，那她点开"月光科学会"的微博也会走不出去，主要他们一群人分析得头头是道，恨不得拿着放大镜看节目，简直是在世列文虎克！

她看完"月光科学会"的微博，又随意刷新了两回页面，看它的粉丝量依旧在噌噌增增加，莫名产生了逆反心理。于是她索性新注册了个小号，故意发出"C、A、B"的客观题答案，完美地绕开所有正确"嗑点"。

反正她就是幼稚地作对，用小号放飞自我。

却不想在评论区收到"月光科学会"的回复——

【新同学，这期的客观题都相当简单，我感觉你的基础没夯实好，但也不必灰心丧气，落后都是暂时的，跟着大部队好好学，成绩总会慢慢提升。加油，你就是未来的嗑学家！】

"……"楚月怡深知节目"营业"会带来CP粉，但等她当真挖出了CP粉的老巢时，内心却极为复杂，莫名有种想跳出来自爆"不是你们想象的那样"的冲动，可最后她还是深吸了一口气，将所有话都咽回了肚子里。

楚月怡：放宽心，放宽心，这证明我的工作业绩还行。

她关上了"月光科学会"的页面，又翻了翻《心动约定》官博的评论，发现咬定她和时光桦不熟的观众果然变少了，也没有人再说他们互动尴尬，"营业"成果可谓相当显著。

楚月怡认真看着节目更新后的评论，李柚瞧见桌上的手机来电，出声提醒道："月怡，你有电话。"

楚月怡一愣，将笔记本电脑放下，伸手拿起旁边的手机，等看清屏幕上的名字，眉毛微微一扬，随意地接起："我的好大儿，怎么啦？"

"你少占我便宜！"邹乾当即不满地抗议，停顿片刻，又道，"我下期要上你和时哥的节目，提前跟你打一声招呼。"

"嗯嗯，好的，知道了。"楚月怡神色敷衍地应道，她早就知道特邀嘉宾是邹乾了。

邹乾听完楚月怡懒洋洋的语气，越发对时光桦的昏头感到困惑，他完全觉不出楚月怡哪里好，于是抱怨道："你就这副态度吗？"

楚月怡淡淡道："不然呢，总导演说你是我俩的共同好友，我还挺好奇外界怎么会产生这种误会？咱们应该不算好友吧。"

邹乾挑眉："喂喂，过分了啊。"

时光桦粉她绝对是脑袋有问题！邹乾怒道："我们当然不是好友，

我是看在时哥面子上才来的！"

楚月怡对邹乾咋咋呼呼的态度见怪不怪，他俩确实不能算好友，早年因戏在片场结识，共同出演古装剧副线中情愫初萌的青梅竹马，那简直是楚月怡最糟糕的工作回忆之一。

邹乾是练习生出道，后来从唱跳发展为多栖，不可避免地踏上了演员之路。然而，由于缺乏系统而专业的培训，他在起步期留下了不少尴尬的表演。

楚月怡作为邹乾首部戏的搭档，跟他合作时状态几近崩溃，尽管她已经绞尽脑汁地带动他，但总被他劣等的演技气得不行。在拍摄时一向以脾气好著称的她，头一回私下对男演员脾气炸裂，暴风训斥了邹乾许久。

如果用邹乾的原话来形容，那就是"她训我跟训儿子一样，我亲妈都没有那么狠"。当然，楚月怡发飙的后续还不错，邹乾在巨压下进步飞速，勉强交出了超过及格线的表演成绩。

邹乾是为数不多见过楚月怡真面目的人，两人自此后也没什么可装的，面对彼此丝毫没有偶像包袱。不过他在首部戏中获得过楚月怡的帮助，自然没将她外表和内在的反差说出去，他深知这是因为她有一股执拗的敬业劲儿。

"没事儿就挂了吧。"楚月怡有一搭没一搭地说，"电话费怪贵的。"

邹乾咬牙道："再见！"

楚月怡将电话挂断，随手放在一边。

李柚在旁边听完通话，若有所思地嘀咕："难怪你和邹乾还能有CP粉，你跟他说话时的状态确实跟平常不同。"

楚月怡满脸发蒙，不禁揉了揉太阳穴："柚柚姐，你不要突然讲'鬼故事'，我有点承受不住。"

李柚："你俩早年拍戏时演过情侣，有人嗑不是很正常？"

楚月怡眼皮微跳："连喜欢都没说过的青梅竹马，居然也能算情侣？"

楚月怡犹记当年剧中情节，她和邹乾的角色最后并未在一起，更似一种朋友以上、恋人未满的朦胧情感，而且他们仅仅是电视剧中的副线，还不是主线故事。

李柚："但你们采访时互动不少，大家都喜欢看这种。"

"那是互怼吧？"楚月怡不由得吐槽，她又想起了"月光科学会"，索性自暴自弃道，"行吧行吧，嗑吧嗑吧，他们开心就好！"

让客户快乐就是打工人的职责。

第三期《心动约定》的录制如约而至，节目组想要打造在家中招待好友的温馨氛围，但综艺拍摄当然不能暴露嘉宾住址，跑到楚月怡和时光桦家中录制不合适，于是他们便搭建了一个居家场景。

屋内，阳光透过落地窗洒进宽阔的客厅，正中央摆放着沙发和柔软地毯，对面屏幕巨大的 LED 电视下方摆放着各类游戏机。角落里，开放式厨房显得相当气派，锅碗瓢盆都被擦得锃亮，整整齐齐地堆积在水池旁，双开门冰箱一拉开，瓜果时蔬色彩艳丽、青翠欲滴。

楚月怡和时光桦先到片场做准备，楚月怡打开冰箱查看食材，不免怀疑道："这真是我们上次采摘的蔬果吗？放那么久还能吃吗？"

两期录制并不是连续的，算起来也有一段日子了。

时光桦走过来，上下一扫："好像又放进去了一些新鲜的，估计上回采摘的不太行。"

楚月怡闻言，猫腰认真地翻找起来："我要看看我们摘的在哪里，一定要让邹乾吃到充满心意的食材才行。"

她坏心眼地想，吃菜吃的可是心意，又何必在乎新鲜呢？

时光桦欲言又止："不是要点外卖？"

楚月怡："那就把水果找出来！"不吃坏邹乾的肚子不算完。

时光桦："……"

楚月怡将水果取出来清洗，又点了比萨外卖。时光桦在厨房里忙碌，似乎想要进行料理，她好奇地凑过去，眼看他当真取出了白菜，迟疑地提醒道："我都点完比萨了。"

时光桦："没事，简单做一点。"

楚月怡了解地点头，同事果然越来越上道，真正的摸鱼就是看上去在忙，却用轻松的方式化解工作烦恼，堪称人生哲学。

令人意外的是，时光桦备菜的动作相当熟练，他似乎经常在家下厨，跟外表截然不符。不过楚月怡思及对方是巨蟹座，加上曾居海外，

便能理解他点亮厨艺技能的缘由了。

片刻后，楚月怡的比萨外卖按时抵达，特邀嘉宾邹乾也提着水果出现。

邹乾今日还做了造型，相貌帅气，衣着休闲，刚一进屋，他便嗅到空气中美食的香味，大大咧咧道："还是时哥最了解我，知道我想要吃什么！"

楚月怡不知为何总看不惯邹乾，她质疑道："难道你能闻出他做的什么菜？"

楚月怡刚刚帮时光桦备菜，就匆匆忙忙地扫了一眼，还不知道他究竟要烹饪什么佳肴。

邹乾胸有成竹道："不信我们现在打赌，绝对是猪肉白菜炖粉条！"

楚月怡面对邹乾的挑衅，自然不会轻易退让，两人结伴走向开放厨房。时光桦原本在灶台前守着锅，听到了双方突如其来的打赌，略一迟疑，最终还是缓缓地掀开锅盖，东北菜的香气扑面而来，恨不得扩散到整个房间。

邹乾得意扬扬地挑眉："我就说吧，我跟时哥默契杠杠的。"

楚月怡略感气闷，她知道他们关系不错，但就是单纯不想见到邹乾小人得志的模样。她实在没有忍住，有点别扭又隐忍地抿抿唇，眸光中透出一丝小小的幽怨，颇有种小动物摔倒却不服气的劲儿，欲言又止地瞥了时光桦一眼。

时光桦还没见她露出过这种神情，见状一愣，但他一向不擅长跟人解释，只得掀开另一只锅盖，露出其中的鲜虾煲："也有做你喜欢的。"

锅内，新鲜大虾弯曲而通红，下层还垫有新鲜时蔬，尽是袅袅烟火气。

邹乾震惊。

楚月怡不料自己的表情落入他眼中，更没想到时光桦会突然说出此话，她望着鲜虾煲发蒙："哎？"

时光桦安抚道："都有。"

楚月怡总觉得他的话透着一股哄小孩的意味，尤其是邹乾还站在一边，更使她莫名有点不好意思。

她环视一圈，不禁嘀咕道："不是说简单做一点……"

时光桦："这些配比萨刚好。"

楚月怡沉吟片刻，抬眼望向他，婉声试探道："你都做的我们喜欢吃的，那你喜欢吃什么？"

两道菜分别是邹乾和楚月怡的偏好，却完全没有跟时光桦沾边的，她平时也看不出时光桦的口味喜好，除了第一回见面的海鲜炒饭外，他在用餐时就没透出过对任何食物的热情。

时光桦见她直直地盯着自己，忙不迭垂下眼睑，思索道："我……都还好。"

楚月怡追问："说说吧！"

邹乾见他们旁若无人地聊天，楚月怡露出满怀期盼的追问态度，时光桦的语气也相比平时柔和，总觉得自己跟屋内氛围格格不入，顿时有一种单身被虐的扎心感，忍不住叫停道："够了够了，我还在呢，你们适可而止！"

邹乾不禁向墙角的编导们瞟去，吐槽道："你们邀请我上这种节目，这都是人干的事儿吗？原来小丑竟是我自己！"

邹乾出声打岔，楚月怡和时光桦不得不停止话头，三人端着做好的菜移至餐桌，主食则是比萨外卖。

移动中，邹乾端着猪肉炖粉条，忍不住向楚月怡继续挑衅："你还要问时哥喜欢吃什么呀？我以为你早就知道，都不需要特意去问。"

楚月怡眉尖微挑，给了邹乾一记眼刀，知道他又要犯病了。她原来跟邹乾一同在剧组拍戏时人缘很好，每个人的喜好她都如数家珍，此事不知已经被他调侃过多少回了。

如果不是时光桦藏得够深，完全是密不透风的铁壁，她哪用如此直白地询问？

邹乾察觉到她的目光，居然无耻地告状："哥，她瞪我，你不管？"

时光桦："管不了。"

邹乾："啧啧。"

时光桦望着大眼瞪小眼的两人，内心也感到一丝意外。他总觉得自从邹乾出现后，楚月怡的表情鲜活了很多，不像平日里习惯性地端着，宛如厚重的盔甲打开了些许缝隙。

但楚月怡完全是被邹乾烦的，要不是周围有镜头在拍，她这会儿多少要教训他一番，让他少阴阳怪气。

三人将美食摆上桌，便开始愉快地用餐，聊起过往的相识经历。节目组是深思熟虑后才选的邹乾做特邀嘉宾，他一方面跟时光桦有海外情谊、共同录制过节目，一方面又跟楚月怡合作过戏、偶尔活动有接触。

楚月怡听他们讲起海外经历，好奇道："但你们一个是练习生，一个是音乐制作人，那时还能经常在公司里碰到吗？"

邹乾握着比萨，兴致勃勃地怀念："我们那时有一个群，里面都是公司里的国人，大家偶尔会进行聚餐，这是我跟时哥友谊的起点，从此我们之间就产生了深厚感情……"

楚月怡诧异地看向时光桦："你居然会参加聚餐？"

在楚月怡的印象中，时光桦完全不是热爱社交的那一类人，难以想象他竟然会去参加聚餐。

时光桦平静道："不是，我朋友当时有事，没法送他们回去，就让我过来接练习生，但我没跟他们一起吃饭。"

楚月怡瞟了邹乾一眼，若有所思地笑道："那看来是某人的记忆出现了错乱，我就觉得你应该不喜欢聚餐。"

邹乾挺不服气："但我确实是那天跟时哥认识的，我们的友情也就此延续多年，我还记得他当时来接人的打扮！"

楚月怡见邹乾吃瘪，乘胜追击，继续问时光桦："那你对邹乾的第一印象怎么样？"

时光桦沉吟数秒，在邹乾期待的眼神中，坦白道："稍微有点吵。"

楚月怡一拍即合："没错，他很吵！"

时光桦陷入回忆："我记得他上车就开始提问……"

楚月怡深感赞同："而且问得都奇奇怪怪。"

时光桦点头。

邹乾先是被时光桦的第一印象大力暴击，又听楚月怡跟着大肆诋毁自己，不由得愤慨道："你少挑拨离间，我知道你的把戏！"

"哥，你不能被她的外表欺骗，她这副样子都是装的……"邹乾有样学样地发起反击，试图引导时光桦识破楚月怡的真面目，他鬼鬼祟祟地压低声音，"其实她私底下超凶！"

距离太近，邹乾的声音自然也落进了楚月怡耳中，她当即露出完美无瑕的笑容，轻巧地扬扬眉，不经意地投去"友善"的目光，透出告诫意味：再敢瞎多嘴，你就被暗杀。

面对无声威胁，邹乾不自在地瑟缩了一下，又硬着头皮不愿后退。

时光桦感受到双方眼神间的暗流涌动，不知他们的关系到底算好算坏，一时心情略感微妙。沉默片刻，他突然抬眼看向楚月怡，语气既轻又淡："你都还没凶过我？"

楚月怡正在心中吐槽邹乾，冷不丁听时光桦说出此话，一时双眼发蒙。

邹乾同样面目呆滞，他缓缓地转过头来，茫然地望着时光桦。

时光桦风轻云淡地说完此话，丝毫没感到任何不对，还不避不让地注视着楚月怡，眼眸亮如黑曜石，静静地等待她的答复。

楚月怡向来会揣摩他人语气，但这次，她头一回感觉自己有点接不上话，下意识地含糊道："啊这……"

怎么会有人提出如此离谱的要求？这是什么值得骄傲的事吗？

桌上氛围变得有点微妙，楚月怡凭借着强大的求生欲，骤然跳转话题，给时光桦夹了只大虾，无辜又讨好地笑道："这只虾一定很好吃，你都没尝自己手艺……"

楚月怡刚刚将虾放进时光桦碗里，旁边的邹乾就伸手将其夹走，这会儿他终于切中了楚月怡的要害，嚣张而得意地笑道："你连时哥海鲜过敏都不知道？就这还敢挑拨我俩？就这？就这？"

往日楚月怡要是听到邹乾一连串"就这"的挑衅，估计早就将他"狗头"都打掉，现在她却抓住了更重要的信息。

她眸光微颤，面露不解，迟疑地望向时光桦："你海鲜过敏？"

时光桦一愣，似乎也想起什么，局促了起来。

邹乾一口将大虾吃掉，他还在炫耀自己跟时光桦的交情，一边煽风点火道："当然，我们当初去济州岛的时候，他就一口都没吃！"

楚月怡满头雾水："那你当时怎么……"怎么会点海鲜炒饭？

楚月怡当然不知道时光桦海鲜过敏，没录节目前他在网上基本无资料，即使有也是曾经的音乐作品，并不会出现他详细的喜好、习惯和口味偏好。如果邹乾不是曾跟时光桦有同游的经历，他必然也不会了解这些细枝末节，但看他说得头头是道，应该是真事，她更感奇怪。

时光桦刚才还直直地盯着她，现在却率先错开了视线，不再有静待答案的气势，反而别扭地解释："没那么夸张。"

邹乾作为唯一的局外人，又没看两人的首期节目，自然闻不到空气中秘而不宣的味道，直接质疑道："他们不是说你吃完就有反应，速度非常快？"

时光桦深深地回望了他一眼，低声道："你真的有点吵。"

邹乾心碎地捧起碗，直接站起身来，哀声道："行了，我懂我懂，你们在桌上吃吧，我就该在桌底吃，这里没我的容身之处。"

楚月怡没有搭理邹乾的人来疯，她依旧沉浸在莫大的疑惑之中。她总认为时光桦是从首回录制结束后才下功夫，开始弹琴"营业"，毕竟他在首期节目里的表现称得上一塌糊涂、妥妥"翻车"，现在却出现了矛盾——

他要是对海鲜过敏，当初就不该点海鲜炒饭；但要是他对她早就有所了解，为什么又在用餐时冷脸"尬场"？

时光桦面对楚月怡探究的目光，感到不好意思，视线不停回避，默不作声。

楚月怡现在就像抓住了一片轻飘的羽毛，但它好似稍有不慎又会飞向空中，她无法形容自己的心情。

即使迟钝如邹乾，这会儿也同样察觉了桌上朦胧而涌动的气氛，他夹在双方特有的秘密信号中，着实坐立难安。他试探道："那什么，哥哥姐姐，我们吃完打会儿游戏？"

邹乾：你俩的节目，让我 cue（提）流程？

时光桦听到此话，终于找到借口。他安静地起身拿碗，想借收拾东西离开。

"待会儿再收，我负责洗碗！"邹乾劝阻道，"我盯了游戏机好久了，有个游戏特别适合你们，名字叫《分手厨房》……"

楚月怡哪能不知道邹乾的坏主意，她笑意盈盈道："可这里只有两个游戏手柄,你打算饭在桌底吃,游戏也在沙发底玩?"

他们现在有三人,要是楚月怡和时光桦一起玩游戏,那邹乾就真是纯看客了。

邹乾不愿继续当小丑,烦恼地挠挠头,翻起游戏卡:"那我看看还有什么……"

时光桦提议:"不然你们玩《分手厨房》。"

楚月怡同样大度地笑道:"你和邹乾玩也可以,我就在旁边看看。"

邹乾:"……"所以被分的必然是我?

他将游戏卡翻遍,最后崩溃地吐槽:"不是,节目组故意的吧,三个人只给两个手柄,连玩多人游戏的机会都没有,这是二柄杀三士?"

节目组的意思恐怕是楚月怡和时光桦结组,然后跟邹乾进行对战,无奈三人都是真想打游戏,现在较起了劲来。

"真能乱用典故。"楚月怡取出自己的手机,给出实际解决办法,随口道,"行了,上号。"

邹乾原本略感烦闷,听到此话一点即通,态度也发生了天翻地覆的变化,瞬间谄媚起来:"打王者吗?姐姐带带。"

楚月怡被他"分奴"的模样硌硬得眼皮直跳,她看向一边的时光桦,寻求对方的意见:"我们玩这个吧?"

时光桦过来看清游戏页面,停顿了片刻,坦白道:"我不会。"

楚月怡讶异地瞪大眼,当即放下手机,改口道:"啊,那还是……"

邹乾急得跳脚:"别别别,我给时哥借一个号!就玩这个,求求了!"

时光桦见他如此焦灼,好奇道:"你那么想玩?"

邹乾一改刚刚对楚月怡的大不敬,果断道:"她玩这个超牛!"

时光桦眸光微深,试探道:"你们经常一起玩?"

楚月怡果断道:"这实在为难邹乾了,他段位排不上我。"

邹乾正急不可待地在跟别人借号,还抽空解释:"她有赛季没打,现在掉下来了,简直是千载难逢的机会!"

时光桦提醒:"但我真的不会。"

邹乾:"没关系!"

邹乾飞速地借到账号，时光桦只得下载游戏来陪玩。他确实是远离娱乐的山顶洞人，这会儿他茫然地望着游戏页面，向传说中的高端玩家楚月怡提问："我该选哪个呢？"

邹乾借来的账号里英雄及皮肤齐全，段位同样刚好，三人能够排位。

楚月怡闻言凑过来，替他选出游戏英雄，还给出专家级指导："选这个英雄，看着可爱。"

时光桦起手就拿"瑶"，直接让队伍中剩下两名玩家同时发出"？"，他们显然被吓得不轻。

时光桦现在只知道英雄叫瑶，看到局内消息，他又继续发问："这是什么意思？"

楚月怡一边挑选擅长的英雄，一边面不改色地忽悠他："赞美你的英雄可爱。"

时光桦："……"

下一秒，游戏中某玩家就没按捺住，直接打字：不然重开吧。

楚月怡没有回复路人玩家，她瞧了瞧对面的英雄阵容，最后拿出了白虎志皮肤的百里玄策。

邹乾见她选择打野，顿时更加猖狂，还开启了语音转文字回复："从现在起都给我歌颂野王和瑶瑶公主的爱情！"

时光桦完全没玩过这游戏，进入对战后满头雾水，只能步步紧跟楚月怡的英雄角色。好在他的领悟能力还可以，稍微看了看技能和装备按钮，谦逊地询问："我该点哪里呢？"

虽然他没接触过这个游戏，但他并不想在此刻拖后腿。

楚月怡一边低头打游戏，一边温和地应道："哪里亮就点哪里。"

时光桦不解。

邹乾玩的是上单，他从小地图看到楚月怡的移动路线，忍不住提醒："不是，时哥还没玩过呢，你四级别太莽。"

邹乾话音刚落，手机就响起了"First blood"音效，敌方射手一时不慎被抓，直接让楚月怡完成首杀，他们这边的射手刚刚还被压制，现在迫不及待地摁出"赞"，一改开局前的重开态度。

楚月怡淡淡道："我以前可跟你不同段位。"

邹乾骤然收声，顿时改口："对不起，是我草率了，您想怎么打就怎么打！"

时光桦面露疑惑："我现在要去哪里？"

楚月怡听他发问，又挥却冷漠态度，好脾气道："你跟着我吧。"

邹乾："……"这就是川剧变脸？

邹乾在旁叽叽喳喳地交流，时不时还要汇报战况，时光桦却全程保持安静，就像没在一起玩游戏，他控制着造型可爱的小鹿女跟着楚月怡，忽然发现旁边的技能按钮都能使用了。

楚月怡抽空看了一眼他的等级，忙不迭婉声道："可以上来啦。"

她的游戏角色还专门停下脚步，围着小鹿女打转，好像生怕他跟不上自己。

时光桦原本还摸不着头脑，等他点击大招后才发现，小鹿女直接盘旋到了楚月怡的人物头上，他现在都不用控制角色移动，完全是被人背着走的，偶尔点击一下技能键就行，双手甚至能离开屏幕。

时光桦：这真是神奇的游戏，居然连手都不需要。

邹乾完全不知道他俩的互动，他的游戏人物此时已经凄惨地扑倒在地，哀叫道："不是，你们俩刚刚在干什么？我看你们过来了才冲上去，怎么你们中途还停了一会儿？"

楚月怡没说自己刚刚停下在等时光桦，振振有词道："你的意识不行，等级明显不够，还硬要往上冲。"

邹乾一时无言以对，他确实觉得楚月怡过来自己就能蹭一波助攻，所以刚刚略微"浪"了起来，没想到最后可怜兮兮地扑街。他怨念道："我懂，没关系的，我一个人也可以，老孤儿上单了……"

好在楚月怡的游戏手感已经回来了，即使带着完全不懂游戏的时光桦，她依然能够维持压制的局势，自由自在地穿梭于草丛间，时不时就勾走敌方的项上人头。

时光桦还看不懂游戏局面，他就望着两人冲进人群中，没过多久周围就扑倒一片，楚月怡结束乱杀，又载着他顺利离开，重新潜入草丛。

时光桦："为什么他们人多还会输？"

邹乾："因为她水平高得离谱。"

楚月怡："因为你护盾比较强。"

时光桦："……"

虽然他对操作一窍不通，但楚月怡看上去相当厉害，局内的剩余队友都在疯狂点赞，他们还在聊天区询问双方是否为 CP，怎么不挂情侣标志。

邹乾望着游戏战绩相当唏嘘，酸道："啧啧，当真是野王带妹，妹妹完全不用思考，在旁边嗑瓜子都行。"

楚月怡作为女野王，深谙菜鸟玩家的心理，关键不是游戏战绩，而是体验感受，她简直是用对待妹妹的方式指导时光桦，耐心地替其解答游戏中的问题，柔和得犹如游戏陪玩。

楚月怡：妹妹型玩家不懂游戏，只会懂你传达的态度。

邹乾等老玩家想的是要赢，但新玩家往往要玩得开心，这就是游戏心理的不同。

楚月怡一边让瑶骑在自己的人物头上，一边心平气和地给时光桦介绍页面："这里是龙区，打完可以增加金币和经验，还有一些特定增益 buff，从这里过去后是野区，当然我们现在位于敌方野区……"

时光桦看到画面中突然冒出的敌方英雄，出声提示："有人来了。"

楚月怡直接一套连招将敌方打野拉扯倒地，毫不留情地收下人头后，沉着道："现在没了。"

时光桦："……"

楚月怡收割完打断教学的敌军，又慢条斯理地继续介绍："我们接着说，这个叫作蓝 buff，打完有增益效果，可以回复法力值、减少技能冷却……"

邹乾望着含冤倒地的敌人，竟有兔死狐悲之感，感慨道："好好的打野，活着不好吗？何必打扰别人谈恋爱呢。"人和人的起点果然不同，别人的新手教程从训练营任务开始，时哥的新手教程踩着敌人尸体开始。

楚月怡打游戏稳得不行，直接带着时光桦、邹乾连上数星，还被局内队友们误认为是男生，他们咬定时光桦才是女生，坚信这是野王带妹组合，任邹乾如何解释也不听。

邹乾幸灾乐祸道："时哥，不然你开麦算了。"

楚月怡一向是沉默型玩家，不会像邹乾一般频繁跟队友互动，她风轻云淡道：“不必，为什么要给他们听声音证明？”

时光桦完全不懂游戏，但此时也能感受到她的高手气质，他好奇地问：“你什么时候开始玩这个游戏的？”

楚月怡在镜头前从未提过游戏，自然让时光桦觉得讶异。

楚月怡露出回忆的神色，缓缓道：“好早以前吧……刚开始是周围的人都在玩，自己不会就显得有点奇怪，但现在玩得少了，好在操作还行。”

楚月怡最初选择玩这款游戏，仅仅由于它是打工人社交必备，大家在剧组里空闲时间没话题，想要拉近彼此距离，打几局游戏就能达到效果。

她其实并不在乎游戏战绩，单纯靠其维持同事情谊。剧组女生们不爱打野，她就习惯性地玩打野位，自然而然地也就练出来了。别人是在玩游戏找乐趣，但游戏只是她工作时的社交工具，随时都可以放下。

为什么她不会就显得有点奇怪？这个游戏对她很重要吗？

时光桦从她的答案中捕捉到一丝隐秘情绪，他觉得她漫不经心的回答下透出了部分真我，她选择兴趣平平的游戏，肯定还有更深的原因。

他早就发现，她不会直白地坦露自己，她像是拥有完美无缺的保护壳，给予身边人不失分寸的关心，任何人跟她相处都会再轻松不过，总能有如沐春风之感，但人明明不可能没有负面情绪。

别人总能跟她愉快交流，只有一个真正的原因，那就是她的情商水平已经碾压对方，就像她在游戏中完全压制一样。

她强得离谱，别人难以望其项背，也就看不到任何瑕疵。

时光桦思及此，目如深渊。他垂眸望着游戏局面，心里微起波澜。他刚才心生介意，就是因为邹乾曾见过她的负面形象，但自己还从未接触过真实的她。

人类偶尔露出阴暗面并不可耻，甚至是亲近而无防备的象征，只是他暂时还没有机会，他们关系还未如此贴近。

楚月怡察觉时光桦久久不语，看上去还莫名低落，她怀疑他感到无趣，提议道：“不然今天到此为止？你是不是觉得没意思？”

时光桦是新手，估计他根本没什么游戏乐趣，完全是赶鸭子上架陪着玩。

楚月怡也没有过强的游戏欲望，"带妹"精髓是"妹妹"开心，"妹妹"不想玩，那还折腾啥？

时光桦适时地放下手机。他感觉她其实兴致并不强，不是发自内心的快乐。

邹乾作为唯一狂热的游戏分奴，眼看两人都收了手，惊道："不是吧不是吧，我们再打一局，只差一颗星啦！"

楚月怡只对"时妹妹"嘘寒问暖，面对邹乾就相当随意，她回绝了他的组队邀请，还出声催促："洗碗去。"

时光桦今日是厨师，楚月怡和邹乾就负责扫尾工作，让他先在客厅休息。邹乾洗碗，楚月怡收拾厨房，总是互怼的两人在此时难得和睦相处。

水池边，邹乾将餐具打上泡沫，开始按顺序进行清洗。他随口问道："你当时为什么突然想上节目？"

邹乾知道时光桦上节目的原因，但他不知道楚月怡上节目的原因，她以前可从没出演过综艺。

楚月怡调侃道："这是导演给你的提问脚本？"

邹乾早知自己无法轻易刺探出她的想法，他一改往常咋咋呼呼的毛糙形象，突然道："时哥看着很聪明，其实他挺笨拙的，他是特简单一人。"

时光桦仅仅是看着高冷，只要对他深入了解，就能知道他的直线条。他并不是心思复杂的业内人，他一直沉浸在自己擅长的音乐领域，没有任何艺人的弯弯绕绕。

楚月怡一愣，等待邹乾的下文。

"他的表达方式经常被误解，但永远行动大于语言，重要的事情都会默默记住，而且关键时刻一定出现……"邹乾怀念道，"他那时候跟我们吃饭最少，可只要有人生病或遇到麻烦，他肯定会赶来，还送我去过医院。"

因此，即使时光桦沉默寡言，但他们依然能够接受，原因就是他们了解真实的他。

楚月怡想到海鲜炒饭，垂下眼，应声道："我知道。"

邹乾将餐具冲洗干净，又一一地摆放整齐。他直直地望向楚月怡："他可能偶尔会说错话，但请你不要误会他。"

他不知道她上节目的缘由，也不能说出不合时宜的话，只能期盼他们未来相处越来越好。

楚月怡面露好笑："你这是嫁闺女的语气吗？"

邹乾郑重道："我说认真的。"

楚月怡敛起笑意，难得没再用营业表情，她同样认真道："好的，我知道了。"

即使邹乾没有特意说，她也逐渐摆脱了最初印象，开始感知到真正的时光桦。

楚月怡和邹乾收拾完厨房，就到沙发边找时光桦，一边聊天一边吃水果，只字不提双方刚刚短暂的交流。三人随意地聊了聊近期生活，就打发掉大半时间，还真没有往期录制时的节奏紧凑。

邹乾作为艺人，工作行程同样很多，没过多久就要离开片场。他换好鞋子，朝两人摆摆手，吊儿郎当道："两位拜拜，小丑先撤了！"

屋内两人将邹乾送到门口，时光桦气定神闲道："新专辑加油。"

楚月怡附和："好好进步，好好做人。"

邹乾总觉得他们像极了送孩子去寄宿学校的父母，告别前还要督促学习，他不由得眉头紧皱："你们别总惦记我的事业，多想想我这个人好吗？！"

邹乾左右看看两人，又笑道："希望我们仨还有机会吃饭。"

"当然是私下。"邹乾意味深长地眨眨眼，说完转身就向门口走去，离去的背影还挺帅气潇洒。

楚月怡沉吟数秒，她就是见不惯他耍酷，嘀咕道："还装起来了。"

邹乾离开后，房间内就剩楚月怡和时光桦了，他们没有老实地端坐于沙发，而是盘腿坐在柔软的毛毯上，摆弄起刚刚没玩上的游戏机，当真有一种轻松的居家感。

楚月怡和时光桦各持一个游戏手柄，轮流试玩着游戏卡，打发剩余的时间。他们现在玩的是《超级马里奥：奥德赛》，时光桦操作马里奥，楚月怡操作帽子，配合完成关卡。

楚月怡专注地盯着屏幕，一边摁动手柄，一边漫不经心道："你海鲜过敏一般几天能好？"

她记得时光桦之前推延过录制，现在想来他可能是还在过敏期，当时的形象并不方便入镜……

时光桦闻言瞬间操作失误，下一秒，屏幕上的马里奥就被大球击飞，狠狠地摔倒出去，看着狼狈不已。

楚月怡望着游戏画面打趣："马里奥你不行啊，这样还怎么救公主？"

时光桦干脆放下手柄，他没有继续玩游戏，反而不紧不慢道："那我也有问题，问完就回答你。"

楚月怡瞪大眼，抗议道："是我先问的。"

时光桦面色镇定："没有人规定先问就要先答。"

楚月怡见他面不改色，难得见识到他的幼稚，只好闷声道："好吧，你想问什么？"

时光桦注视她的脸庞片刻，伸出双手比出向上的弧度，在半空中勾勒出一个笑脸，低声道："你是什么时候开始频繁这么笑的？"

这是时光桦疑惑许久的事情，楚月怡的笑容面具如此坚固，宛如刻进骨子里的条件反射。

楚月怡一愣，下意识地摸摸脸蛋，又对上时光桦认真的眼神，突然意识到他想说什么了。他曾说"这样不好看"，当时她简直气得要打人，现在想来他或许有别的意思。

阳光暖洋洋地晒进屋里，只让人感到柔和惬意，连带着氛围都显得轻快。

楚月怡坐在软毛毯上，向后一仰靠着沙发，在脑海里搜寻起记忆，若有所思道："让我想想啊，最早似乎是谁说过我这样笑很好看，然后我跟经纪人发现确实不错，就开始刻意寻找合适的角度……"

她已经遗忘了具体的时间，只留下模糊朦胧的记忆。

温暖灿烂、充满氧气感的笑容是楚月怡早期的标志特点，她通过这张鲜明的标签迅速建立起大众印象，度过了难熬的事业起步期。

业内永远不缺帅哥美女，但千篇一律的精致无法立稳脚跟，还要靠一种玄妙的观众缘。楚月怡绝不是五官立体的超级大美女，她依靠的是自身无法取代的奇妙气质，或者说眼缘。

"毕竟我是在镜头前工作嘛，但上学期间我就很清楚，我的五官其实优势不大，所以需要自己多加练习，这就类似偶像的表情管理，邹乾以前在公司可能也有这种训练？"

除李柚外，楚月怡从未跟人提过此事，也不知如今缘何对时光桦坦露。她无奈地笑道："不过还是技艺不精，受到了时老师的批评，直接来了一句'这样不好看'。"

时光桦脱口而出："我没有……"

双方随意自然的交流氛围使楚月怡放松了下来，她甚至忘记节目此时仍在录制，理直气壮地挑眉反问："哪里没有？你就是说过不好看！"

她现在就像一只在抱怨的猫崽，似乎他只要继续顶嘴和反驳，她就会骄横地张牙舞爪。

时光桦被她当场揭穿，欲言又止，最后坦白道："我只是觉得你这样会很累。"

他不是觉得她的笑容虚伪，也不是批评她的态度作假。

仅仅是有一点……

心疼。

时光桦坐在她身边，语气沉静而平和，眼眸明澈似冬日的雪，态度坦荡荡。他确实不善言辞，但要是被深挖出内在，就能发现他的纯粹和磊落。

楚月怡一愣，竟无言以对。

她沉默片刻，又摇了摇头，宽慰道："不累哦。"

时光桦静静地望着她。

楚月怡不好意思地挠挠脸，轻松地开口："说出来你可能不信，我真的挺感谢那个人，让我学会了这种表情。因为我刚接戏时真不顺利，在校期间明明成绩还不错，但出来工作后完全不是一回事儿……"

她那时既低落又不服输，明明她的演技不比旁人差，为什么就是找不到适合自己的角色及戏路？

楚月怡郑重道："但我现在已经找到了自己的优势，所以不后悔也不觉得累。"

她不认为"营业"就是讨好旁人、虚与委蛇，这仅仅只是她提升工作效率的工具，她的内在及人格并未有任何变化。为什么非要对周围人露出真实的神态？她不会像小孩般将情绪清晰地反应在脸上，但她心里对所有事情都一清二楚，只要维持"你好我好大家好"的现状，那就是打工人间最适宜的距离，何必给彼此添麻烦呢？

时光桦在此刻突然明悟，她的面面俱到并非讨好，更多竟是一种不在乎。

她根本不在乎能否跟旁人长久，所以只用维持友好而疏离的态度，不在乎就不会生气，也没必要坦露真实。她习惯性使用完美笑脸，仅仅是不笑容易引发争端，那实在有点太麻烦了。

她的百般照顾或迁就，并不代表她不会生气，更多是懒得生气，不愿跟人计较。她确实好好地善待每个人，又早将他们视为过客，这才能心无波澜、游刃有余。

时光桦难以形容心中滋味，现在想来她对自己的包容，或许也是源自于此，他的胸腔内似有浪潮翻滚，夹杂着冰冷海水的苦涩味道，瞬间将人激得清醒过来。

楚月怡察觉到他默然中的隐晦情绪，试探地问："怎么了？"

她怀疑是不是自己回答得太过果断，毕竟他是关心自己，她却一口否认说不累，确实听着像粗暴打脸。

时光桦回答："没什么。"

楚月怡听完，不禁眉尖微挑。她信他才有鬼，这简直就是"有什么"的标准答案。

"我只是突然想到，今天还带着道具。"时光桦面对她将信将疑的神情，从兜里取出银色的约定之匙，淡定道，"我想好第一个约定是什么了。"

时光桦略微抬起手来，衣袖自然滑落，露出手腕上的浅灰皮筋，他果然信守承诺在戴着。他将约定之匙递给楚月怡，慢条斯理道："我希望你面对我的时候，露出来的都是真笑，不想笑你可以不笑，甚至发脾气也没关系。"

他无法改变她的待人习惯，那就只能直接提出要求，想要不被她推入过客圈，就要缔结更深刻的联系。

楚月怡猝不及防听到这个要求，大感愕然，他竟然会说出此话，还专门使用道具。她一时间心情复杂，没有去接约定之匙，反而低声道："但这如何判定呢？"

时光桦垂眸望着她，胸有成竹道："你没法作假，我能看出来。"

因为他见过她最真实的笑容，所以绝不会被赝品所惑。

楚月怡听到他笃定的语气，竟被莫名逗乐。她缓缓地拿起约定之匙，无可奈何地笑道："是，时老师很厉害。"

她无法形容自己现在的心情，只觉他在某种时刻简直执拗如孩童，却又让人忍不住放松下来陪他玩。

时光桦见她接过，便知约定成立，心中堵塞稍感疏解，又冷不丁道："现在是真的。"

楚月怡抬眼望他，笑意柔和，大方地应道："嗯，骗不过你。"

虽然《心动约定》第三期搭建的场地有限，但录制时间并不短，一直录到天色渐暗才收工。

保姆车内，楚月怡早就摘下随身的收音设备，她静静地靠着车窗，摆弄着手里的约定之匙。这是时光桦给她的那枚，跟她自己的有所不同，似乎在外形上有细微差距。

李柚跟工作人员们打完招呼，小心地躬身上车，坐到楚月怡的身边，又道："开车吧。"

保姆车缓缓启动，车内光线同样随之暗下，只能瞧见窗外的点点路灯。

楚月怡结束录制后有点疲惫，索性靠着车窗闭目养神，并没有主动寻找话题。

李柚不忍打扰楚月怡休息，但她纠结许久仍没按捺住，还是率先打破了沉默："月怡，其实我没想到你今天会说那些话。"

楚月怡睁眼："哪些话？"

李柚说："你跟时光桦后来说的那些。"

李柚没有任何责怪楚月怡的意思，实际上艺人练习表情管理不算大事，说不定还能玩一玩"营业笑容"梗，让营销更有意思。

李柚感到讶异，是因为楚月怡说出了那些真心话，她从不是爱跟人交心的性格，之前在采访中都从未谈及过去，对出道前的挫折绝口不提，现在却向合作的男嘉宾袒露了心声……这不像是理智打工人会做的事。

楚月怡安静了数秒，开口道："柚柚姐，你知道为什么观众明明自己就能谈恋爱，却仍然想看恋爱综艺吗？"

李柚："为什么？"

楚月怡："因为节目永远比现实完美，而人类对爱情的憧憬是本能。"

李柚哑声道："但那是假的啊。"

楚月怡摇头："爱情电影也是假的，但大家同样觉得精彩。"

李柚："这跟你今天说的话有关吗？"

楚月怡望着手里的银质小棍，若有所思地把玩："爱情是人类永恒的话题，也是故事中最难写的类型。因为生活中恋爱不用太多理由，可以仅仅是有钱、长得帅、对我好，但在爱情故事里不行，编剧这么写肯定会失业。

"生活是现实的，故事是虚构的，只要创作者愿意，故事中就能出现更有钱、更英俊、更温柔的人物，那解释双方为何无法被替代就会变成必答题，否则观众无法信服。"

李柚似懂非懂。

楚月怡将约定之匙收好，不紧不慢道："即使节目是假的，故事也得讲精彩。我不能完全用同事态度对他，这是节目性质决定的。"

人类的彼此熟悉还伴随着互相冒犯，他们在镜头前饰演亲密关系，势必会向对方展露特殊一面。她可以用甜蜜的技巧完成"营业"，但那些说到底都是套路，而打动人心的永远是真实。

甜言蜜语的套路谁都能学会，而特有的羁绊却无法复制，这才是必答题的答案。

李柚说："月怡，我理解你的考量，但你也要想清楚，你的过去并不是人物小传，你是一个活生生的人，不要自己陷进去就好。"

李柚心知自己的艺人对节目录制有主意、能判断，但她担心楚月怡录制后无法脱身，楚月怡本身并不是经常敞开心扉的人，现在借着节目流露真实，录完后还能收放自如吗？

楚月怡沉着道："柚柚姐，演员的表演是假，表演的情绪是真，而表演结束后的抽离也是真，我不是没法出戏的演员。"

她能将情绪阀门开启，也能在恰当时机关闭，现在是沉浸阶段，还没到抽离时刻。

李柚听到她斩钉截铁的话，不由得唏嘘道："真是天蝎本蝎。"

李柚突然明白楚月怡从未谈恋爱的缘由了。楚月怡对外人的警惕和戒备心都极强，根本不可能随意摘下面具。倘若不是节目需要，她绝不会放任情绪流出，旁人一辈子也都读不懂她。

第三期《心动约定》播出时宣传极佳，几组嘉宾的互动相处都渐入佳境，加上特邀嘉宾的到来为节目贡献了极高话题度，邹乾作为月光组的嘉宾，吸引了一大波新观众，还有了"小丑邹乾"等多个热搜。

虽然楚月怡对邹乾嫌弃不已，但他好歹是有人气的男星，变相也推动了《心动约定》的知名度。

——本集推荐 BGM《狐狸精》！

——抢答题：请问画面中三人共有几组 CP 名？

——我的"怡乾 CP"真成以前，早就是时代的眼泪 [泪]！

——姐妹们清醒点！谁会嗑上单和野王，野辅联动才是最牛的！

——现实中刷盾女瑶凄惨背锅，节目中男瑶却被捧在掌心，我恨啊 [泪]！

——过度真实，撒娇男瑶最好命。

——我给男朋友看这一段，问他为什么不能像姐姐般哄我玩瑶，他反问我为什么不能做女野王带他，现在我俩开始冷战 [再见]！

——看完节目我悟了，性别不要卡太死，现在就去大厅找野王姐姐！CPDD（求组搭档）！

屋内，楚月怡用电脑浏览节目弹幕，她发觉信息实在零散，并不像往期般讨论度集中。因为邹乾的特别出场，所以弹幕区 CP 乱飞，三人简直能随意配对，使她的评估工作深受困扰。

楚月怡纠结许久，还是没忍住点开"月光科学家"，果不其然对方的总结一目了然，分析得缜密而有条理。

嗑学客观题：

1.结合上下文，从"哥，她瞪我，你不管""管不了"段落中分析楚月桦和时光桦私下关系。

A.楚月怡管时光桦，所以时回答"管不了"。

B.时光桦管楚月怡，所以邹会告状让他管。

C.楚月怡、时光桦管邹乾，所以他们此刻同仇敌忾。

D.邹乾管楚月怡、时光桦，所以他能轻蔑地"啧啧"。

2.结合上下文，解读时光桦"你都还没凶过我"含义。

A.你对我真好，从来不凶我。

B.质疑邹乾说谎，力证她并不凶。

C.你对邹乾有点特别，我也想被特别对待。

3.结合上下文，解读楚月怡"这实在为难邹乾，他段位排不上我"含义。

A.字面意思，邹乾打游戏太菜。

B.对比手法，通过拉踩邹乾，抬高自身段位。

C.传递信息，我从不跟他打游戏。

嗑学主观题：

1.观看第三期课文，结合楚月怡往日温和的性格，分析她玩游戏时冷淡说"不必，为什么要给他们听声音证明"的心境。

2.结合教材，分析海鲜炒饭在双方关系中的作用。

楚月怡看完本期课后题，此时深感震撼，又莫名头秃，为什么感觉题目难度在增加？

"月光科学会"评论区也有类似的声音，同学们纷纷表示迷惑选项增多，主观题的难度同样大幅上升。

【眉眉：老师老师，为什么这期题目没有约定之匙的部分？全是细节题？】

【月光科学会：同学们，所谓一分一操场，简单题谁都会做，关键是细节难题，这才会拉开分差。你跟学霸差的不是基础内容学习，而是深入的思考及分析能力，只有看破迷惑选项，题题不错、分分不漏，最后才能取得佳绩。】

【9384：老师，但我看有的选项也没问题，这不是多选题吧？】

【月光科学会：选项并不一定会错，但要从中选出最优，这就是应试的关键。】

【9384：老师我悟了！明糖送分题，暗糖决胜负！】

楚月怡："……"

为什么他们能一本正经地胡说八道啊？

楚月怡刚刚只是想来看营业效果，现在却望着第一道主观题陷入深思，所以自己当时究竟有什么心境？她只是没兴趣游戏开麦，他们的嗑点到底在哪里？

她好奇地翻了翻答题区，发现此题关键点在于"不想让别人听你声音"，这才显得她的语气比平时冷淡。

楚月怡直呼内行：原来你们比我更懂我自己！

屋外发出有规律的敲门声，唤醒了网上冲浪的楚月怡。片刻后，李柚开门进来，提醒道："月怡，我们该走了，今天还有广告。"

"这一期节目播出效果不错，最近商务那边也有新接触，估计很快就会有好消息……"李柚喜气洋洋道，"当初选择这个综艺是对的，后续话题度应该也还会继续保持。"

综艺节目是大众认识楚月怡的新窗口，他们对她建立感情后，自然会翻遍她过往的作品。楚月怡以前的基础不错，只要新粉们持续涌入，短期内就很难流失。

楚月怡一边收拾东西，一边再次确认："柚柚姐，今天是乐元的广告？"

乐元是一家知名的饮料品牌集团，也是《心动约定》的冠名商。

"对，时光桦待会儿也在，应该是准备用在节目里的。"

楚月怡心下了然，节目组也得加广告，讨好金主大佬才行。

没过多久，李柚领着楚月怡抵达了广告拍摄棚，他们一行人习惯早到一些，跟节目组及品牌方进行沟通，这也有利于人脉联络和后续合作。

拍摄棚内，李柚看到乐元集团的王总，刚要带楚月怡上前打招呼，冷不丁瞟到旁边的几人，顿时向后退了两步，嘟囔道："还真是冤家路窄，这都能直接碰上。"

楚月怡被经纪人挡在身后，看不到拍摄棚内的情况，茫然道："柚柚姐，怎么啦？"

李柚说："我们先别进去了，白依漾的经纪人在里面。"

楚月怡听到这熟悉的名字一愣，随即心平气和道："为什么不能进去呢？"

她和白依漾曾是无话不谈的室友，如今却已经渐行渐远，甚至偶尔还要互相竞争。

CYY 和 BYY。

她们大学期间的微信名像极了情侣，现在却早就往日随风、烟消云散。

李柚恼火道："你俩争奖时网上掐成那样，我现在看到她们就烦，真碰面肯定又要生事端，我猜这会儿肯定是白依漾代言要到期了，不然她经纪人商晴不会跑来，真够没品的。"

楚月怡却远比经纪人镇定，她和缓道："柚柚姐，没关系，我们进去吧，今天我们才是来拍摄的。"

李柚面露纠结，她觉得这会儿要是直接进去容易被嚼口舌，棚内可有那么多人看着呢，但一直待在门口也不是回事儿。

正值此时，时光桦和小程也抵达门口。小程热情地跟众人打招呼，时光桦则安静得多，他戴着耳机，看到聚集在棚外的众人，疑惑地询问楚月怡："怎么不进去？"

楚月怡没解释真相，反而优雅地朝他行绅士礼，礼貌道："男士优先。"

时光桦："……"

不得不说，时光桦等人来得恰到好处，瞬间冲破了进退两难的局面。小程等人率先进棚，径直走向王总，过去跟对方打招呼。

时光桦没有跟着小程进去，反而站在楚月怡身边，摘下戴着的耳机，询问道："我们待会儿要换造型吗？"

"应该有造型师管。"楚月怡好奇道，"你上个节目也拍过广告吧？"

时光桦曾经录制过音乐类节目，其中同样会插入广告，按理说他应该有经验。

时光桦停顿片刻，答道："我有点记不清楚了，当时穿的好像是自己的衣服。"

楚月怡逐渐习惯他慢半拍的感觉，但仍好笑道："你确实完全不像个艺人。"

两人站在角落里闲聊，他们如今交情渐深，又不在录制状态，氛围更类似于朋友。楚月怡将镜头内外分得很清楚，她不会在节目外说奇怪的话，当然抛却对时光桦最初的偏见，她现在也不会对他有任何怨气。

时光桦："我本来就不是艺人。"

楚月怡扬眉，脱口而出道："你不是想转型做歌手吗？"

时光桦在音乐节目上曾有惊艳表现，楚月怡认为他应该是有计划从幕后走向台前，才会参演恋爱综艺来增加知名度。她还看过他的演唱片段，真别说，他平时话虽少，唱起歌来却很有感觉。

时光桦诧异地看了她一眼："我没打算做歌手。"

楚月怡颇感惊异："那你为什么来上节目？"

时光桦被她直白的发问一噎，睫毛轻颤，眸光闪烁。他下意识地抿了抿唇，欲言又止地注视了她许久，莫名像是被人调戏的小媳妇，有点别扭又有点羞愤，隐隐还透出"这种问题你也问得出口"的疑惑。

楚月怡：好好聊着天，突然发脾气？

她不知道自己的问题哪里过分，但她看出时光桦如今不想回答，便善解人意地岔开话题，伸手指了指他的蓝牙耳机："你在听什么？"

时光桦刚才随手摘掉一只耳机，以便能更好地听清她说话，他迟疑道："还没有名字，你想听吗？"

楚月怡接过他递来的耳机，听到其中的陌生旋律，是无歌词的纯音乐，估计是时光桦新编的曲子。她对音乐一窍不通，只觉得确实挺好听，便质朴地夸赞道："真不错。"

时光桦得到她的肯定，同样产生兴致，主动道："我还有……"

"时哥……咦，人呢？"小程转身要找时光桦说话，却莫名扑空，随即他高声道，"你俩过来吧！"

时光桦刚要进行推荐，话未说完就被打断，脸上闪过一丝不满的神色。

楚月怡安抚道："我们过去吧。"

其他人早就聚集到监视器旁，他们俩却在角落窃窃私语，自然显得有些奇怪。

李柚闻言眉尖微挑，她其实觉得时光桦陪着楚月怡闲聊挺好，自家艺人没必要过来跟对家经纪人碰面，但没想到小程会出言打破现状。她偷瞟了一眼依偎在王总身边的商晴，犹如在看突然冒出的苍蝇，面上却强压着不胜其烦的表情，商晴是跟着王总来的，她没办法直接将对方赶走。

楚月怡和时光桦过去时，现场正好呈现三足鼎立的架势，李柚、小程和商晴各站一角，将乐元的王总和节目总导演团团包围。

总导演热情道："月怡、光桦，我来给你们介绍一下，这是乐元集团的王总。"

王总是一位干练爽朗的女副总，她满面笑容地跟楚月怡、时光桦握手，还领导式地拍了拍两人的胳膊："你们好啊。"

两人赶忙客气地寒暄："王总好。"

总导演介绍完王总，试探地看向商晴："这位是……"

商晴是直接跟着王总进来的，总导演不知对方身份，李柚当然知道商晴是谁，但她断然不会主动介绍，索性站在一边冷眼看戏。

商晴作为经纪人，交际能力自然不差，眼看着楚月怡走了过来，想给对方点下马威，便虚假地笑道："你们好，我是白依漾……"的经纪人商晴。

商晴提及白依漾，一是自身标签如此，二是想给予危机感。对家的经纪人跟金主大佬关系亲近，还直接秀到了自己面前，换谁心情应该都不会太好吧。

时光桦刚跟王总打完招呼，听到后不假思索地应道："白老师好。"

商晴的声音戛然而止。

时光桦此话一出，现场突然陷入冰封的静默，他竟直接用一句话终结了全场！

楚月怡眼看不远处李柚憋笑憋到濒临昏厥，缓慢地扭头望向时光桦，面露不可思议之色。

时光桦察觉到她的目光，满脸无辜地回望："怎么了？"

他居然还敢问怎么了？他竟然不认识白依漾？这就是可怕的行外人吗？

楚月怡突然觉得时光桦对自己还不错，起码他知道自己是谁，还看过自己过往的作品……她应该怀有感恩之心，不能再苛求他更多。

李柚在一旁忍着没笑到打跌，小程却满脸痛苦地慢慢扶额。挣扎过后，小程飞速调整了状态，只差当场给商晴跪地磕头，硬着头皮解释道："对不起，实在对不起，时哥他一心闷着做音乐，孤陋寡闻，偶尔就会犯迷糊……"

楚月怡同样反应快到惊人，一秒切到"营业"笑容，满脸真挚道："这是夸您长得漂亮呢！"

小程简直要夸爆楚月怡，当即附和道："没错没错，看着就像明星！"

商晴还没来得及发作，就被这记组合拳打蒙了，现在连翻脸理由都没有，气得半天都没说出话来。

最可气的是，时光桦作为始作俑者，还满脸平静地望着此幕，似乎丝毫不知自己说错了话，当真像不认识白依漾的模样。

商晴：这真是羞辱他人的最高方式！

最终，王总笑呵呵地打破了僵局，她和蔼地解围："哈哈哈，音乐人和影视人还是有点不同，看来光桦确实不关注娱乐新闻啊。"

"行啦，晴晴，不然你今天先回去吧，我们这边也要开始了。"王总打完圆场，又下达逐客令，委婉地催促商晴离开。

商晴本来想要有较高的开场，谁料冷不丁被时光桦打趴，她颇有些心不甘情不愿，小声道："那我刚刚跟您说的事……"

王总面对纠缠，滴水不漏道："再说吧，我看白依漾的知名度也没那么高，这不还有人不认识嘛。"

王总跟商晴面上亲热，但一向说一不二，听口气似是没法再谈了。

商晴前期游说被意外打断，本就感到万分懊恼，这会儿又没法找正主算账，心中自然极为憋闷，只得先灰溜溜地离去。

商晴离开后，总导演和王总等人开始商量布场，李柚则悠闲地过去沟通，还愉快地哼起小调："吹喽，吹喽……"

小程想要吐槽时光桦两句，但他现在还得听导演安排，暂时顾不上这位"山顶洞人"，只能先脚步匆匆地追上李柚，临走前无可奈何地瞪了某人一眼。

某人甚至都没发现小程的怨念。

等周围的闲杂人等散去，时光桦就拿出手机靠近楚月怡，两人的距离稍微拉近，蓝牙耳机涌出音乐，他完全没被刚才的小插曲打扰，期盼地接回话题："那你觉得这首怎么样呢？"

楚月怡没有回答他的问题，她将戴着的蓝牙耳机摘下，满脸狐疑地盯着他："你不是故意的吧？"

楚月怡从未在任何人面前提起白依漾，但外界皆传她跟白依漾关系不和，甚至还争夺过同一奖项。她一度怀疑时光桦刚刚那是替自己打击报复，但他是如此侠肝义胆、富有义气的人吗？

"什么？"时光桦面露不解，思及众人的古怪，这才恍然大悟，"我刚才是说错话了吗？"

"你还敢问！"楚月怡被他天然呆的模样气笑，下意识地伸拳想捶他，又突然觉得肢体接触不好，现在也不是录制阶段，只得讪讪地将手强行收回。

楚月怡佯装握拳伸懒腰的模样，自如地转过头，解释道："那是白依漾的经纪人，名字好像叫商晴，她并不是白依漾。"

时光桦干脆道："不认识。"

楚月怡无语地斜了他一眼，她现在觉得这位哥不是故意，他是真的不知道。

时光桦原本并未当回事儿，面上还是跩哥的高冷范，但他被她复杂的视线盯得心虚，顿时犹豫起来。思及楚月怡刚才的动作，他轻轻地伸手扯过她的袖子，引导她的右拳碰碰自己胳膊。

楚月怡一时不察，感觉右手被人拉起，若有似无地轻触了两下那

人的左臂，还感受到衣料下的些许温度。

时光桦引导她捶了自己两下，透出一丝让步的意味，诚恳道："错了错了。"虽然不知道错哪儿，但先道歉总是好的。

"……"楚月怡根本没法跟时光桦生气，她跟对方置气都显得像自己没觉悟，这是她首期录制时就明白的道理。

她刚要张嘴说点什么，便听不远处工作人员们的呼喊，催促两人过去做造型。她迅速改口道："先去化妆室。"

时光桦见她不似恼火，这才放下心来，走向造型师们。

两人并不在同一房间内化妆，而是跟随造型师各自进屋。时光桦独自坐在屋内，将两枚蓝牙耳机收好，就见小程风风火火地进来了。

小程刚刚跟总导演等人交流完，此时终于有时间翻旧账，他吐槽道："时哥，你居然不认识白依漾？"

时光桦面对楚月怡还略显气弱，现在却坦然地点头："对。"

小程面露质疑："怎么可能？我记得你还看过颁奖礼，她和楚月怡都是什么演员奖的候选人，她最后还拿奖了！"

时光桦陷入沉思，努力地搜寻起记忆，最后似有所悟道："你要是这么介绍，我现在就认识了。"

小程迷惑。

时光桦一本正经道："那个人刚刚的自我介绍不对。"

商晴的自我介绍是"白依漾的经纪人"，她要是说"楚月怡对家白依漾的经纪人"，时光桦立马就能反应过来，无奈对方的自白没选好，他当时真的没有想起来。

小程望着时光桦理直气壮的态度，现在都无力跟他发火，嘀咕道："行吧行吧，我懒得跟你掰扯，好在楚月怡反应够快，我当时都给你搞蒙。"

楚月怡一句话将其定义为夸赞商晴相貌，小程再找回场面就比较容易，没有直接社会性死亡。

"楚月怡本人算是够义气，我看她经纪人都不想接话。"小程大致知道两家有摩擦，楚月怡没看笑话就算好，谁想到她还帮忙递台阶，不愿让时光桦等人尴尬。

时光桦挑眉："那当然。"楚月怡的好还用说？

"等等，你这个闯祸的人，态度居然还挺跩，又不是你情商高。"小程絮叨时光桦两句，也就没有再提此事。他心知对方性格如此，在乎的人或事记得清清楚楚，不在乎的说破天也没用，完全没法被载入记忆内存。

虽然有人曾指责时光桦的性格会被社会毒打，但目前看来还是这位哥毒打别人居多，只要他不会尴尬，尴尬的就是别人。

拍摄棚内，楚月怡做完造型、换好服装，重新回到绿幕前，等待广告正式开拍。她着一身蓝白相间的连衣裙，长发被盘成甜美公主头，看上去神采奕奕、活力十足。

《心动约定》冠名商是乐元集团旗下的甜氧酸奶，瓶身的主色调就是蓝色和白色，嘉宾们的服装自然也要配合。

没过多久，时光桦同样换好衣服过来了，白衬衫衬得他肩宽腿长、身材挺拔，给人焕然一新的感觉。他的袖口盘旋着精致的蓝色花纹，衬衫其他细节处也有对应设计，想要打造出清爽干净感。

时光桦眸色微沉，他正别扭地整理领子，到造型室溜达了一圈，回来却莫名情绪不高。

小程看出他的不适，安抚道："哥，拍摄很快的，时间也不长。"

时光桦现在还不太习惯这身打扮，他喜欢的颜色是黑白灰，服装万年都是暗色系，连纯白衬衫都穿得不多，更何况还是带花纹的？

他参加过音乐节目的广告拍摄，但音乐人们穿的都是自己的衣服，看上去风格迥异，个性化特征明显。

楚月怡穿着蓝白连衣裙走向时光桦，上下打量了一番他，意外道："还没见你穿过这类衣服。"

时光桦平时的着装风格基本无变化，浑身透着"我很酷别惹我"的气质。可他现在穿浅色衬衫，既有种贵公子的矜持冷感，又莫名透出明快的清爽气质，看着不再像往常浓墨一般沉郁。

时光桦面对她更感紧绷，他不想以此副面貌见人，索性将视线挪向一边，又没忍住伸出袖口，隐隐抱怨道："你看这里。"

时光桦将袖口花纹展示给她看，他想说设计太花哨也不庄重，看上去更适合邹乾的风格，完全不符合他的品位。

楚月怡却没读出他的小委屈，她大大方方地拉起自己裙摆，若有所思地对比起来："咦，咱俩服装是对照设计的，我也有这种花纹元素。"

楚月怡没想到造型师还挺上心，她原以为男女服装是同色系随意搭配，没想到居然是根据广告内容特意定制，自然使她分外惊讶。

时光桦一愣，他仔细地观察完连衣裙，又低头查看起自己的衬衫，果然发现两人的风格相同，简直是情侣装。

楚月怡原地转了一圈，她欣赏完裙摆，又看看他的衬衫，点评道："设计不错。"

楚月怡并未认为时光桦着装怪异，实际上有些人披麻袋都不丑，时尚的完成度主要靠脸，时光桦他根本没有翻车的机会。

时光桦现在好受了许多，顺水推舟道："嗯，是不错。"

小程："……"那是谁刚刚死活不想穿？

《心动约定》总导演在角落里陪王总聊业务，现场有专门负责的广告导演。绿幕前，工作人员们摆放了一张茶几和柔软的沙发，地上滚落着大大小小的蓝白彩球，巨大的灯架在两旁笔直立起，将拍摄区照得相当明亮。

"麻烦两位坐到沙发上。"广告导演开始沟通，引导嘉宾们按顺序落座。

楚月怡和时光桦并排坐着拍摄，他们要拿着甜氧酸奶讲广告词，然后露出尝到美味的幸福表情，流程并不算太复杂。

这是一条简单的"恰饭"广告，然而现场有人没拍过。

楚月怡面对刺目的灯光，在镜头前展露无懈可击的笑容，流畅地背出台词："甜氧酸奶，甜蜜有氧每一天！"

因为拍摄区的光线过分充足，所以她基本看不到暗处工作人员的神情，也没有注意到身边某人的拍摄表现，直至广告导演出声叫停。

"CUT！"广告导演望着监视器回放，苦恼地挠挠头，讷讷道，"啊，月怡拍得很好呢，但光桦能笑一笑吗？刚刚也说过是幸福表情，咱们稍微露出一点笑脸？"

楚月怡回头看时光桦，只听他认真地解释："我有笑。"

广告导演纳闷。

广告导演小心翼翼道："不好意思，我没有冒犯的意思啊，但在咱们聊天的这一刻，你有在笑吗？"

时光桦沉着道："有。"

广告导演望着面无表情的时光桦："……"这是笑出一个寂寞？

面对毫无表情管理的时光桦，广告导演脑海里突然蹦出某游戏里英雄瑶的经典台词："看，空气！"

他深吸一口气，好脾气地宽慰："没关系，不要慌，这都是小场面，我们现在就来重新定义笑容。"

楚月怡思索片刻，她记忆中也很少见到时光桦微笑，于是推测他应该是不擅长表演及拍摄，便循循善诱道："没事，你可以模仿我的表情，我们先一起来做一遍，第八套脸部体操现在开始，第一节嘴角上扬……"

时光桦跟着她练习。

楚月怡望着他的神情，心情颇为复杂，又温柔地纠正："上扬不等于抽搐哦，只向上不要往下呢。"

时光桦："……"人类的嘴角还能如此精准控制吗？

时光桦作为毫无表情管理经验的素人，他能在镜头前惊艳吸粉，真实原因很简单，高颜值击败一切花里胡哨。楚月怡初见他时，就感觉他的真人比上镜还好看，他确实不会展现自身的最佳角度。

但时光桦就算学会表情管理也没用，他每天面对各类音乐设备编曲，难道要在工作室对着乐器微笑吗？

楚月怡作为"营业"达人，开始现场教授时光桦，只差掏出教材《从零开始学表情管理》，无奈学生基础不好，加上时间紧任务重，现场进步不够快。

时光桦拍摄进度停滞，自然引来大老板的注意。乐元王总和总导演缓缓地走过来，他们望着沟通中的众人，疑惑道："怎么了？"

广告导演欲言又止："光桦稍微有点不适应……"

楚月怡眼看王总等人靠近，内心越发焦灼起来。她不是喜欢看同事倒霉的人，又深知时光桦确实是经验不足，不愿他给人留下糟糕印象，被人当面指责不够敬业。

望着找不到诀窍的时光桦，加上又听到王总询问的声音，楚月怡索性将心一横，一把掐住时光桦的脸蛋，轻捏出向上的弧度，皱眉催促道："你快感受一下，把肌肉维持在这里！"

楚月怡：快快快，不然老板要骂啦！

时光桦没想到楚月怡会突然伸手，他错愕而茫然地望着她，竟透出一丝呆愣。

王总听完原本眉头紧皱，瞧见双方小动作，突然果断下令道："现在拍。"

广告导演："啊？"

王总厉声道："拍！"

摄影师面对王总的高声发令手忙脚乱，倒是一旁的花絮拍摄者吓得连连摁键，单反相机传出清脆的咔咔声，在数秒间产出一大堆高清照片。

王总下达完指示，没有上前训斥时光桦等人，反而检查起摄影师的素材，随即不满而失望地摇摇头，让在场所有人都心惊肉跳。

她又向花絮师伸出手，讨要单反相机："让我看看。"

拍摄者没有用影像记录下两人的掐脸瞬间，而是用单反的连拍功能将其定格，就像鲜活的连环画。

王总阅后大喜，她凭借多年的广告经验，敏锐地发现其中的亮点，直接拍板道："可以用。"

楚月怡察觉王总等人过来，略感着急才出此下策，她正打算让时光桦延续肌肉记忆，却听到不远处大老板的赦免。

王总跟广告导演沟通片刻，并没有当场发飙，反而和颜悦色道："我们拿点道具过来，真笑不出来就算了。"

王总看上去大约四五十岁，身上沾染些许风霜，面对两人更似长辈，语气分外亲和，处事却相当果决。她的话音刚落，周围人就顺从地找起道具，没人敢对她的话轻慢。

楚月怡一向善于识人，她断定王总是作风强硬的职业女性，按理说不该如此轻飘飘地放过，这才会慌张地抢救时光桦，却不料王总竟没找麻烦……

她颇感惊讶，不可思议地望向时光桦，又眼看工作人员们拿了道具过来，心想：高颜值就是不一样，简直是开挂般待遇，全世界都为他的偶像包袱让步？

　　工作人员们很快就将道具取来，楚月怡望着手中的牌子陷入深思，心想这也真够简单粗暴的。这是一个双面图案的牌子，正面是笑脸图案，背面是撇嘴图案，牌子正好能遮住半张脸，只露出人的眼睛及鼻梁。

　　广告导演干巴巴地讲戏："月怡，你待会儿就伸出牌子，用开心的那面挡住光桦的脸，权当是他的物理微笑……"

　　楚月怡："……"妙啊，好一个物理微笑，是不是还有化学微笑？

　　广告拍摄本就环节简单，主要是时光桦表情不当才耽误了一些时间。工作人员用道具解决难题后，拍摄进度突飞猛进，任务圆满完成。

　　尽管楚月怡认为素材毫不出彩，王总望着监视器却挺满意，搞得她更是满头雾水。她一度怀疑时光桦是锦鲤体质，工作时碰到的人全都好说话。

　　收工后，工作人员们开始收拾场地，楚月怡和时光桦并排离开拍摄区。见四下无人，她忍不住担忧道："你以后怎么办啊？"

　　时光桦今日算蒙混过关，可他要真从幕后转到台前，估计会在拍摄时频频受挫，不免令人操心。

　　时光桦面露疑惑："什么以后？"

　　楚月怡语重心长地扩句："你以后参加别的节目或广告拍摄怎么办？"

　　时光桦干脆道："不参加。"

　　楚月怡顿时语噎。世上无难事，只要肯放弃？

　　她完全没将他的话当真，又挑眉反问道："那要是咱俩这个节目再有广告拍摄呢？你也打算不参加？"

　　时光桦听到"咱俩"一词心中微荡，他直白道："有你就行。"

　　时光桦本就没打算转到台前，他当初上节目的原因很简单。

　　楚月怡闻言大感惊愕，她都不知该评价他坦坦荡荡，抑或是厚颜无耻。她不禁感慨道："哇，这位朋友你可真不客气，我是怕你被骂才教你，好家伙你直接就赖上了。"

在她的理解中，时光桦的意思是"拍广告靠你带就行"，这语气就类似于邹乾求她带上分，有一种躺平任嘲的咸鱼感觉。

时光桦语气试探："不行吗？"

楚月怡："行行行，哪里不行，合同都签了。"他俩收官前都得被捆绑。

楚月怡没觉得他的话过分，甚至感觉像朋友般的亲近口吻，只是其他人或许是调侃及打趣，而时光桦的面部表情还要更少，风格接近冷笑话。

时光桦闻言便放松下来，更使她认定他想摸鱼。

广告拍摄结束后，楚月怡和时光桦也换回私服，他们在拍摄棚门口告别，登上各自的车辆离开。

"你猜我刚知道了什么？"

楚月怡刚刚上车，还没来得及坐稳，就听到经纪人的话，她茫然地应道："什么？"

李柚迫不及待地分享："乐元集团要推一个'氧'系列饮品，节目冠名的甜氧酸奶就是其中之一，现在全系列在选代言人，难怪商晴会找上门来。"

楚月怡心下了然，白依漾的名字跟"氧"有谐音，加上对方现在也算有奖项加身，想要拿到乐元的代言很正常。乐元集团的代言人选得谨慎，前面基本都是大热明星，本身名字就如雷贯耳，跟品牌相得益彰。

李柚心情不错，笑道："时光桦真的好绝，今日是误打误撞。"

楚月怡冷静地分析："即使他没认错人，也不会是白依漾。"

商人只重视利益，王总必然有自身考虑，白依漾如今还不够格。如果是真正够格的候选人，不会是商晴来讨好王总，集团领导展现出的态度就不同，没人会将销量及市场拒之门外。

李柚说："我还跟王总聊了一会儿。"

楚月怡头脑极度清醒，客观道："希望不大。"她现在还接不到这种代言。

李柚看得挺开："没关系，瞎聊呗，你的事业路长着呢。"

楚月怡点点头，她不会阻碍李柚拓展资源，但同样没将此事放在心上。毕竟乐元曾经的代言人都是巨星，她要是现在就能接此等代言，那才是一个一个梦飞出了天窗。

楚月怡和时光桦拍摄的广告将被加在《心动约定》节目内，同时还会被投放到街头巷角的电子屏上，延续了乐元集团一贯的财大气粗。这也是明星们想跟乐元合作的缘由，集团旗下产品众多，商店内随处可见，算是家喻户晓的象征。

两人广告极短，甚至不足十秒，没多久就在地铁口屏幕上重复了数遍。

地铁口，两名背着书包、身着校服的女高中生经过屏幕，冷不丁瞥见一晃而过的画面，又迟疑地转回身来，驻足观看视频："这是《心动约定》预告？最新一期还没播吧？"

另一女生答道："不是，广告而已。"

"你有看这个吗？你喜欢哪一组？"女高中生兴奋道，"'月光'天下第一！"

"我就在直播平台上看过片段。"

屏幕中，俊男靓女并排坐在沙发上，身穿同色系的拍摄服装。镜头突然倾斜，楚月怡和时光桦先向左边倒去，楚月怡略显失措，时光桦神色镇定。绚丽的蓝白特效后，两人又向右边倒去，不同点是手握酸奶，楚月怡笑容满面，时光桦依旧表情淡淡。

下一秒，蓝白彩球碰撞，画面呈现翻书式特效，无数照片一闪而过，最后归于风平浪静。

镜头恢复水平，楚月怡笑意盈盈地讲完"甜氧酸奶，甜蜜有氧每一天"。时光桦则配合地翻动牌子，他将撇嘴变为笑脸，好像在旁边为她安静"打Call"。

广告一向按秒计算，实际镜头量不多，看一遍快得惊人。

女高中生愣愣地望着屏幕，她忍不住揉揉眼睛，又重新观看一遍："这中间是什么鬼？突然翻过好多照片？"

女高中生：切换速度那么快，难道怕我看清楚？

两名高中生在原地仔细琢磨许久，然而广告导演似乎故意作对，偏偏没用肉眼能看清的速度，她们盯着瞧了半天也没懂。人就是好奇心旺盛的生物，什么看不到就偏要看什么，否则就抓心挠肺。

"咱俩真是傻了，上网搜搜看呗！"其中一人终于回过神来，她懊恼地拍了一下同伴肩膀，掏出自己的手机来搜索。

网友们果然无所不能，已经有人靠技术取胜，将广告中闪过的照片全部截出。

这组照片竟是"月光CP"掐脸全过程，而且数量还挺多，动作记录详细。

先是楚月怡既气又恼地掐住时光桦，让一向高冷矜持的某人面露惊愕。

接下来，楚月怡慌张地回头望望，似乎注意到周围，适时地收回手来。而某人还呆愣地歪在沙发上，似乎还未缓过神来，衣领都被她弄乱。

最后，楚月怡乖巧地把双手放在膝上坐好，完全是正襟危坐的好孩子形象。时光桦则缓缓地起身整理起领口，还不经意地偷瞥了她一眼，眼神既含蓄又柔和，可谓盈盈发亮。

因为全系列动作都是照片，所以没有任何解说或文字，一切尽在不言中。没人知道现场真相，完全是看图说话，解读就千奇百怪。

大家刚开始是出于无聊截视频，谁也不料竟然挖出了惊天信息量，尤其双方的状态不似正式拍摄，更给人提供浮想联翩的空间，简直将节目粉们刺激到犹如打了鸡血。

——大胆点，我是成年人，我能受得住！

——热搜警告：楚月怡霸凌合作男艺人 [doge]

——姐姐别怕！我刚检查过，门已经锁了！

——22时光桦：门是我锁的。

Part 06

/ 业内的她 /

　　《心动约定》其他嘉宾组同样有广告拍摄，但成片影响力都远不及"月光CP"，更没有此等巧思。乐元王总不愧是眼光毒辣的商人，她深谙人类浓厚的好奇心，越是遮掩地放出信息，越能挑起更大的兴趣。

　　楚月怡在节目上一向包容又大度，不但频频给时光桦递台阶，还靠一手野王带妹引发话题。大家早就习惯两人在镜头前的相处模式，谁想到私下情况完全反转，竟是时光桦被摁着欺负！

　　【今晚月光真美：镜头里都是表演，镜头外才是真实，懂的自懂。】

　　【桄华：懂了懂了，这拨在大气层。】

　　【小小顾：以前总是嗑不到，现在我又可以了！】

　　【枝儿：不愧是姐姐，镜头前留点面子，私底下跪搓衣板 [棒]】

　　"他们到底在嗑什么？"

　　楚月怡看完广告片，又翻完网上评论，她完全没法理解当代网友的脑回路，不敢置信地摊手道："我在节目上努力营业他们嗑不到，现在看看照片却能莫名嗑到？"

　　怕不是嗑傻了吧？

　　李柚若有所思道："因为CP粉还是女性观众居多，所以更想看女生占上风吧，说实话你在节目上挺惯着时光桦……"

楚月怡严谨道："那不是惯着，那是同事情。"她跟谁工作都是如此，不要讲得犹如她有偏爱。

李柚好脾气地安抚："好好好，你俩只是同事，但嗑到不好吗？我看最近你们微博飞速涨粉，看来大家都喜欢反差。"

在节目中，楚月怡更有活力，她负责带动节奏，而且很好说话。时光桦沉默寡言，显得慢热被动，总透着疏离感。

现在广告一出，可谓两极反转。温暖亲和、人畜无害的楚月怡也有腹黑一面，私底下对时光桦毫不客气，倒是面若冰霜的时光桦莫名被压制，自然使人大感意外。

两人在节目上状态也挺好，但说实话少了点刺激感。现在甜氧酸奶的广告片误打误撞地增加了他们的人设张力，瞬间让摇摆不定的观众们沦陷其中。

楚月怡听到此话，心中涌现些许微妙的别扭，迟疑道："但真相不是这样……"

李柚难以理解她的动摇，好奇地发问："你是不喜欢被误解，还是不想被调侃私下欺负人？"

"都不是。"楚月怡并不介意人设，反正都只是表演。

李柚耐心道："那你是哪里不舒服？"

楚月怡沉默片刻，坦言道："镜头前的表演是工作，但镜头外就不算，我们应该让观众嗑节目外的糖吗？"

楚月怡将工作和生活分得清楚，她在镜头前对时光桦的态度，绝对跟镜头外不一样。王总的广告片其实算擦边球，没人对照片有任何解释，只是单纯地摆出模糊信息，却引来海啸般的热议度。

观众们如痴如醉地看戏嗑糖，但演员们的第四堵墙在哪里？

她可以上台，但总要下台，不可能永远困守台前。

楚月怡曾经深信自己是"营业"表演，现在却感到情况在隐隐失控，有什么看不见的东西在暗处分崩离析，裹挟着她向深渊里坠去。她不喜欢失去掌控的感觉，但这股巨力狠狠地扯住了她，让她完全无法挣脱。

李柚不明所以："其他综艺嘉宾私下同样有互动，'呼啸'还不是天天微博互动，这没什么大不了吧。"

"而且你和时光桦负责的原味酸奶销量不错，乐元和节目组都挺满意，王总私下跟我还有交流，当然我俩暂时没说破呢。"李柚愉快地分享近况，又出谋划策道，"你单独肯定接不到，但要是双人形式，到时跟时光桦他们商量一下……"

每组嘉宾负责的酸奶味道都不错，如果单从口感上来讲，"呼啸CP"的果味酸奶是最佳的，原本也是销量第一。而楚月怡和时光桦代言的是蓝瓶原味酸奶，其实同类竞品非常多，现在销量飞涨，绝对有外因。

楚月怡静静地听着，眸光幽深，平静道："柚柚姐，算了吧。"

李柚正双眼发亮地描绘蓝图，闻言笑意停滞在脸上，她诧异地望向楚月怡："唉？"

楚月怡摇了摇头："对不起，我不太能接受，请别跟他们商量这件事。"

小程不是专业经纪人，倘若要推动双人代言，绝对是李柚出力更多。

李柚见楚月怡面无表情，顿时面露慌乱，小心翼翼道："为什么，你讨厌时光桦吗？"

李柚觉得两人最近相处不错，看上去也毫无误会，按理说她不应该排斥。

"不，我只是突然有点讨厌自己。"楚月怡缓缓地闭上眼，她强压下内心翻滚的情绪，闷声道，"可能是我'又当又立'吧。"

明明是她决定参演综艺，但没法放下架子的人也是她。她不能接受镜头外的窥探，也不想用虚假的情意来牟利，这可能使她爆发严重的自厌情绪。

毕竟节目是节目，嘉宾知道节目是假的，观众也知道节目是假的。然而，如果她跟时光桦节目外的真实言行被误解，甚至当他们被卷入复杂的利益关系时，那无形中会增加扼制她的巨力，使她更加喘不上气。

李柚茫然地望着楚月怡，楚月怡手足无措地站在原地，不知该说什么。

楚月怡很快就平复下来，缓声道："柚柚姐，我能坚持走到今天，是我坚信过往收获全靠自身努力，我问心无愧。但要是让我拿不该拿的，我自己心态会受不了，也没法再走下去。"

她当然可以推动双人代言，但自己明明知道那是赝品，又怎么好意思让旁人来买单？

她明知这些粉丝是为了什么而贡献销量。

知假售假是最低劣的行为。

李柚愣怔许久，又见楚月怡神情严肃，最终让步道："好的，没关系，既然你不愿意，那我也不提了。"

楚月怡当然知道乐元代言能让无数人抢破头，但她现在放弃唾手可得的机会，却莫名感觉内心轻松许多，郁结稍微舒缓。

她默默给自己定下规矩，在节目里"营业"是职业素养，但节目外不能有过多牵扯。她必须维持清晰的边界，才能心无旁骛地在演艺界走下去。

《心动约定》第四期录制如约而至，楚月怡早就调整好状态，重新投入到拍摄之中。

时值初冬，天气渐冷，城市里树木萧瑟，行人们早就裹紧羽绒服，神色匆匆地穿行而过。大街小巷提早摆出圣诞装饰，商场门口的圣诞树缀满彩灯，为寒冷的季节平添了几分欢乐氛围。

楚月怡和时光桦抵达拍摄地，他们今日将在游乐园里游玩，同时迎来节目的转折点。《心动约定》签约合同上曾注明，给予两位嘉宾四期时间互相接触，倘若相处结果不佳，可在第四期选择下车。

楚月怡从不是主动放弃工作的人，她当时签约时根本没在意这条，现在却头一回徘徊不定起来。

倘若她在今天选择下车，那表演就到此为止了。

"你在想什么？"时光桦已经买完票归来，手里还拿着柔软的棉花糖，他敏锐地察觉到她的情绪，轻声道，"你好像心情不好。"

楚月怡原本心事重重，闻言条件反射地笑道："没有啊。"

时光桦望着她灿烂的笑容，将棉花糖往前一伸，遮住她的下半张脸，淡淡道："不想笑就不要笑。"

楚月怡闻言一愣，这才想起双方的约定，她刚要张嘴辩解一番，嘴角却触及蓬松的棉花糖，瞬间品尝到甜滋滋的味道，连带憋闷感也被甜食冲淡，索性轻轻地咬下一口。

时光桦显然不吃此类东西，他见她接过棉花糖，便安静地站在一旁。

甜美的棉花糖柔软如云，使楚月怡的心情也轻飘飘。她吃到甜食，浑身松懈下来，又观察他默然不语，小声嘀咕道："这不是还没改过来，时老师给个机会嘛。"

时光桦："好吧。"

楚月怡眉尖一挑，他还真敢应下啊。

时光桦将她的表情尽收眼底，想想觉得不对，在此刻爆发强烈的求生欲，忙不迭找补道："没关系，慢慢来，还有很多机会……"

楚月怡："……"好家伙，搞得好像她欺负他一样。

两人随着人流往游乐园里走。楚月怡吃完棉花糖后，脸色多云转晴，没有了刚开始的沉闷。

时光桦偷偷观察她的神色，此时才略微放下心来，见她难得不主动带节奏，便找话题道："为什么不回我消息？"

这是时光桦最近百思不得其解的事情，楚月怡以前会主动发消息寒暄，后来两人是有来有往地交流，甚至连问候时间都逐渐固定。时光桦不太会找话题，但他会分享照片和音乐给她，她基本都会恰到好处地回应。

然而，楚月怡如今发消息的次数明显变少，还偶尔出现没有回应的情况，可谓相当反常。

时光桦的语气不似责怪，他清透的眼眸中全是纳闷，仅仅像不解地寻求答案。他不知道自己哪里做错了，自然会感到一丝迷惑。

楚月怡不好解释自己复杂的心态，她近期确实不知该如何回复。两人的聊天不会在节目上曝光，那她频繁互动是否已打破了自己的规矩？微信接触明明是节目外的内容。

楚月怡面对他的茫然发问，此刻深感自己像含糊其词的渣男，瞟到一边的占星屋，她转移话题道："啊……我们要进去看看吗？"

时光桦一愣，遗忘了刚才的话题，顺着她的视线望去："什么？"

游乐园内的占星小屋建得精致，尖尖的塔顶，周身还布满星月图案，透着神秘而玄妙的氛围。门口挂着小木牌，旁边还点缀一颗桃色爱心。

时光桦看到小木牌上的字彻底宕机，在原地僵立许久。他试探道："你确定吗？"

楚月怡只想跳过话题，她在他身边晃了一圈，像是催他往里走，鼓励道："试试嘛，看着挺有趣，听听会讲什么。"

时光桦面露犹豫，眉头微皱，纠结道："那要是结果不好呢？"

楚月怡斩钉截铁道："这就跟星座一样，听到好的就是神秘玄学，听到不好就是封建迷信！"

时光桦："……"

楚月怡其实对这个毫无兴趣，这就类似她会了解星座，但仅仅是把这当作聊天话题，并不会将其放在心里。为了转移话题，她半哄着时光桦进入占星小屋，终于微松了一口气。

占星屋内有着层层深紫色帘幕，其间点缀星月挂饰及水晶，在微光中发亮。空气中还有淡淡的香薰味道，两人顺着昏暗的小路走到深处，只见一张宽敞的占星桌上面铺满了各类宝石及塔罗牌。

楚月怡点评起布置及氛围："看着挺像样。"

时光桦左右看看："但没有人在？"

"好像有声音。"楚月怡听到键盘敲击声，根据声响搜寻起来，最后在暗处发现了负责人。

角落里，女巫打扮的工作人员正蹲坐在椅子上，对着电脑噼里啪啦地打字，屏幕的蓝光照在她脸上，显得既诡异又阴森。

楚月怡礼貌地试探道："您好……"

女巫闻言转过头来，望着两人及身后的黑衣摄像师们，惊得差点从椅子上跌倒，浑身一震道："好家伙，吓死我！"

时光桦沉默片刻，声音很低："看着好可疑。"

楚月怡对他的质疑充耳不闻，她温和地笑笑："不好意思，我们想玩一下这个。"

女巫恍然大悟地站起身，从角落里走出，隔着占星桌交流，爽朗道："行啊，你们要一起看吗？塔罗还是合盘？"

楚月怡问："这有什么区别吗？"

女巫："塔罗一次只能一问，针对短期半年运势，双人合盘可以随便提问，全看你们的需求啊。"

楚月怡顿时了然于心，尽管她用疑问句，但态度分外笃定："合盘比塔罗贵？"

女巫心虚地视线飘移，哼哼唧唧道："差别也不算太大，情侣合盘比较细……"

楚月怡将对方娴熟的话术琢磨得一清二楚，她懒得戳破女巫的小心机，刚想提议就试试塔罗牌，不料时光桦冷不丁道："那就合盘。"

楚月怡诧异地回头望他，这是上赶着交智商税？

楚月怡："你不是觉得可疑？"

时光桦："来都来了。"

楚月怡："……"

楚月怡对塔罗或合盘都无所谓，也就由着时光桦的选择来，她将自己的星盘信息告知女巫，具体到出生时间及出生地。

时光桦被讨要详细资料，有点犹豫："这应该算是隐私，你不会拿去做什么吧？"

女巫信誓旦旦："我很有职业道德，客户信息不泄密。"

楚月怡忍不住在内心吐槽：他认为对方可疑，又觉得存坏心，为什么还坚持合盘呢？

女巫将两人的信息输入电脑排盘，楚月怡用余光一扫屏幕，确信自己刚刚记住的数据没错，便将时光桦的资料刻在脑海里。

她下意识地做完此举，内心又莫名微妙而懊恼，总觉得哪里不对。如果她今天就选择在节目下车，现在收集信息似乎也不再有意义。

楚月怡为缓解内心的别扭，主动跟女巫找起话题："你不用桌子上的东西吗？双人合盘只用电脑？"

占星桌上摆满了塔罗牌等道具，还有羽毛、香薰、宝石在旁点缀，看上去充满神秘气息。

女巫专注地排盘，头也不抬道："占星现在也进入信息化时代啊。"

时光桦听完此话更感狐疑，楚月怡却心平气和道："真是与时俱进。"

女巫的工作效率挺快，她在电脑上完成合盘，便转向两人分享起情况，侃侃而谈道："你们的组合盘显示适合情侣关系，彼此存在情感，预示有恋爱可能。人生方向也一致，相处会很快乐，男方不吝啬付出，不掩盖激情和情感，也能促进彼此发展……"

楚月怡内心是毫无波动，她表面却神情专注，配合地频频点头。

时光桦一直谨慎地紧盯女巫的动作，他此时神色稍缓，信服道："原来如此。"

女巫望着电脑的合盘数据，若有所思地摸摸下巴，继续道："但两人关系可能建立在不真诚及虚幻的欺骗之中，容易从刚开始的浪漫吸引变成失望、迷茫，缺乏实际的方向……"

楚月怡和时光桦同时一愣，没想到合盘是有好有坏。

女巫又继续看推运盘："你们突然形成伴侣关系，但可能也会快速分开。你们有人觉得自己像局外人，将自己的独立看得很重，不愿给出长期承诺。"

时光桦眸光微闪，他轻轻地抿紧嘴角，即使不发一语，也看出不赞同。

楚月怡刚才仅仅是心中微跳，现在却感觉像是有人给自己装了心理探测器，凭借过强的演技她才勉强维持住神色自若、无波无澜的状态。

节目"营业"不就是欺骗，而且突然建立关系？

虚假CP怎么可能有长期承诺？

"有人在关系中看不清对方，存在玫瑰色的美化滤镜，会将双方的关系想得完美，然而事实完全不是这样。这个人容易成为拯救者和受难者，可能会在滤镜破碎时感到受伤……"

时光桦眼底难得露出一丝不愉，果断道："没有。"

女巫被骤然打断，意外地看了他一眼，随即敷衍地安抚："好好好，没有没有，我们接着往下看。

"从运势上看，你们不会一帆风顺，未来将爆发极大争吵，甚至一度彻底失去联系，但由于久远而深刻的缘分联结，双方会在磨难中变得更好，最后取得圆满的结局。

"女巫建议是，不破不立，只有彻底摧毁虚假的梦，才能在废墟中重建真实，迎来温暖而柔和的曙光。"

楚月怡心想，荒芜残破的废墟又如何重建，难道他俩是基建狂魔吗？

两人是漫不经心地进去占星，出来却晕晕乎乎、心怀异事。女巫给出的结果不知算好算坏，尽管结局不错，但过程挺痛苦，甚至算是惨烈。

时光桦从昏暗的占星屋中出来，重见天日后，佯装漠然道："不准。"

楚月怡面露迟疑："其实还好吧……"

尽管她刚开始不屑一顾，但不得不说算得真是贴合她的心境，部分事件算是匹配。即使女巫看过节目，或得到过导演授意，按理说也不会解读出她的真实心理。

时光桦略一沉吟，又改口道："部分准。"结局是好的。

楚月怡作为嘉宾，认为要在节目上有正确引导，大大方方道："好啦，要用批判的精神看占星。"

时光桦同意地点头，只听好的，不理坏的。

两人站在游乐园内，楚月怡听完占星，心中渐生决断，她软声道："现在玩什么？"

时光桦察觉到她的心不在焉，深深地望了她一眼，提议道："找个地方坐会儿吧。"

楚月怡一愣："但我们刚刚才进门，而且难得来游乐园。"

节目组专门安排在游乐园录制，倘若他们不完全激发场景特性，岂不是白白浪费了导演们的精心设计？

"这很重要吗？"时光桦眼眸幽如黑玉，他一针见血道："你也不喜欢吵闹的地方吧。"

时光桦头一回用如此干脆的语气，他往常寡言没有锋芒，现在不知为何略显强势，有一种看破人心的锐利感。

楚月怡难得有点讷讷，她总觉得自己内心深处的心思遭他窥探，还未说出口的隐晦之词竟被读懂。她确实不喜欢吵闹的游乐园，更偏向于安静悠闲的居家环境，但他的话莫名还透出些其他意味。

他已经感受到什么。

虽然他不擅交际，但直觉过于敏锐。

两人最后来到游乐园里偏僻的咖啡馆，由于周围的游乐设施还未开放，附近基本上没有游客，人烟稀少，环境清幽。

不远处的嬉笑声恍若隔世，咖啡馆内安静得要命。楚月怡和时光桦挑的是靠窗座位，她缓缓地搅动着自己的咖啡，眼看着时光桦摆弄起向咖啡馆的工作人员借来的吉他，他随意地拨动着琴弦，时不时在纸上记录什么，全程低着头作曲，又变得默然不语。

楚月怡："我们现在要做什么？"

时光桦闻言抬起头来，他意有所指道："你总在考虑下一步做什么呢。"

"你可以做任何你想做的事，就像我现在一样，反正是最后时光。"他的语气极为平静，似乎早就悟出她的异常，今天录制后他们就能选择结束，或许双方就要正式告别。

极速建立关系，又飞快地结束。

他绝对不是结束的那方，那就是楚月怡感到厌倦了。

楚月怡没想到他一击必杀，完全戳破自身的想法，顿时没法继续营业。她原本想好好地录完此期，起码保持一贯的发挥，但搭档都如此直接了，她索性也就破罐破摔。

于是她在此刻没有继续开口，就像是默认下来。

时光桦没等来楚月怡的否认，顿时更感落寞，他缓缓拨动着琴弦。

楚月怡听到时不时蹦出的琴音，又思及终于要结束"营业"，她突然彻底松懈下来，好奇道："你现在想要作曲？"

时光桦应声："对，我觉得现在是最好的状态。"

安静舒适的环境，有音乐相伴，旁边还有她。他已经想不出更美好的事情，节目组的设计毫无意义，这一刻足够他铭记很久。

楚月怡："你为什么来录节目？"

时光桦停下拨弦动作，沉吟数秒，坦白道："因为这是我等待了很久的机会，甚至有段时间认为等不到。"

楚月怡心下了然，他确实是凭借节目走向台前，那参加恋爱综艺也合情合理，他需要更多曝光来打实基础。

时光桦反问："你为什么来录节目？"

"我……"楚月怡略一停顿，她仿佛陷入回忆，又无奈地笑笑，"现在好像不重要了。"

她原本只想要获得曝光，但她果然还是不适合这种方式，心结始终解不开。

楚月怡惋惜道："就是稍微不甘心吧，明明努力了好长时间，但都比不上一个热搜话题。"

虽然她早有预料，但还是心怀不甘，曾经积攒了自己那么多用心的作品，却不敌短短四期综艺节目及广告片……即使业内规矩就是如此。她也曾有过利用规则的想法，可潜意识里她还是感到不服气，无法压抑内心的不公感。

她对曾经的付出问心无愧，但努力和回报滑稽得可笑，在乎的事情没取得成果，不在乎的事情却引发热议。

这未免过于魔幻，那她以后只录节目就行了？甚至没必要继续拍戏？

她觉得自己不能再沦陷下去，那她就跟他们都一样了。

时光桦："你认为自己不配获得现在的关注度？"

楚月怡："难道你觉得配吗？"

"我不知道我配不配，但我觉得你配。你已经努力够久，该到收获的时候了，你就是值得这一切。"

他说的是真心话，他不是通过节目认识楚月怡的，他认识她的时候甚至能追溯到她无戏可演的时期。

时光桦的眼眸亮出寒雪，他怀里还抱着吉他，他将目光投向窗外不远处，慢条斯理道："你觉得是节目让大家关注你，其实有人很久以前就在注视你前进，他并不觉得你做错了选择，看到你发光反而很高兴。"

这真是神奇的事情，他不经意间扶起一朵被雨浇湿的花苞，看似娇嫩的花朵却在风雨后奋力绽放，而且让自己的香味扑满了这片大地。

他在机缘巧合下记住她的名字，眼看着她的作品不断积累，也有越来越多的人记住她的名字。

他们其实只有一面之缘，却让他记在了心里，不自觉地追寻起她的消息。他甚至一度不懂双方的关系，他并不是她的粉丝，他们看上去毫无关联，但又好像有点联系。

直至来到节目，他们才算真正认识。

楚月怡从未听时光桦说过么多话，此时她愣怔而陌生地望着他，他的声音犹如低音提琴，语气沉着而笃定，完全不似讨论问题，而是直接地传达着什么。

时光桦继续拨弄琴弦，面无表情道："新来的人也不单纯是由于节目，而是你过去积攒的能量爆发了，他们是被过往所有努力造就的你吸引，并不是因为什么节目组创造出来的话题。"

因为他那时也仅仅是被引起注意，是她长久以来的坚持打动了他。

相识是随机事件，吸引是必然事件。

"你就是值得，这不用质疑。"

楚月怡被时光桦风轻云淡的话狠狠击中，她无法形容自己此刻的感受，差点当场爆发出心中委屈，就像饱受打压的小孩终于等来人主持公道，原本可以独自忍受，却在安慰中不堪一击。

如果没有人来哄她，她本会偷偷吞下一切，若无其事地逃离，可他偏偏要说破，还用那种斩钉截铁的语气。

她一直以来无法倾诉这些，又纠结于自己的选择，总归是心怀不甘。现在却有人坚定地说，她理所应当获得这一切，她没有任何问题，并没有误入歧途，只是回馈来得稍晚而已！

她不是气恼于现在，她想被看到过去，而他深知这一点。

他、好、烦。

明明是不善言辞的人，为什么突然说这话？！

她一边深感被救，一边又气又恼，面对他的论断，竟说不出话来。

时光桦原本神色泰然，忽见她眸中波光微闪，他顿时又乱了阵脚，忙不迭道："你喜欢什么样的歌？"

楚月怡下意识地瞥向一边，她小心地避开摄像机，不愿眼底温热被记录，瓮声瓮气道："突然问这个干什么？"

时光桦："写一首你喜欢的，然后做纪念礼物。"

楚月怡神色微变，大概理解他的意思，想来这就是告别礼……她故意刁难道："我喜欢《好运来》那种歌。"

时光桦："……"

下一秒，时光桦艰难地拨动起琴弦，开始迎接专业领域新挑战。

楚月怡仅仅听到两个音，就惊得眉间一跳，连带着低落也被冲散，她又得寸进尺道："不然你还是唱首歌吧，我还没听过你唱歌呢。"

时光桦得到大赦，略微放松下来，他轻轻地弹起琴来，唱的竟是查理·普斯的歌曲《River》（《河流》）。

"Don't run from me river,don't run from me river river…（河流，别从我身边流走，别从我身边流走……）"

他的嗓音相比原版清冷，然而发音准确而悠扬，随着柔和的琴音飘散，缓缓地萦绕在她耳边，反复徘徊不散去。往常生硬的语气被乐曲冲散，只余小心翼翼的柔情试探，挠得听众心尖微痒。

他眼眸低垂，似乎不敢抬眼看她，歌词却丝毫未改。

她原以为他玩电音，谁料他唱的是情歌，竟然还如此应景，她顿时感到沸腾的血液冲上脑门，脸蛋燃起无法抑制的赧意。

好家伙，这真是要杀疯啊！

一曲结束，咖啡馆内的空气莫名黏稠，某种暧昧信号在两人间环绕，致使双方半天都没能说出一句话。

楚月怡率先打破僵局，她试图平复心情，厚颜无耻道："你用中文唱一遍吧，我英语听力不够好。"

"……"

果不其然，时光桦下一秒便紧绷无措，他小心地掩唇看向一边，连带耳根都泛起粉意，身体僵硬又轻轻发颤。

楚月怡见状，顿时有种难以名状的获胜感，就像打游戏刚拿下五杀，重新恢复自信。

楚月怡：休想在我面前乱杀，明明我才是最强的！

音乐可能有治愈人心的作用，气氛重新活跃了起来。

两人没继续提任何不快的话题，而是兴致勃勃地交流起来。

楚月怡一路上沉甸甸的念头突然卸下，她现在已将"营业"完全抛在脑后，从时光桦手中接过吉他，她茫然地拨动着陌生乐器，迟疑道："是这样吗？"

时光桦站在楚月怡身边，望着她错误的手势，想要伸手为她矫正，又犹豫地收回手来，最后出声指导道："左手先托住这里，右手再轻扫这里。"

楚月怡的手指扫出一串难听的琴音，她不由得略感头大，抱怨道："这里究竟是哪里？你能不能像玩游戏一样，好歹报一下准确坐标。"

这里那里的，谁能听明白？

时光桦沉吟数秒，他无法调动词汇精准地形容，便用修长的手指在琴弦上指示位置，低声道："就是这里。"

楚月怡满头雾水，询问道："你当时是怎么学会吉他的？能不能用你老师教你的方法教我？"

时光桦："我没找人学过，弹一弹就会了。"

时光桦没有撒谎，他只要有深厚的音乐基础，基本就能举一反三地学会，乐器总归有共通之处。

楚月怡不解，开始装起来啦？

她顿时气不过，重翻旧账道："我教你打游戏时可不是这样！"

时光桦对游戏一窍不通，楚月怡当时耐心教导、温柔关照，跟他现在的指导态度截然不同。

时光桦一愣："所以你需要那种教学氛围？"

楚月怡："你起码要有我一半的态度吧。"

时光桦若有所思，他直接伸手将吉他抱回怀里，又见楚月怡满脸迷糊地望着自己，干脆地问："你想听什么？"

如果按照打游戏时的情景，那他其实什么走位操作都没学会，稀里糊涂中就在她头顶见证乱杀结束。

楚月怡："……"我是这么教你打游戏吗？

两人没有在游乐园里玩耍，竟在咖啡馆内磨磨蹭蹭度过一天，一晃就到了夜晚的告别时刻。楚月怡第一次没有在镜头前表演，她跟时光桦学吉他时全程大大咧咧，抛却所有拿手的交流技巧，完全是有话直说。

她深谙与人沟通时的诀窍，但她今天一点都不想用。

夜幕降临，游乐园内的装饰彩灯接连亮起，昏暗中的咖啡馆变得灯火通明。

总导演适时地出面沟通："现在想请两位移步到下一场景。"

楚月怡和时光桦同时收声，他们都没料到进度如此之快，终于还是来到离别时分。

时光桦默默地将吉他还回去，楚月怡则注视着角落里休息的工作人员们站起来。因为两人根本没在园区内移动，所以摄像师们录制时称得上悠闲，基本不用挪动三脚架，众人脸上都没有疲色。

节目组将转折场景设置在户外广场，这里似乎是游乐园中较高位置。宽敞的广场周围遍布绿荫，正中间立着高高的挡板，挡板两侧分别有一张帘幕，似乎是不知通向何处的暗门。

咖啡馆内相当温暖，户外空气却微微凉，只让人想将手藏在衣兜里。楚月怡下意识地打了个喷嚏，她轻轻摸摸鼻尖，觉得大脑总算清醒过来，想要抬眼寻找月光，却只看到无边的夜色。

天空中别说月亮，连半点星光都无，还真是凄惨地应景。

时光桦听她打起喷嚏，不由得关切地看过来。

楚月怡察觉到他的视线，遗憾地笑道："今晚夜色真不美。"

时光桦眸光微闪，最后低声道："也许吧。"

总导演目视两人走到指定地点，开始推动环节，开口道："我们曾在节目录制前跟两位有约定，前四期将作为相识阶段，让你们互相熟悉彼此。倘若在相处后感到不合适，也可以选择结束节目录制。

"今天就是第四期录制，我们将在这里做选择。两位马上会被分别带走，帘幕内有两扇象征不同决定的门，选择后将通向不一样的路。双方任何一人决定不再录制，我们的月光组都会就此结束。"

总导演介绍完流程，就隐匿在一旁，安静地在原地等待。

广场内路灯昏黄，夜色却深沉似海。楚月怡不由得在内心自嘲，简直连天色都暗示选择，完全没落下一丝月光。她看向静默不语的时光桦，平和道："还有什么想说的吗？"

时光桦思索片刻，答道："没有。"

楚月怡挑眉："连点提示都不给？"

时光桦闻言，深深地望向她，风轻云淡道："我的人生没有选择题。"

人的处事方式分为两种，一种是权衡利弊后抉择，一种是心甘情愿的快乐。他从来不会做复杂的选择，仅仅是想这么做就这么做。即使撞得头破血流，起码他从没错过。

楚月怡一愣，神情微妙，随即闷声道："不许耍帅。"

两人各自走向挡板一边，他们缓缓地掀开帘幕，却在进去前都下意识地互看了一眼。楚月怡完全是潜意识动作，没想到却正撞上时光桦的视线，她连忙慌慌张张地走进帘幕。

时光桦目送她消失在另一侧帘幕后，这才慢慢地走向属于自己的门。

帘幕后，楚月怡果然看到两扇门，一扇似乎是通向园区出口，另一扇不知是通往何处的路，两扇门旁边有标志提示，分别是"结束"和"继续"。

周围同样有帘幕覆盖，导致附近的光线暗淡，看不到另一边情况。楚月怡站在两扇门中间没有动，她一时也不确定时光桦的选择。他应该早就察觉自己有了下车念头，估计清楚录制无法继续，这才连提示都没有给。

楚月怡僵站在两扇门前许久，直至编导忍不住小声催促。

"月怡，月怡，咱们选好了吗？"跟拍导演小心翼翼地询问。他们深知不应该打扰嘉宾情绪，无奈楚月怡根本就是静止画面。

楚月怡听到声音，这才回过神来。她不好意思地笑道："选好了，对不起，久等了。"

今夜不仅无月无星，连淡色云彩都没有。楚月怡独自走在空旷的小路上，身边既无编导也无摄像，其他工作人员同样消失得干净，仿佛录制已经结束。

微凉的晚风拂面，她的心情也舒畅起来。她轻松地伸展懒腰，又思考怎么连李柚都不在，等到她终于漫步到道路尽头，才看到不远处观景台上的人。

时光桦不知在此处静立了多久。他就像萧瑟夜风中的雕像，一动也不动，直至楚月怡出现。他原本沉默地望着夜幕，却在她露面时诧异地睁大了眼，似乎有点不敢置信，还透出一丝呆劲儿。

楚月怡自然地朝他招手，笑道："好久不见。"

时光桦双眼发蒙："我还以为……"

楚月怡没有接话，反而轻声道："你等很久了吧。"

时光桦望着她柔和的神色，忽然在此刻失去了语言能力，却在心里无声地给出答案。

是的。

他等很久了，从很早以前就在等，在她不知自己名字时就在等。

楚月怡望着偏僻的观景台，尴尬地挠挠脸，嘀咕道："我路上还想过你要是选了结束我该怎么独自下山，你是不知道那条路有多黑，连半个人影都没有……"

走在小路上时，楚月怡一度怀疑自己在拍《寂静岭》，这哪里是恋爱综艺，根本就是恐怖电影，还是工作人员们全都离奇失踪的那种。

如果时光桦没有在山上，说实话她有点不敢下去。

时光桦目如深渊，郑重道："我说过，我的人生没有选择题。"

他根本就没有在门前停留，直接就朝着观景台出发了，只是没料到她会来。

说实话，他刚刚抵达时略感失落，因为观景台上空无一人，但他早就做好了心理准备，也就没有过分消沉，可她终于还是来了。

楚月怡："说点正常人听得懂的话。"

跟时光桦寒暄完，楚月怡又在观景台上溜达了一圈，发现长椅上的信封。她不禁好奇地问："这是什么？"

两人刚刚交流时楚月怡还没注意，时光桦手指间夹着的一张信笺纸，看上去莫名熟悉。时光桦将信笺纸展开，出示给楚月怡看，面无表情地问道："我不会说话？"

楚月怡："……"

她佯装无辜地笑道："哈哈哈，那么早以前的东西还留着呢。"

楚月怡看着他憋闷的模样竟心生不忍，她此时也暗道自己真不像话，不但在两扇门前纠结许久，还靠第一印象搞他心态。难怪时光桦见到她时表现出惊讶，换谁看完初印象都觉得要"BE"（坏结局）吧？

他就一个人拿着信，在夜风里站了那么久。

楚月怡连忙转移话题，她拿起另一封没拆开的信，嘀咕道："行啦，说不定你写得更差，让我来看看……"看看你是怎么骂我的。

时光桦只拆开了标注自己名字的信封，眼看楚月怡要当面读信，他忙不迭阻拦："等等……"

楚月怡灵活地避开他，保证道："即使你是吐槽我，我也不会生气的。"我会直接揍你。

时光桦眼底闪过一丝慌乱及紧张，却只能眼睁睁地见她拆信。

楚月怡看清内容后一愣，莫名有些脸庞微热，抬头却见他比自己烧得更狠，简直是脸红到要冒烟的水平。

她在此刻跟他产生相同悸动，瞬间被感染得说不出话。

信笺纸上写的是"在发光"。

奇妙的氛围在双方间酝酿，楚月怡此时暗自后悔，她觉得自己算是公开处刑彼此，可谓是两败俱伤。

楚月怡干巴巴道："今晚夜色真不美。"

时光桦刚要开口回话，只听天空中一声巨响，骤然打断了两人的交流。

下一秒，天空中绽放出大朵大朵的绚丽烟花，只将沉沉夜幕照得光亮似火烧云，在半空中挥洒下缤纷多彩的火花。

漆黑寂静的观景台原本毫不起眼，如今在烟花的映照之下却能俯瞰全园，放眼望去就是壮丽的童话古堡，连同周围形状各异的建筑及花草都尽收眼底。

这场烟花秀美得直刺苍穹，引得园内游客阵阵欢呼。

时光桦："今晚烟花真美。"

他的眼眸明亮，犹如空中跳动的灿烂焰火，熟悉的男低音既轻又淡："很荣幸能继续陪你发光。"

壮观的烟花秀持续了许久，时光桦的面庞被漫天火花照亮，变幻的光影更衬得他五官俊逸，使向来凛若寒霜的人染上暖意。他一向不是辞藻华丽、八面玲珑的人，但说出的所有话都透着笨拙的真挚。

楚月怡对于天花乱坠的承诺心如止水，唯有真实的表达能将她彻底击垮。因为她是经验丰富的演员，见识过形形色色的表演，所以只有截然相反的东西才能打动她。

他绝不是合格的演员，甚至称不上合格的艺人，但他是很好很好的人。

所以她选择回来。

如果《心动约定》的男嘉宾换成其他人，楚月怡确信自己今天会选择下车，同时对自己的决定毫无愧疚，可现在她心生犹豫。或许是他曾调侃有她就行，或许是不想连累他失去节目机会，或许是其他还未察觉的缘由。

等彻底反应过来时，她已经独自走在路上，朝着观景台前进。

楚月怡收敛起所有情绪，她直直地望向时光桦，轻声道："你也会发光的。"

她不相信世界上有永远，但在他还需要她的时候，她会尽力陪他再走一段。既然节目是他等待很久的机会，那她就看看能共同结伴走多远。

她不是喜欢欠人情的性格，权当偿还他的那番话吧。

Part 07

/ 合作舞台 /

两人在观景台欣赏完火花秀，又沿着漆黑的小路溜达下山，这才看到驻扎在广场的工作人员们。

现在夜色已深，也到了收工时刻，楚月怡笑着跟他挥手告别："再见。"

时光桦睫毛轻颤，随即眼底透出一丝笑意，他心照不宣地应道："再见。"

双方都没再多说，一切尽在不言中。

楚月怡离开时光桦后，没走两步迎面就遇到了李柚，看到了她脸上古怪而茫然的神色。

李柚早就听说消息，自家艺人没有选择下车，而是抵达观景台继续录制，现在当然满头雾水。

心中无男人，工作自超神。楚月怡摆脱了火花秀的情绪感染，头脑又重新清醒，理智占据上风，她有条不紊道："柚柚姐，麻烦你跟节目组签一下剩余合约，我想要继续参加录制。"

李柚毫无意见："好的，但怎么会如此突然……"

"只是有些新想法。"楚月怡没有正面回答，她歪头思考片刻，又不紧不慢道，"我记得后面嘉宾能够提供录制建议，可以请你跟导演和节目组沟通一下，增加一些展现我们优势的环节吗？例如音乐舞台？"

合同规定前四期流程由节目组制定，然而嘉宾们愿意续签的话，导演会推出个性化设计，更多地参考嘉宾们的意见。

李柚说："这倒是也没问题。"但怎么就变成"展现我们优势"？这是哪里来的"我们"？

楚月怡在工作方面就没有脑袋转得慢过，她现在觉得时光桦对未来的发展规划极不清晰。倘若他想要夯实现有的基础，起码要更多地在人前展现，否则就只是没头没脑地瞎撞。

她的过往影视作品极多，加上水准摆在那里，吸入新粉很好转化。可他的作品履历全跟音乐相关，尽管在业内闻名，但难以强化印象。大众会记住台前的歌手，却不容易记住歌曲创作者，自然转化率低。

楚月怡现在就如操碎心的事业粉，她认为时光桦的团队哪里都不行，又道："柚柚姐，双人代言的事情你可以跟他们商量一下，我看时光桦的经纪人也不一定明白，还请你把利弊给他们讲清楚……"

李柚忙不迭道："好好好，我懂了，是不是还要征求他们的意见？如果他们愿意就推进，不愿意也不要去强求？"

楚月怡一拍即合："对，就是这样！"

李柚咬牙吐槽："月怡，麻烦你醒醒吧，你是我的艺人，不是他的经纪人！"

以前楚月怡每天想着搞自己事业就算了，现在连同事的事业都要帮忙搞？李柚完全无法理解楚月怡离奇的想法，难道打工人的浪漫就是跟你一起搞事业吗？

第四期录制后，楚月怡对时光桦的态度一夜恢复正常，她依旧会准时回消息，偶尔主动进行寒暄，就像双方相识时一样。不同之处是，双方的关系更进了一步，措辞不会生疏客气，显得熟稔起来。

合同续签的隔天，总导演还召集双方开会，讨论起后续的录制。

会议室内，楚月怡团队和时光桦团队各坐一边，总导演等人坐在中间的位置，他低头浏览起资料，和缓道："我已经大概知道两位的录制想法，月怡是想有更多展现双方本职的机会，对吧？"

楚月怡点点头，她是演员，时光桦是音乐人，总归要将关注度引回本源。

总导演说："没问题，我刚刚跟青果台沟通过，可以上跨年晚会的歌曲节目，正好晚会总导演是秦导，还是光桦的老熟人。"

青果台跨年晚会的秦导曾负责音乐节目，正是邹乾和时光桦参加过的那档，加上跟《心动约定》总导演有交情，对方自然不会拒绝。

时光桦表情微怔，他意外地看了楚月怡一眼，又道："不是演戏吗？"

总导演笑呵呵道："演戏机会可没法随便来，月怡也是说先找舞台。虽然现在时间稍微有点紧，但马上投入彩排还来得及，不过你们前期注意点别被拍到，我们还没剪出第四期呢。"

节目组想要搞出月光组下车悬念，楚月怡和时光桦贸然露面就算剧透了。

时光桦等人没提出需要音乐环节，却不料楚月怡早就思虑周全。

小程望着楚月怡越发顺眼，他极少碰到如此好打交道的艺人，赞叹道："真不错。"

别人提出要求时再给就已经晚了，真正的体贴入微是不必说就有。小程看着别人家的艺人羡慕不已，他手下的艺人只会让自己天天磕头道歉，哪有如此温暖而感人的时刻？

三方会议继续推进，楚月怡等人规划清晰、面面俱到，时光桦等人毫无要求、听之任之，展现出完全不同的风格。总导演跟嘉宾团队敲定完细节，便带着工作人员们先行离开。

小程对后续细节还算满意，李柚等人没有以势压人，全程非常尊重双方利益。

会议结束后，分坐两侧的嘉宾们终于有机会对话，时光桦望向起身的楚月怡，冷不丁道："其实你不用为我考虑，没有音乐舞台也没事。"

时光桦深知楚月怡的工作习惯，她从未参加过任何跨年节目，跟所有演戏外的活动绝缘。她是极有原则的人，不擅长的不会去碰。

小程恨不得用眼刀怒刮时光桦，暗骂他实在不识好人心。

楚月怡一愣，反问道："你不想让更多人听到你的歌？不希望自己的作品更受欢迎？”

时光桦神色淡淡，慢条斯理道：“我的作品已经够受欢迎。”

楚月怡不解，你就是吹牛之王？

小程心知时光桦的话没错，对方作品确实遍布海内外，甚至每年没有新作都能收到不菲的版权费，然而实话也不能硬邦邦地说啊……他痛苦地扶额，条件反射地道歉：“实在对不起，时哥他……”

楚月怡还未等小程说完，便径直走向时光桦，面无表情地望着他，平静道：“时光桦，你很了不起吗？放眼看看世界。”

小程望着暴露真面目的楚月怡震惊。

时光桦头一回被她叫全名，又见她神情郑重而严肃，顿时浑身一震，莫名地紧张起来。

楚月怡痛心疾首道：“我们就光聊聊国内，首富他们都还在敬业地工作，你又有什么资格不努力？！”

时光桦：“……”

李柚看向目瞪口呆的小程，她见怪不怪地道歉：“实在对不起，月怡是打工人。”

不要在打工人面前臭贱，会被直接抢到地上暴打。

时光桦试图辩解：“我没打算赚那么多钱……”

楚月怡语重心长地引导：“但你面对充斥行业乱象的音乐市场，难道不会有音乐人的社会责任感吗？”

时光桦本就不善言辞，此时被说得哑口无言。

楚月怡见他不言，轻轻地叹息了一声，委婉道：“你应该很久没进行过本职工作了吧？”

楚月怡还会接触项目及剧组，私下坚持研读新剧本，但她感觉时光桦的工作时间却不长。他们相识的数月属于她的调整期，让她逐渐从上部戏的感觉中抽离，然后慢慢地投入新故事，并不是虚度光阴。

时光桦在她的提醒下略加反思，发现自己的作曲数量确实下降了，主要他脑袋里老想着她，创作又跟情绪有关系，他实在没法稳定下来。他近期唯一的作品就是那首给邹乾的抒情歌，还是由于她而产生的灵感，其他曲子都称不上完整。

楚月怡是对事业有坚韧想法的人，时光桦很早以前就知道此事，这也是吸引他的闪光点之一。他的态度不再冷硬，反而语气和缓下来，掩唇思考道："你说得对。"

时光桦：她估计不欣赏毫无进取心的人，看来自己不能长期维持现状，完全围着综艺节目打转了。

时光桦原本是想配合她，所以才将时间都投入节目，但现在似乎该做出转变了。他以前觉得只要她大放光彩就可以，自己的事业就那么回事儿，可现实情况不是如此，双方在某种程度上已经被捆住，可谓一荣俱荣、一损俱损。

时光桦想通后，思绪也清晰起来，他认真地保证："我会好好准备的。"

他近期会想想如何让舞台变得惊艳，难得的双人表演，不能轻易搞砸。

楚月怡见时光桦如此明事理，顿时露出满意的神情。她一改刚刚的步步敲打，展现川剧变脸式态度，绽放温柔似水的笑容，加油打气道："太好了，那我们一起努力吧，也请时老师多多指点！"

小程望着一秒变脸的成熟打工人，突然挥却刚才心中对李柚的羡慕："……"

小程：这就是可怕的业内人吗？

楚月怡并没有参加歌曲舞台的经验，好在时光桦承诺要负责设计，会最大程度地发挥她的优势。虽然他平时看起来沉默而漫不经心，在节目上演奏和作曲也相当随意，真正投入工作时却很有责任感，指导的态度也恰到好处。

楚月怡见状，越发确定时光桦在节目上是收敛了自身光芒，或许是他早就习惯悄悄地藏在幕后，或许是他从不会主动地提出要求。他无声而内敛的性格体现在每一处细节，就像他曾为楚月怡、邹乾下厨做料理，却完全没有考虑过自己的口味。

这样的人会吃很多闷亏。

楚月怡不知自己近期为何总会剖析时光桦，她将咖啡馆的对话及漫天火花的记忆封存，运用绝对的理智压抑当天的强烈情绪，从不同角度不动声色地观察着他。

人类是会被情绪冲昏头脑的生物，但适时抽离情绪有助看清现实。楚月怡确信他人的言语可以撒谎，然而生活中真实的言行却无法遮掩。

她想看透他究竟是什么样的人。

青果台跨年晚会彩排很快到来，楚月怡听从《心动约定》节目组的意见，前往电视台时相当小心，没有暴露自己的行踪。第四期节目将在晚会前一天上线，代表"月光CP"在下车悬念后，次日就同台进行表演。

楚月怡抵达电视台时，时光桦还没有过来，休息室内空无一人。

李柚左右望望，提议道："我们要不要去跟秦导打个招呼？"

"等他们过来一起吧。"楚月怡思索片刻，又觉得闲着不好，决定主动出击，"柚柚姐，我想先去舞台那边看看，毕竟我完全没登台表演过。"

虽然楚月怡跟时光桦私下有排练，但今日是她第一次来电视台彩排。她以前从不参加任何晚会表演，说实话心里还没底，想要先提前看看环节。

李柚对此没有意见，她和楚月怡向负责人打了声招呼后，便悄悄地进入晚会现场，没有惊动其他人。

青果台跨年晚会舞台相当庞大，周围的观众席如今空空荡荡，透出一分难以形容的寂寥。现场的光线昏暗，无数黑衣编导在过道内穿梭，犹如一群步伐匆匆却井然有序的蚂蚁。

秦导正在主控台附近观察舞美，琉璃片般的悬空舞台缓缓落下，灯光师调节着舞台上的灯光，光线颜色缤纷，甚至略显刺眼。

暗色中，楚月怡和李柚显得毫不起眼，她们静静地观摩着其他艺人表演，也算是了解现场的彩排流程。现在登台的艺人基本都不太有名气，部分是青果台主推的新歌手，积累的粉丝量不多，甚至难以被叫出名字。

成熟艺人都有自己的休息室，他们只在彩排时被导演引导入场，不会长期驻扎在场地内。倘若楚月怡不是心里没底，她同样没必要提前来看舞台。

楚月怡没有上前打扰秦导，而是隐匿在一旁的座位，在舞台灯的遮掩下暗中观察。秦导的身边环绕着数人，他们看上去不像工作人员，倒像是参加彩排的艺人，正有一搭没一搭地在闲聊。

"这次估计又要辛苦秦导，时光桦哪一回不折腾人，大家可都记得节目时的事呢……"

楚月怡原本在安静地看着，听到熟悉的名字眉尖微挑，她索性看向秦导身边说话的男人。他的面貌有些熟悉，名字似乎叫胡珂，曾跟时光桦、邹乾录制过同一档节目。

秦导面对胡珂开玩笑般的调侃，平和地回道："但他确实有想法，而且水平也不错。"

胡珂点头："那倒是，有才华的人就是严格，我们都觉得舞台足够好了，人家却总能看到那一丁点瑕疵，然后眼光独到地挑出来。"

前排众人的聊天随风飘来，李柚同样听到了对话内容，她面色古怪地瞟了楚月怡一眼，感叹道："好家伙。"

迟钝的人听不出胡珂的深意，但他们这些人精可不同。

楚月怡轻笑一声："呵，眼光独到也比不过阴阳怪气啊。"

李柚暗自嘀咕："不过时光桦那样的性格，难免会常碰到这种事。"

时光桦不善言辞、态度木讷，言行时常会遭到误解，他跟同行们处不好关系挺正常。

楚月怡淡淡道："他的性格如何，跟被人嚼舌根，完全是两码事，没有直接关联。"

李柚反驳："但你不就没遇到过？"

楚月怡在同事中无差评，她从没有被人吐槽过，堪称模范人物。

楚月怡没有应声，她还在仔细听着胡珂等人的聊天，眼看对方含蓄而暗戳戳地给秦导上眼药，搬弄着时光桦的是非。

时光桦确实对舞台要求极高，这是对自身演出的认真负责，但同时也会让旁人感到疲惫。毕竟其他艺人都没有如此挑剔，为什么他就有那么多的事情呢？

楚月怡完全理解这种心态，但她看不惯胡珂的煽风点火。

楚月怡目光幽幽，风轻云淡地点评："曾经录制过同一档节目，恰巧留在同一平台，便误以为双方有相同实力，这眼红的样子真令人作呕。"

　　人类总对自己怀有不切实际的认知，当看到身边的人一跃而上、鱼跃龙门，便错误地认为自身怀才不遇，殊不知双方或许一开始就不是同水准，只是恰巧在那一刻有缘碰到而已。

　　嫉妒从不诞生于完全不同的层次，只在曾经的同一层中缓慢滋生。

　　楚月怡撑着下巴，静静地观望了许久，突然笑道："柚柚姐，你帮我去买点东西好吗？我给你列一张单子。"

　　李柚面露疑惑："可以啊，你要做什么？"

　　楚月怡悠然道："不是喜欢玩这套嘛，那就卷，继续卷，看谁最后卷不动。"

　　楚月怡从不主动挑起职场纷争，但不代表她没能力使手段。

　　没过多久，李柚就将准备好的无数礼袋送来，每个袋子里都装着咖啡、巧克力及芝士蛋糕，全都是有质量保证的品牌货。

　　楚月怡望着休息室内的礼袋，好奇地左右张望，询问道："哪个是美式咖啡？"

　　李柚将其中一袋递给艺人："这是你要的冰美式。"

　　楚月怡满意地接过礼袋，又在镜子里检查了下妆容，随即绽放出完美笑容："很好，我们出发。"

　　片刻后，楚月怡亲自带着礼袋找到秦导，她是静悄悄地移动到主控台边的，让在现场休息的秦导受宠若惊。

　　秦导跟楚月怡以前从未见过面，他不好意思地把双手在衣服上擦了擦，再客气地跟她握手，惊讶道："怎么特意过来啦？如果是你俩节目有调整，你让他们告诉我就行。"

　　楚月怡笑意盈盈地摆手："没有没有，就是害怕打扰您工作，所以才悄悄来了。时光桦让我把这个带上，我俩现在不好同时露面，就说先给您送过来。"

　　秦导忙不迭接过礼袋，他向袋子里望去，迟疑道："这是？"

　　楚月怡温和道："只是一点小东西。他说您工作时都喝冰美式，尤其是录节目熬夜的时候。"

　　秦导微微一愣，随即讶异道："嚯，还记得呢！"

楚月怡杏眸明亮，显得灵动又无害。她语气真挚道："当然，他还说秦导对舞台要求特别高，有些导演都不在乎表演效果，但秦导每回都愿意抠得特别细，所以他跟您特别聊得来……"

秦导笑呵呵地质疑："这可不像时光桦会说的话。"

秦导又不是没见过时光桦，对方能抛出长句就很厉害了，怎么可能如此能说会道？

楚月怡心虚地挠挠脸，微赧道："其实话是我说的，东西倒是他挑的，主要我没上台表演过，听他提起节目的事，稍微有一点发愁。"

秦导看着袋子里的零食，分别是冰美式、巧克力及芝士蛋糕，确实不算多贵重的东西，但选得挺有心思，看上去像时光桦会做的事。冰美式是秦导的口味，巧克力是音乐人们录节目时的最爱，也算是充满回忆。

秦导露出怀念的神色，出言安慰道："没事。你放心吧，他对舞台把控挺强的，我也没他说得那么龟毛。"

楚月怡赶忙道谢，继续开口道："啊，这些是其他人的，这个巧克力是……"

秦导了然于心："我懂，我懂。我们录节目时老吃这个，估计是他特意挑的，简直就是节目特供。"

"行啦，你们都过来领东西吧，你们时哥来送温暖了！"秦导回头朝其他人喊，他一边喝着冰美式，一边招呼别的人。

其他礼袋里的咖啡口味不同，但同样配备巧克力及芝士蛋糕。楚月怡的狙击范围相当精准，她要攻略的就是曾参加过音乐节目的艺人及工作人员，挑选的零食也有鲜明特色。

"哇，好眼熟的巧克力，无数熬大夜的回忆涌上心头！"

"这巧克力录节目时老值钱了，那时候疫情不让外出购物，感觉就只能吃这些。"

其他人叽叽喳喳地感慨起来，他们都陷入往事之中，曾经的磨难都变得美好，连带着对时光桦的印象也有朦胧滤镜。

秦导欣慰道："咱们这档节目还是出来了不少音乐人，而且都是有情有义的音乐人。"

"现在的音乐市场不景气，大家想聚起来也不容易，这回算是难得了。"

"我又想起时哥的舞台，那期可真是惊艳啊！"

秦导热血沸腾地鼓舞："咱们这回也能惊艳，你们一起加把劲儿。不要老是没想法，好好地磨出舞台，你看时光桦不就是这样，我又不会批评你们！"

"行，向时哥学习，待会儿再走一遍。"

时光桦很少跟旁人接触，自然会跟同行们生疏，然而回忆的阀门一打开，众人又觉得他毛病不大，冲淡了时间带来的疏离感，回想起对方的诸多优点。

胡珂："……我对你们这些奋斗打工人深表无语。"

胡珂眼看他们忆起往昔，完全要将时光桦捧上天，忙不迭转移了话题，奇怪道："时光桦怎么没跟你一起过来？"

"啊，我们要稍微错开过来。"楚月怡哪能不懂他想挑拨的心思，她笑容灿烂，无心调侃道，"他还说想看看能不能等到胡哥请客呢。"

胡珂面露错愕："啊？"

其他人恍然大悟，顿时起哄道："对哦！老胡你当初说请客说了八百回，现在节目录完了都没请吃饭，实在不厚道啊！"

"人家如今都送东西过来了，你不得向哥们儿意思一下？"

"胡哥！就数你爱拖着！磨磨叽叽的！"

众人平时都没想起此事，现在有时光桦做对比，自然不肯放过忘事的胡珂，简直要将他嘲得下不来台。毕竟连不通人情世故的时光桦都会送温暖，胡珂每天说得天花乱坠却无行动，换谁心里都不爽。

胡珂没想到他们矛头转得飞快，当即产生逃窜的冲动，他面红耳赤地敷衍："下次一定。"

音乐人们顿时发出更大的嘘声，连带眼神都不屑起来，似乎觉得胡珂挺没劲。

楚月怡冷眼旁观着这一切，在她看来，胡珂手段拙劣，简直是幼儿园级别。

片刻后，楚月怡和李柚跟秦导等人道别，她们重新回到休息室，李柚不禁迷茫地问道："你给时光桦发微信啦？那张单子是他列的？"

李柚一直待在艺人身边，她真不知道冰美式和巧克力的渊源，按理说只有录制过节目的人才会知道吧。

楚月怡回答："没啊。"

"那你怎么知道买什么？"李柚一脸蒙，"而且你刚刚跟他们聊天也好熟悉的感觉……"

楚月怡镇定道："柚柚姐，你开一下视频网站会员，看完音乐节目花絮，基本就没什么不知道的。"

楚月怡根本不用特意去问时光桦，这不就是网上谁都能看到的内容吗？稍微注意点细节就行，又没有什么操作难度。

秦导等人认为这是独属他们的美妙回忆，实际上在互联网面前谁都没有秘密。

李柚："……"这就是王者的世界吗？

李柚真心实意地感叹："月怡，幸好你很正直。"不然在职场真没人卷得过你。

楚月怡一边安静地喝咖啡，一边听着耳机里的音乐，在脑海里演练彩排环节。她已经将刚刚的小插曲忘在脑后，仿佛自己根本没去找过秦导一样。

李柚在旁沉吟数秒，终于忍不住点破，她欲言又止道："其实秦导有分寸，你何必要出头呢？"

胡珂的"咖位"还是差太多，他的话语影响不到多少人。业内一向捧高踩低，世人只会看到声名显赫之辈，谁会在乎盛名之下的些许瑕疵？只要足够红，就能走下去，演艺界就是如此现实。

楚月怡明明是最清楚此事的人，却还是毅然决然地站了出来，这正是李柚疑惑的地方。

楚月怡放下手中的咖啡杯，慢悠悠道："因为我正直，柚柚姐说的。"

李柚："我跟你讲正经的呢。"

楚月怡："我就是看不得欺负别人嘴笨，光是打压沉默的人有什么意思，倒是找点会说话的人来较量。"

楚月怡闲来没事不会制裁旁人，她比胡珂会来事儿一百倍，用对方的招数碾压对方，岂不快哉？

李柚听着艺人避重就轻的答案，她沉默片刻，直白道："月怡，其实你有一个毛病，平时还不会轻易地显露，可一旦将谁划到自己的地盘内，就会肉眼可见的明显。你看着对谁都挺好，但有些特别的人，就是显得不一样。"

楚月怡对旁人看似一视同仁地照顾，然而当她真正在乎的人出现，便会拥有与众不同的优待。其他人往往不易察觉，只有那个人露面时，大家才会真情实感地有所对比，发现其中的巨大差别。

楚月怡闻言，心脏瞬间漏跳半拍。她佯装无事道："没有吧。"

李柚见她否认，坚决道："当然有，只是这种人数量很少，你现在可以回忆一下，上次做这种事的时候，应该也是替人出头吧？"

楚月怡不会随意跟人起矛盾，她能出手只有一种情况，大爱为偏爱让步。

李柚静静地望着楚月怡。

楚月怡一动不动地坐在椅子上，手指微微一颤，随即缓缓拿起咖啡杯，平和道："柚柚姐，你想得太复杂了，这好歹是我的首舞台，跟秦导聊聊也没什么。"

李柚拼命在楚月怡脸上寻找端倪，但对方不愧为优秀的演员，根本不会露出半分破绽。

没人能在演员面前演戏，也没人能看透演员的表演。

李柚："或许是吧。"

李柚随后离开了休息室，轻轻地将门带上，给予楚月怡自由空间。

楚月怡听到关门声，这才察觉刚刚自己背部紧绷，完全是在镜头前全神贯注的状态。她听着耳机内的音乐，浑身瘫软地倒在椅背上，大脑放空地望着天花板，被李柚的话刺激出些许思绪。

上次做这种事的时候？

那可能就是大学时期替白依漾出头吧。

"啧！"

她莫名不爽起来，经纪人的话好像是有点道理，看来自己要调整状态。

时光桦等人姗姗来迟，他们刚刚抵达青果台晚会现场，便感受到

截然不同的氛围。

　　说实话，时光桦跟秦导等人不算特别亲热，主要他以前是在国外搞音乐，要不是邹乾来邀请，也不会录制国内节目。

　　时光桦在海外做音乐都是公事公办的态度，所以刚开始还不太适应国内环境，加上相熟的音乐人不多，所以他极少跟他们交流。

　　时光桦没有先去休息室，而是选择跟秦导进行沟通，打算商量楚月怡的部分。令他意外的是，秦导今日的态度亲和，看上去心情很不错。

　　秦导面对时光桦的诸多要求，好脾气地笑道："可以啊，那就彩排时试试，反正时间不算赶。"

　　时光桦原本跟小程学来满腹说辞，此时却一愣，根本无处发挥。

　　秦导叹气道："你也是，平时不声不响的，有啥想法就直说啊，大家好歹一起录过那么久的节目，又不是完全没有交情的陌生人！"

　　时光桦："啊……"但他偶尔感觉有交情比没交情还麻烦。

　　态度怪异的不仅仅是秦导，还有现场碰到的其他音乐人。他们居然大大方方地打了招呼，还自然地感谢起时光桦。倘若时光桦对他们的谢意表达茫然，他们就会露出"懂懂懂，你就是这种性格"的高深表情。

　　时光桦满头雾水地跟他们寒暄完，沉思片刻，坦白道："我果然还是不太能理解他们的交流。"

　　时光桦原以为自己已经逐渐适应国内，但现在看来他在人情世故上还任重道远，丝毫不明白同行们的转变。

　　小程同样发蒙："国内音乐人的思想觉悟提升那么快吗？"

　　他还犹记秦导曾跟时光桦发生争执，原因是秦导认为时哥对舞台要求过于苛刻，可现在节目录制完当真一笑泯恩仇，往事都被时间滤镜美化。

　　时光桦没在秦导的态度上纠结太长时间，他筹备完就去休息室跟楚月怡会合，同时发现一丝对方对自己的情绪变化。

　　两人结伴前往舞台，时光桦察觉她的视线在自己脸上停留过久，不禁好奇地询问："怎么了？"

　　时光桦戴着黑色鸭舌帽，穿一件同色系卫衣外套，领口处衬得锁骨深陷，更显出他随意而潇洒的感觉。他的私服总是舒适度优先，同时低调内敛，不爱肆意张扬。

然而，他出众夺目的五官已经盖过一切，就像宝石不用刻意雕琢，依旧足够耀眼。

难道是这张脸迷惑了自己？

楚月怡眉头微蹙，难以形容自己微妙的心情。她现在面对时光桦时相当别扭，因为她刚替对方出过头，莫名有种被他影响的不爽，连带看到他就有点烦。

她对自己的离奇举动感到懊恼，又想摆脱心中失衡的错觉，便特别渴望打压对方一下，仿佛由此就能找回主控权。

楚月怡淡淡道："没什么，就是突然觉得，你也没那么帅。"

"……"时光桦听她语出惊人，简直一秒石化。

小程跟在两人身后，听见此话差点乐到打跌，强行捂嘴才没笑出声来。他蜷曲起身体，努力克制住冲动。他完全没觉得楚月怡冒犯，反而在此刻有种大快人心的感觉，产生了一种幸灾乐祸的畅快。

小程：时光桦，你、也、有、今、天！

毕竟无数人指责过时光桦性格古怪，但从未昧良心地说他长得不行，楚月怡堪称第一人！

楚月怡不紧不慢地说完，就去找工作人员拿麦克风，只留下脑袋瓜嗡嗡的某人。

时光桦犹如被人施放了冰封术，在原地缓和许久，这才回过神来，他愣愣道："这究竟是怎么了？"

好感度不高的人疯狂上分，好感度该高的人疯狂掉分？

小程大大咧咧地安慰："没关系，你也可以乐观地想，起码她觉得你帅过，现在只是感觉淡了！"

时光桦难以置信道："一天就变淡？"昨天还不是这样的。

小程唏嘘道："唉，爱不会消失，但会转移啊。"

"……"

时光桦直到抵达舞台时，都没想通楚月怡的话，他总觉得自己没惹过她。

秦导眼看两人都上台了，出声指导道："好，那我们的彩排正式

.128.

开始。"

"月怡不用紧张啊，现在仅仅是彩排。"秦导看到楚月怡在刺目灯光下微微眯眼，他思及对方毫无舞台经验，连忙好声地安慰起来。

楚月怡在陌生舞台上有点发晕，尤其是台上的灯光过于刺眼，更衬得台下一片黑漆漆，使人愈加发慌。尽管舞台上有各式各样的位置标，但她也是头一回亲历舞台，完全没有练习室内的熟练。

时光桦发现她晕头转向，刚要伸手去引导她，便听台下有人示意："这边哦。"

众多音乐人都坐在台下看彩排，他们眼见楚月怡经验不多，便善意地出声提醒。大家刚才休息时才聊过，所以熟稔的氛围还在，说话也不显拘束。

时光桦更感疑惑，楚月怡都不认识这些人，他们为什么会如此热情？

彩排过后，时光桦正要走向楚月怡提一点想法，却又被台下的音乐人们抢先一步。

楚月怡站在舞台边缘处，便听台下的音乐人们叽叽喳喳，他们开始为她的表演出谋划策，提供宝贵的演出经验。

"你握话筒的距离可以控制一下，不要特意拿那么近，你把话筒先给我，我示范给你看……"离得最近的音乐人相当热心，他接过话筒替楚月怡比画距离，指导道，"你放在这里唱就行。"

楚月怡自知舞台能力薄弱，连忙谦逊地应道："原来如此。"

"还有你走位时不用慌，镜头不会全程跟着你，所以后半段没必要赶。"

楚月怡绽放柔和笑意："好的，谢谢你们。"

时光桦目睹她跟同行们有说有笑、其乐融融，脑海里瞬间蹦出"爱不会消失但会转移"，总觉得心里莫名发堵，在此刻感到自己多余。

明明她在练习室都是来请教自己的，现在来彩排却被围着教，甚至不用开口去问。

两人彩排完稍作休息，时光桦完全没排上指导她的队伍，他此时眼神微黯，颇有深意地问："你跟他们关系挺好？"

时光桦倒不是排斥她跟同行们聊天，他只是产生了一种宝藏被别人发现的失落，曾经只有他守护的光亮，现在却被更多人捕捉到。

楚月怡随口道："应该是看你面子，所以才比较照顾吧。"

楚月怡推测，音乐人们担忧时光桦不善言辞、讲不清楚，这才会慷慨地出手相助，毕竟她跟他们交情并不深。

时光桦果断道："我没有面子。"

楚月怡被他斩钉截铁的语气惊住，不由得愣愣道："你这话谦虚得我没法接……"

时光桦眸色漆黑，又继续道："但我绝对比他们一群人水平都强。"

所以你别问他们，还是直接问我吧。

楚月怡刚想说他过度谦虚，谁料对方在刹那间反转，她此刻竟被堵得说不出话来。

她忽然反思起自己的言论，按理说性格跟被嚼舌根无关，但他怕不是老装相才会被质疑？

时光桦的态度光风霁月、正直磊落，语气听上去相当诚恳，然而说出的内容真不像人话，属于上街可能被人套麻袋暴打的程度。

他此时居然还认真地盯着楚月怡，仿佛想用眼神使她确信自己的话。

楚月怡对他深表无语，在漫长的沉默后，她若有所思道："我觉得你刚开始选择在海外工作很明智。"

时光桦露出不明所以的神色，不理解话题为何快速跳转。

楚月怡真诚道："毕竟那时存在语言障碍，要真听懂彼此的话，你不一定能活下来。"

他在国内发展简直无法存活。

时光桦不解。

时光桦至今没被人暗杀，也算幸运值好到爆表，绝不是一般人能做到的。楚月怡现在开始理解了邹乾的评价，时光桦就是长得挺聪明，内在完全不是一回事。

不得不说，时光桦的离谱言论冲淡了楚月怡内心的别扭，她现在面对他也不再有想折腾对方的纠结，反而是老僧般的心如止水，甚至认为自己过度忧虑。

楚月怡：就这？就这？就他还能影响我？我一只手就能把他摁住。

楚月怡思及双方段位差距，情绪自然平复下来，连带眼神也变得和缓。她提议道："我们去看看服装吧。"

时光桦察觉她状态变佳，询问道："这算是转移回来了吗？"

楚月怡面露茫然："什么转移？"

时光桦："没什么。"

两人回到休息室查看服装，他们刚刚身着私服彩排，还没到穿正式服装的时候。虽然青果台有表演预算，但艺人的造型想要夺人眼球，还是少不了自身团队的设计及投入。

楚月怡没有舞台表演经验，她完全听从时光桦的指导意见，今日是第一次见到自己的舞台装。

楚月怡在演出中有换装环节，所以她的舞台服装比时光桦多一套，显得更加丰富。她的两套服装都剪裁得体，一套是朦胧纱质的浅色连衣裙，配有宫廷感的泡泡袖，一套是流光质地的深黑吊带裙，裙摆点缀着黑天鹅般的羽绒。

楚月怡伸手摸摸质感良好的裙摆，她总觉得服装的设计莫名眼熟，随口道："这件跟 Diva 最新款好像，就是裙摆没有那件长……"

Diva（狄娃）是历史悠久的著名奢侈品品牌，明星们皆以受邀参加其时装秀为荣，该品牌产品种类繁多，但价格可谓格外昂贵。

时光桦点头道："就是那一件，只是剪短了。"

楚月怡一脸蒙，不敢置信道："借衣服还能剪？"

楚月怡早就习惯明星的造型团队借衣服，没人能撑得起过于频繁的活动曝光。她已经算参加活动较少的艺人，在服装造型上的开销不大，但自己花钱买衣服，同样无法负担得起。

众所周知，明星们在公众前穿衣服都是一次性的，绝对不可能重复利用，日积月累也是天文数字。

时光桦淡定道："买的，表演用完后，你想穿就穿，不想穿就算了。"

时光桦的态度风轻云淡，他的口气就像"路上给你买了两斤苹果，你想吃就吃，不想吃算了"，丝毫没将这两件价值连城的衣服放在眼里。

楚月怡望着他没事人般的状态，内心是极为崩溃的，连带声音也提高了不少，她惊道："这叫什么话！"

"你等等，我找柚柚姐说一声，我让她把钱转给你……"楚月怡低头就要编辑消息，她现在只想拼命摇晃时光桦的肩膀，以便听一听他脑袋进水的声音。她刚刚还认为对方无法左右自身情绪，现在就被"行外人"的操作气得半死，完全不知道他在想什么！

楚月怡：这人是有钱烧得慌吗？！

时光桦眸光微闪，果断道："不要。"

楚月怡根本没抬头看他，她正专心地发消息，干脆利落道："你闭嘴！"

时光桦见她态度坚决，同样涌出些许倔脾气，直接伸手阻止她发消息。

他修长的手指挡住手机屏幕，还触碰到她温暖柔软的指尖，莫名产生触电般的错觉。

双方同时一愣，似乎都感受到小小的电光石火，随之而来的是既轻又淡的酥麻感。

微妙而奇怪的氛围瞬间压制住剑拔弩张。

楚月怡没料到他会出手，因为他总是正襟危坐，保持着绅士的距离，所以她根本没有防备，这才被迫停下手里的动作，怔怔地抬头望他。

她的杏眸明亮却茫然，就像小动物湿漉漉的眼睛，显露一丝懵懂。

时光桦同样触及楚月怡手指的温度，但他还是轻轻地抿抿唇，随即一字一句地哑声重复："我不要。"

如果换作平时，时光桦绝不会跟她有如此近的接触，但他现在似乎也有点脾气，没在对峙中轻易地退让，而是用墨玉般的眼眸注视着她，透出难得的固执。

两人的距离实在过近，他说话时温热的气息轻拂到她脸上，跟她平时接触到的人截然不同，完全是独属男生的干净荷尔蒙味道。

楚月怡顿时脑袋发晕，气势也收敛起来，眉间轻轻蹙起，小声地呢喃道："但……太贵了……"

她如今眉头微蹙，白瓷般的脸蛋微微低下，既像是沮丧，又像是烦恼，犹如做错事的可怜小孩，实在让人无法责怪。

她斩钉截铁的拒绝激发了他的逆反，然而细声细语的退让却让他瞬间灭火，倒使他为自己鲁莽的行为心生愧疚。

时光桦适时地收回手来，迅速地调整了状态，垂眸道："没关系。"

楚月怡面对他随意自然的态度，越发不好意思接受服装，索性直直地望向他，无可奈何道："但我该给你还什么礼呢？"

时光桦杀得她猝不及防，她一时半会儿想不到同等的回礼，自然心生懊恼。这完全不符合她的行事准则，只有她冷不丁给旁人送礼，何曾有人会抢在她前面？

偏偏还是最不通人情世故的他。

时光桦黑鸦色的睫毛轻颤，他望着楚月怡苦思冥想的模样，喉结微微一动，低声道："我不是为了让你还我才买的。我送完全就是想送，跟你没有什么关系。"

时光桦将手插到兜里，若无其事地站在一边。明明近期时不时会透出呆劲儿的他，却在此刻露出节目上傲如寒雪的气质。

他的付出并不是要寻求回报，仅仅是发自内心地想要去做。

楚月怡极少看见这种冷硬态度下的他，被他的直男言论气坏，她终于恼羞成怒道："你怎么能如此轻松地说出这种话？"

说什么送礼跟她没有关系，这简直就是在胡说八道！

换谁都不可能心安理得地接受吧？

时光桦不知自己何处触怒了楚月怡，又引得她突然气急败坏起来，他理直气壮地反击："你不也如此轻松地说出了那种话？"

时光桦没觉得自己的话有问题，他现在还觉得她的话有问题。

楚月怡面对指责，她的怒火还未燃起又熄灭，满头雾水道："什么话？"

时光桦面色严肃："我也没那么帅。"

时光桦一直耿耿于怀，他就想不明白到底是哪个音乐人超越了自己，居然能让她情感转移得如此之快。他今天就是为了拿服装稍微晚到了一点，但他保证在场没人比自己更懂音乐。

楚月怡迷惑。

这是什么值得介意的重点吗？

楚月怡根本无法理解时光桦的脑回路，她就是想故意打压对方一下，以此缓解内心的平衡感，谁料他还真当回事儿了，还专门在此刻提了出来。

时光桦不动声色地望着她，似乎在等她的得体答复，否则就要翻起旧账。

楚月怡被他问得哑口无言，好在她脑筋转得飞快，立马就编出理由，掷地有声道："帅而不自知才是真帅，你现在已经帅而自知，当然就没那么帅！"

楚月怡：没错！我今天就要代表大家制裁你的臭跩！

时光桦："……"好一招反客为主。

其实时光桦以前也没觉得自己帅，要不是她突然说起此事，他根本就不会思考自身相貌。然而，他现在反驳也不对，主要是他先提起此事，说不自知又像谎言，可谓是自相矛盾。

楚月怡见他完全答不上来，得意地乘胜追击："我说得没有错吧，是不是合情合理？"

时光桦本就不善口舌之争，现在半天都没憋出一句话来，面对巧言善辩的她，他简直毫无还手之力。

他纠结地凝眉数秒，好久才挤出一句，闷声道："好吧。"

楚月怡眼看他示弱，一边产生获胜的快感，一边又有欺负人的错觉，最后也就没有继续追着杀，而是嘀咕道："什么好吧？"

时光桦模仿她曾经的招数，镇定道："我现在表演原地失忆，已经彻底忘掉这件事，又回归到从前的状态。"

他在脑内已经一键删除"帅而自知"事件，重新进入"帅而不自知"运行模式。

"……"

楚月怡面对他一本正经的搞笑，竟被当场逗乐，满腹情绪瞬间烟消云散，实在没法继续跟他计较。她敷衍道："行行行，帅帅帅，刚送完礼的人做什么都帅，简直比过去还要帅。"

时光桦这才满意，算是将此事翻篇。

楚月怡见状，更是不忍讲出后话，只能在内心默默吐槽：长得帅归帅，就是不太聪明的样子。

楚月怡没有继续跟时光桦纠缠服装的事情，她现在逐渐摸透了对方的性格，尽管他平时看上去听之任之，偶尔却显露执拗的一面，直接转账还人情明显不行。

她不由得陷入深思，如今只能观察时光桦的需求，寻找合适的机会报答他。

青果台跨年晚会前彩排密集，楚月怡和时光桦都全神贯注地投入其中，丝毫不知第四期《心动约定》的播出已经引发轩然大波，简直炸翻了那些紧追节目的忠实观众。

"月光下车"在一夜之间冲上热搜前排，"月光科学会"当晚微博停更，只余评论及弹幕区哀鸿遍野。

节目中，女巫给出不吉的结论，楚月怡没有正面否认下车想法，两人在广场告别时无话可说。结尾处，时光桦独自站在观景台吹夜风，楚月怡却走在偏僻而陌生的小路上，似乎完全摆脱了节目的录制状态。

第四期《心动约定》就在此处戛然而止，无人知晓"月光CP"的后续，更可气的是还没有预告片！

——节目组今晚将被我"暗杀"，停在这里还是人吗？！

——别呀别呀，为什么我每回嗑到就BE，难道是我有毒吗？

——呸呸呸，我社会主义接班人绝不信迷信占星！

——听听他说的话吧！你配你绝配高配顶配，你俩就是天仙配，千万不要下车啊啊啊！

——咖啡馆是我嗑到的最真时刻，然而就是太真才感觉悬了呜呜呜。

——小丑竟是我自己，以为是糖，反手一刀！

——这期又虐又真，莫名还有点甜，我真会玻璃碴儿中捡糖。

——我坚信是反向flag（旗），只要情绪酝酿到位，那就必不可能下车。

——应该真下车了，女方老粉都懂，她以前从不上综艺，我刚开始也挺排斥，后来确实是感觉甜，但现在也没办法，希望他们都有更好的未来。

——月怡，别那么有道德感，你俩就算是演的我也想看[流泪]！

无数月光粉在今夜心碎，尤其"月光科学会"全程安静，更是让他们感到群龙无首、悲痛欲绝。

《心动约定》的官博快被悲愤的观众们冲垮，但他们都死死地守着不透任何口风，甚至连往常的节目宣传都无。

酒店明亮的走廊内，商晴伸手敲敲房间门，等待片刻后无人应答，她这才摸出房卡进门，抬眼就看到落地窗旁沙发上的艺人，顿时吓了一跳。

白依漾裹着白色浴袍，正捧着手机专心地观看视频，头发还湿漉漉的，看上去刚刚洗完澡。她的五官妩媚，精致的瓜子脸，波浪卷的墨发，充斥着女性魅力。

商晴一惊："原来你在屋里啊？"

白依漾没有应声，她面无表情地盯着手机，完全是与世隔绝的模样。

商晴好奇地走上前查看，等瞧到屏幕上的《心动约定》，又不耐烦地撇撇嘴，酸溜溜道："这节目营销真厉害，简直是热搜钉子户。"

楚月怡凭借此节目疯狂吸粉，四期录制就有惊人转化率，同时在业内接触到更多项目及商务。男嘉宾时光桦也实在太弱了，他的团队完全不争不抢，甚至没像其他"营业CP"一般因为此事跟女嘉宾传出不和。

商晴其实还挺盼着楚月怡和时光桦掐架的，这基本是"营业CP"的普遍结局。

她望着目不转睛的白依漾，嗤道："别看了，这就是剪辑套路，她绝对不可能下车的，你都不知道这节目有多火！"

在商晴看来，没人能放弃天上掉馅饼的美事，这无非是节目炒话题的把戏，楚月怡只有脑袋进水才会走。

白依漾原本默不作声，现在却出言反驳："那可不一定。"

楚月怡跟其他人不一样，尽管白依漾不愿承认，但对方的水准远超常人，甚至包括自己。

楚月怡的外表亲和无害，心智却异常坚韧，偶尔还强人得让人害怕。

她应该会选择下车。

商晴没有争辩，反倒说起日程："对啦，明天晚会结束后，你要不要跟上回的制片人吃顿饭？他手里有筹备的项目，说想跟你见面聊聊。"

"算了吧，他能有什么好项目？"白依漾冷笑一声，她盯着节目上弹琴的时光桦，随即不屑道，"再说那种男的能是什么好人。"

白依漾在业内见识过太多热络的男性，她还没沦落到跟谁都要吃饭的地步。

商晴见白依漾头也不抬地拒绝，总觉得对方有指桑骂槐的味道，不禁嘀咕道："行，那我就找借口拒了，你碰到他也别太冲动。"

白依漾没作声。

夜色苍茫，万籁俱寂。

白依漾将自己的长发吹干，躺进软绵绵的床铺里，又下意识地登录《王者荣耀》，终于没忍住点开亲密关系页面，恋人一栏依旧是"CYY"。楚月怡既没有更改游戏名，也没有删除游戏好友，就像将所有往事封存。

白依漾曾经看楚月怡上线还会心惊，总是条件反射地退出页面，但很快就发现对方无波无澜，只有自己沉浸在过去之中。她回想起大学期间的事就辗转反侧，然而对方似乎根本没被影响过。

一如现在这样，梦到在校往事。

她说："咱们游戏里绑个亲密关系呗。"

楚月怡点头同意："都行，那就是选闺密？"

"不，选恋人！闺密能有五个，恋人只有一个！"

"那你男朋友能接受吗？"

"我就跟他说是网上认识的野王，把他气死才好，反正你还更强。"

"可以可以，真会玩啊。"

白依漾在混沌睡意中忆起从前，她总觉得身上沉甸甸的，睡不安稳，一夜都浑浑噩噩、筋疲力尽，被无法挣脱的梦魇困住。

Part 08

/ 双面缪斯 /

　　青果台晚会现场，楚月怡和时光桦已经换好舞台装，他们正在进行最后的彩排流程。时光桦身着白衬衫、黑色西装裤，脖颈佩戴深色绸缎领带，正坐在琉璃质地的舞台长椅之上。

　　按照演出走位，楚月怡会从椅背下方的空间离场，在后台快速地完成换装，然后重新在舞台上亮相。她身着黑羽绒的吊带裙，佩戴哥特风的 choker（项圈），宛如黑化的优雅天鹅，随意地将手臂搭在他肩膀上。

　　时光桦原本正唱着自己的 part（部分），突然感觉楚月怡俯身靠近，紧接着是若有似无的香气，还有轻柔的肢体接触，竟脑袋一蒙，表演卡了壳。

　　他在此刻完全不敢回头，总觉得目光稍微向后一斜，就能看到她光洁圆润的肩膀。

　　伴奏还未结束，歌声戛然而止。

　　秦导满脸迷惑地望着宕机的某人。

　　时光桦依然一动不动。

　　楚月怡同样发现搭档异状，察觉旁人错愕的视线，她毫不客气地拍了他一下，催促道："唱呀。"

　　时光桦被她拍得回神，这才流畅地找回节奏，不紧不慢地重新衔接。

秦导脸色稍缓,只是仍感奇怪。

彩排过后,楚月怡依旧身着黑裙,她不满地双手环胸,犹如抓住他的把柄,调侃道:"你居然上台摸鱼?"

时光桦就没在彩排时出过错,今日他难得地翻车,自然让她颇感意外。

时光桦面对全妆的楚月怡,现在都不知该将视线放在何处。他强压住心底的悸动及紧张,别扭道:"我觉得你的服装需要调整。"

他当时就只觉得黑裙符合舞台的风格,却没料到她穿上后杀伤力那么大。

"这不是你选的,还要怎么调整?"楚月怡恶作剧般地取笑,"难道你还想让裙子更短?"

因为楚月怡在后半段有些舞蹈动作,所以黑色吊带裙经过剪裁,以便她更好地进行活动。她倒没觉得有多暴露,实际黑裙比牛仔短裤还要长一些,仅仅是半遮半掩的镂空设计略显性感,但相比夏季着装都不算什么。

时光桦不料她语出惊人,当即面红耳赤,结巴道:"不是……"

楚月怡不禁挑眉,转身向休息室走去,悠闲地摆摆手:"抱歉,我不调整裙长呢,不好意思让你失望了。"

时光桦被她噎得说不出话,他望着她潇洒离去的背影,总觉得自己给自己挖坑了。

两人完成最终彩排,就等晚会正式开始。因为他们是隐藏节目,所以彩排中都挺低调,表演顺序也相对靠后。

楚月怡和时光桦一边等待,一边在屋内看起晚会,欣赏其他艺人的表演。青果台跨年晚会的开场竟是邹乾,更凑巧的是这曲目由时光桦所作。

李柚盯着屏幕上唱跳的邹乾,摸摸下巴,感慨道:"邹乾好像经常演唱光桦写的歌。"

时光桦和小程还未开口答话,楚月怡便毫不留情地吐槽:"难道不是因为他只有这几首歌出圈吗?

"他自己写的歌就算想上，电视台也不会同意的。"

小程跟邹乾相识，他出面做和事佬，打圆场道："其实他自己写的歌也没那么差……"

虽然邹乾比不上时光桦，但还算是有些才华的。

时光桦理性地点头："没有那么差，只是有点差。"

小程眉头直跳，提醒道："邹乾刚刚打完钱……"

时光桦思及甲方脸面，明智地选择了闭嘴，展露出乙方的温柔。

楚月怡却看热闹不怕事大，故意挑起纷争："我们的歌也是你写的，要是收视没有邹乾好，岂不是最后该怪你？"

时光桦听到"我们的歌"一愣，但他此时也不确定结果，面露为难道："这……"

如果是时光桦的歌曲跟旁人对决，他倒是有底气放出狠话，可偏偏这两首歌都是自己写的，这就变得不好预测。

楚月怡就是专门出言刁难他，然而却有人意外打破僵局。

休息室的门被人敲响，邹乾鬼鬼祟祟地探头进来，看到两人略松了一口气，随即大大咧咧地打招呼："我还怕自己走错了。你俩休息室都没标志，简直藏得够深啊！"

其他艺人门上都有名字，唯有隐藏节目没真名。邹乾大步走到时光桦身边，手里还握着一瓶饮料，跟他勾肩搭背起来，得意扬扬道："时哥，怎么样？我今天演出表现还行吧，下台后立马想着来看你！"

时光桦想要挪开邹乾的胳膊，然而他的动作着实轻微，反而被对方更紧地搂住，一时只能表现出木头人般的无奈态度。

邹乾紧贴着时光桦，还挑衅地瞟了楚月怡一眼，神态极为幼稚，像在攀比亲近度。

楚月怡对他欠揍的表现见怪不怪，她轻笑一声，直白地戳破："什么下台后立马来看，明明是见过其他人，这才想起我们吧。"

邹乾闻言一惊，竟吓得松开时光桦，不可思议道："你怎么知道？！"

时光桦同样感到错愕，他好奇地看向楚月怡，又无声地望向邹乾。

邹乾面对他探究的视线，顿时额头冒汗，辩解道："时哥，你别听她瞎说，我对你忠心可鉴……"

楚月怡慢条斯理地分析："我这么说，理由有二。一是我们的休息室离得最近，你却耽误到现在才来，明显是中途被什么事绊住了。"

"二是台里提供的饮用水不是这个。"她的目光落到邹乾手中的饮料，风轻云淡地笑道，"看样子还是女生送的，你可不像喝这个的人。"

邹乾手里拿的饮料跟他风格不符，楚月怡凭借敏锐的观察力瞬间看破。

邹乾面对她逻辑缜密的推理，此刻倒吸一口凉气，只感觉后背起鸡皮疙瘩，瞠目结舌道："楚月怡，你也太吓人了！你以后的另一半都不敢有外遇！"

别说是产生小心思，就怕她会完美犯罪，直接来一出"丧偶"！

时光桦听到此话，认真而淡定道："她的另一半不会有外遇。"

邹乾："……"

邹乾面对双重夹击，不禁咬牙道："好嘞，小的这就先行退下，我祝你俩百年好合！"

他打完招呼就离开了休息室，看样子要坐车返程。毕竟他的表演已经结束，现在是成功下班的自由人，没必要继续在台里滞留。

李柚作为敏感的经纪人，见邹乾没有否认楚月怡的推测，不免诧异道："他现在是当红艺人，还跟女生接触？"

如果李柚是邹乾的经纪人，如今就会产生危机意识，嗅到风雨欲来的味道。

楚月怡冷哼："那谁知道，胆子大呗。"

小程面露迟疑："他应该没谈恋爱，我们都没听说过，时哥你知道吗？"

"不知道。"时光桦干脆地答道，停顿片刻，他又继续补充，"我只知道我没谈。"

楚月怡："没有人问你……"这人可真会聊天。

晚会舞台上的明星们上上下下、轮番亮相，其中还包括楚月怡的老熟人白依漾。她登台献唱一首抒情歌，就是看着妆容浓厚，不知是不是没休息好，需要靠化妆品掩盖憔悴神色。

楚月怡如今看对方既陌生又无感，她从来没有遗忘任何事，只是很多话不能说，似乎也没必要去说，深藏在心底最好。

"您好，两位可以去后台准备，很快就轮到我们啦。"工作人员来到休息室提醒，示意楚月怡和时光桦可以移动到舞台。

青果台跨年晚会直播时间极长，现场聚集着各家的粉丝，然而此时他们也面露疲态。电视前的观众们同样昏昏欲睡，很多人等自己的"爱豆"表演结束，就会果断地切换频道离开。

琉璃质地的舞台逐渐暗下，轻柔而曼妙的神秘前奏响起，场上涌出大量的干冰烟雾，在朦胧幻境中有双人的身影跃动，似乎是一男一女。

现场的别家粉丝手握应援灯牌，他们满目茫然地望着舞台，奇怪道："这是谁家的节目？"

"不知道呢，等我看看……"其中一人想用手机查节目单，不经意地瞥到大屏上惊艳的双人特写，连忙高声尖叫，"天啊天啊，是'月光'啊！"

"哪个明星叫月光？"

"你是不是傻！这是热搜挂着的'月光 CP'啊啊啊！"

电视机前的观众们明显比现场获取的信息量要多，原因是青果台将歌曲名及表演者打了出来，可谓一目了然的清晰。

曲目：《双面缪斯》

表演者：月光组（楚月怡、时光桦）

不得不说，电视台直接打出"月光组"，瞬间就显得很懂很会玩。

虽然现场观众都是各家明星粉丝，但并不妨碍他们在此刻爆发惊呼，产生头皮发麻的兴奋感。昨天还宣告"BE"的 CP，今日就在晚会同台合体，简直是说不出的刺激！

另一边，白依漾看到台上光彩照人的楚月怡，却是神色愣怔、失魂落魄，似乎完全没有预料到。

商晴瞧见观众席的反应，完全是目瞪口呆："这些人疯了吗？"

缥缈的烟雾犹如轻纱，将共舞的两人联结，场内的光线汇聚于舞台之上，连同全场观众期待的目光。

场下犹如沸腾的热浪，台上的楚月怡却听不到任何声音，她全神贯注地望向时光桦，眼神专注而透亮，仿佛只能看到他。她丝毫没被

喧闹的环境影响，在流畅旋转后伸出手来，随着音乐灵动起舞。

楚月怡或许在唱功上不够优越，但舞台还看重表现力。时光桦给出的建议很简单，他主要承担全曲的演唱，只将最动听的副歌留给她。

时光桦身着白衬衫，伸手回握住楚月怡柔软的手指，眼眸波光流转，轻轻地唱响歌曲。这首歌的前奏极为抓人，就如清晨闪光的露珠，透着懵懂而摇晃的隐秘情绪。

　　不知从何时开始，

　　深藏心底的秘密。

　　无人知晓雷雨后，

　　悄然萌生出心意。

两人同时身着白色系的衣服，简直如同校园中少年少女，弥漫着童真无瑕的温暖感觉。

白衣的长裙少女翩翩起舞，挥臂时的宫廷袖显得优雅而柔美，她犹如神圣的白百合，唱出空灵而悠远的副歌。

　　双面缪斯，神祇降临。

　　深陷其中，无法靠近。

琉璃般明亮的舞台灯光闪烁，紧接着映照出神秘月色般的光束，显得清冷凛冽，连带舞台也逐渐变暗。台上缓缓升起冰晶般的长椅，犹如用透亮琉璃搭建的孤独王座，时光桦独坐其上，楚月怡不见踪影。

屏幕上只剩时光桦英俊的五官特写，他的面色平静而疏离，犹如被抛下的旅行者，只是在陌生的宝座上短暂停歇。

　　纯洁的欢愉，

　　隐晦的吸引。

　　难以摆脱，海王梦境。

　　或真或假，亲近疏离。

拨动心弦的男低音徘徊在舞台上空，正当观众们屏息欣赏演唱之时，空灵而婉转的女声再次响起。

楚月怡已经换装结束，她走出来，犹如暗夜中蛊惑人心的魔鬼，露出轻巧而魅人的笑容，漫不经心地将手搭在时光桦身上。

　　就在此刻，沉沦痴醉。

　　就在此刻，共舞一曲。

她宛如复仇的黑天鹅，跟刚才的气质截然不同，眼眸下方不知何时点缀了晶莹宝石，似笑非笑的神情可谓摄人心魂，使人完全无法移开视线。

　　现场顿时爆发出无法抑制的尖叫声，观众恨不得当场要将屋顶掀翻！

　　后台里，白依漾目不转睛地望着楚月怡，她比谁都清楚楚月怡的表现力。即使对方从来不是学校里颜值最高的人，但其入戏时的状态却所向披靡、无人能敌，倘若她要饰演暗夜精灵，那必然有动人心魄的诱惑力。

　　楚月怡的演技越来越强，而自己差得更远了。

　　舞台上，如果楚月怡和时光桦两人刚开始是心思纯粹的共舞，现在就像是暧昧丛生的勾引。

　　黑裙的楚月怡气场强势，她将白衣的时光桦步步紧逼，甚至肆意拉开对方的绸质领带，让他露出半截深陷的锁骨。

　　她露出恶作剧的笑容，对他的微愠熟视无睹，再次唱响副歌，听着缱绻不已。

　　双面缪斯，神祇降临。

　　深陷其中，无法靠近。

　　时光桦被她摁在宝座上，领带被她扯住，现在简直避无可避，耳根烧得通红，他不安地将视线撇开，硬着头皮跟她合唱。

　　双面缪斯，神祇降临。

　　深陷其中，无法靠近。

　　楚月怡猛地拽过领带，终于打破最后距离。两人几乎是面对面对唱，再靠近一点他们就能触及嘴角，彼此温热的吐息微妙交融，连带眸中颤动的情意也无可隐藏。

　　她原本是按流程表演，却不经意撞上他眼底细碎的光，在此刻跟他紧张的心跳声默契合拍。

　　他的目光灼灼如火，心底悸动就如真诚之鼓，一下又一下地敲在她心上，竟然也有力地敲乱了她的心跳。

　　她和他彼此深深相望，用近乎接吻的姿势，共同唱完最后段落。

　　涛声喧嚣，只我和你。

月光依旧，只我和你。

一曲结束，承载两人的宝座在烟雾中逐渐消失，现场观众席犹如滴入水的油锅，瞬间喧哗起来。他们在此刻发出兴奋的呐喊，甚至激动到声嘶力竭，完全将自己的"粉籍"抛到脑后，展现出全民狂欢的架势。

升降台缓缓落下，将外界嘈杂的声音隔绝在外，只衬得昏暗的后台越发安静。

表演完毕，两人依旧保持着最后的姿势，时光桦仍一动不动地被楚月怡摁着，他的眸色莫名晦暗下来，偶尔闪露一丝浅浅的光，就这么静静地注视着她。

虽然他的舞台装显得清冷矜贵，但身上温暖的气息丝毫未减，几乎要将紧贴他的楚月怡烧灼。楚月怡不由得眸光颤动，莫名有种上头的眩晕感，尽管在此刻她没有跟他说一句话，却能触及对方鼓点般的心跳。

楚月怡在彩排和登台时毫无知觉，等她彻底从镜头前的状态脱离，这才深深察觉到一丝不对劲，也对时光桦排练时的局促恍然大悟。

她下意识地松开他的领带，别扭地想挣扎着站起来，却由于后台狭窄，再次被迫跟他挨在一起。他们刚刚演出结束，周身都涌动起燥热感，致使暧昧的氛围发酵、交缠。

时光桦全程一言不发，他就如同被定身一样，仅仅用幽深的眼神望着她。

楚月怡在他的目光下略感无所适从，此刻她才意识到双方的不对劲，察觉到很多自己往常忽略的事情。

因为时光桦总是不通人情世故，常常展露又呆又笨拙的一面，所以她根本没感受过他的攻击性。在她看来，他就是长得聪明，实际被人搓来揉去，欺负起来过于简单，根本没法跟自己抗衡。

然而，他是货真价实的男性，男性总带着侵略性。低劣者会肆无忌惮地炫耀，高尚者则用道德自我克制，但不代表这一面彻底消失，只是被隐匿在难以察觉的深处。

她是得意忘形，总认为他思维简单，肯定毫无还手之力，却忘记双方的性别差异。

楚月怡被空气中的情愫熏得发烧，此时脑袋里满是糨糊，她想强作镇定地找回神智，却只干巴巴地挤出一句："原来你是男的。"

她如今头脑混沌，又面对微妙的氛围，竟不假思索地说出傻话，瞬间打破暗流涌动的缱绻状态。

双方原本还潜藏朦胧的知觉，现在却一秒陷入沉默不言。

时光桦已经足够隐忍，但此时也面露异色，这叫什么话？

片刻后，他不敢置信地反问："你以前觉得我是女的？"

楚月怡见他神色诧异，自知失言，赶紧转移话题，她尴尬地笑道："啊，我们快回休息室吧，别等导演过来催了。"

楚月怡：还不是你以前过于憨憨！

楚月怡思及时光桦以前的幼稚言行，觉得他能有幼儿园水平就不错了，但这种话现在明显不能当面说出口，简直就是激进的挑衅之言。她顾不上时光桦的脸色，手脚僵硬地踉跄起身，头也不回地往休息室蹿，犹如身后有恶鬼在追自己。

时光桦眼看她一溜烟逃走，并没有马上跟过去，而是神色不明地静坐了许久。他随手扯掉歪斜的领带，终于感觉肺部涌入新鲜空气，摆脱了紧绷而难熬的隐忍状态。

没过多久，时光桦的思绪重新平静，想要回到双人休息室，却意外碰到不速之客。

晚会后台相当忙碌，但前往休息室的走廊却没有工作人员，只剩刻意蹲守时光桦的某人。白依漾安静地等他走来，这才从角落中缓缓露面，主动打招呼道："你好，我叫白依漾。"

白依漾并没有穿演出长裙，现在是一袭便装，但她的舞台妆并未卸掉，看上去有点盛气凌人，给人来者不善的感觉。

时光桦停下脚步。他其实不擅长记忆明星，但对方的名字实在耳熟，似乎是自己曾做错的题目。他在脑海中搜索信息，蹦出"楚月怡对家"的标签，顿时露出了然的神情。

时光桦没有介绍自己，也没有开口答话，只是无声地等她下文。

白依漾见他连寒暄都无，微微挑眉，开门见山道："我会过来找你，只是单纯好奇，可以知道你为什么上节目吗？"

时光桦开口："这好像跟你无关。"

白依漾察觉他毫不配合的冷硬态度，轻笑一声，随即和缓道："我可能刚刚忘记说了，我跟楚月怡是大学上下铺室友。她在校期间极少跟异性打交道，却在女生间很受欢迎，年级里女同学就没有讨厌她的，说是女版校草都不为过……"

白依漾露出怀念的神色，好像回想起愉快时光。

时光桦莫名觉得她的神情刺目又碍眼，语气越发冷淡："你想说什么？"

白依漾从回忆中抽身，重新望向他，似笑非笑道："正因如此，她处理异性关系的经验少得可怜，甚至不知道男性是一种无知、肤浅、冲动而势利的存在，偶尔还缺乏边界感和道德感。

"他们不会认为参加恋爱综艺有失底线，毕竟既可以借机跟女明星亲近，还能依靠曝光而名利双收，自己作为男性又毫不吃亏，没人会拒绝这种美事吧？"

白依漾对参加恋综男嘉宾的心态一清二楚，女性在某些方面就是有无法忽略的天然弱势。她对时光桦上节目的动机毫无兴趣，但他不应该过多地招惹楚月怡，甚至打破楚月怡只在镜头内"营业"的界限。

如果楚月怡选择下车，或者没有参加晚会，白依漾都不会产生危机感，那代表一切都还在可控范围内。然而，楚月怡一反常态的举动证实了时光桦对她的影响力，有什么东西在暗处悄然改变，属于危险的信号。

士之耽兮，犹可说也；女之耽兮，不可说也。

白依漾深知楚月怡的"寡王"经历，她可不愿对方栽在节目上。

时光桦听着白依漾阴阳怪气的"内涵"，全程态度平静，他冷不丁道："你异性缘应该很差。"

白依漾眉毛一扬，她在校时不受女生欢迎，但男朋友就没有断过，她当即嗤道："你说什么傻话？"

时光桦说："能将异性贬得一无是处，证明你也没遇到过好人，可能是物以类聚吧。"

白依漾不料他看着不声不响，实际却如此毒舌而刁钻，她被怼得倒吸一口凉气，冷笑道："你在得意什么？你不过是她的一个同事，录完节目就没有关系了。"

时光桦风轻云淡地反击："那你又是她什么人呢？"

白依漾瞬间被他刺痛，好半天没有答上来。

"朋友，还是敌人？"时光桦不紧不慢道，"你是以什么身份来找我？"

时光桦很少跟人针锋相对，但他反感白依漾探究而挑剔的态度，还用恶劣而阴暗的想法推敲两人的情感。他承认自己上节目怀有私心，可那绝不是低劣而下等的念头，更没有掺杂对名利的追逐。

时光桦："我跟你们不一样，不会由于自身的空洞虚无，就将情感随意地寄托在他人身上。我只有遇到那个人，才会产生托付的想法，遇不到就自己待着。"

人的情感模式分为两种，一种是惧怕孤独，然后随意地寻找伴侣；一种是怦然心动，才诞生出结伴的念头。前者随时可以取代，后者却不会被替换。

如果他没有碰到她，那他就继续独行。

"你或许是为她好，但你们的水准相差太多，她其实并不需要。"

在时光桦看来，白依漾实在是浅薄，跟楚月怡截然不同。前者就像用强光照射的黯淡宝石，用尽手段才能焕发光彩，没有后者浑然天成的通透感。

不过他对此并不感意外，正是多数人的平庸，才衬出楚月怡的特别。

白依漾听他大言不惭地讲完，又目睹对方头也不回地离去，愤愤地咬牙："好样的，我记住你了。"

她才不相信时光桦大义凛然的说辞，哪个男的不会在人前装模作样？

都是男人的劣根性，她早晚会拆穿对方。

休息室内，楚月怡听到开门的声音，小心翼翼地瞥了时光桦一眼，莫名心虚道："你好慢哦。"

如果换作平时，楚月怡会凭借自身推理能力，思考他行动缓慢的

缘由，但她现在不太敢细想，也就没有继续探究。

时光桦并未提及白依漾的事，反而若无其事地询问："你上学时很受女生欢迎？"

"啊，你听谁说的？还行吧。"楚月怡挠挠头道，"我也不知道算不算受欢迎，反正大家对我都不错。"

楚月怡：如果她们别老找我吐槽恋情，那我可能会感到更加开心。

时光桦内心升起一丝怪异感，他又富有深意道："你是不是对她们太好了？"

楚月怡满头雾水，不禁诧异道："大家都是女生啊，有什么值得介意？"

"当然值得介意。"时光桦目光微深，"你还把我当女的？"

楚月怡面对离奇跳转的话题，简直两眼蒙："……"好家伙，她是没法跟他继续聊了，这简直是无理取闹的前奏。

时光桦见她不作声，紧盯了她片刻，开口道："你不对劲。"

楚月怡面对他的找碴，干脆敷衍地应声："对对对，我不对劲，我把你当女的，不然你现在就穿女装看看，佐证一下这离谱的猜想。来来来，裙子就在那边，时老师请自取！"

楚月怡懒得搭理他，索性大手一挥，向他示意角落的衣架，透出破罐破摔的气势。

时光桦："……"

时光桦毅然决然地拒绝女装，这让楚月怡大感遗憾，甚至发出惋惜之声。她上下扫视了他一番，总觉得这双大长腿不穿裙子可惜了，说不定会有超模般的摄人气场。

时光桦面对她的打量，心中古怪感愈加强烈，只差将"你确实不对劲"写在脸上。

"你永远不知道'女装大佬'对女生的吸引力。"楚月怡猜到他心中所想，装模作样地耸耸肩，感慨道，"看完绝对爱了爱了。"

"不要故意骗人。"时光桦怀疑她将自己当小孩骗。

"原来你能识破？"她还以为他什么话都会信。

时光桦听她老神在在地调侃，不知想起什么，突然道："你最近跟我说话随意了很多。"

楚月怡刚开始相当客气，她对邹乾肆意妄为、毫无顾虑，但对时光桦总是思虑周全、面面俱到，透着一种完美无瑕的礼貌。而她现在仍然周到，却逐渐地放下了架子，展露出恶趣味的一面，偶尔还坏心眼地欺负人。

她是无恶意的捉弄，就像在逗趣一样。

楚月怡一愣，误以为对方在兴师问罪，她撇嘴道："时老师怀念起从前啦？"

楚月怡现在对他确实随便得多，不像"营业"时会力求尽善尽美，难怪他会认为自身的待遇下降。

时光桦垂眸，随即轻笑道："不，现在挺好，再接再厉。"

楚月怡头一回见他展露明显笑意，犹如冰雪初融后的春光，顿时怔怔地接不上话。片刻后，她别扭地摸摸鼻子，暗自嘟囔道："莫名其妙。"

楚月怡：这人肯定有问题，对他不好反而还笑。

青果台跨年晚会将《双面缪斯》作为隐藏节目，提前进行了报备，却没走漏风声，就是为了配合《心动约定》的热搜造势。不得不说，筹备者们如愿以偿，表演引发了海啸般热议，连带收视也冲上了高点。

这简直是不可思议的事情，一般只有当红明星才能将数据显著提升，而楚月怡和时光桦的国民度明明远远没到那地步，他们在晚会上的同台却达成了"1+1>2"的效果。

《双面缪斯》收视率竟超过邹乾的开场表演，很少有谁家的粉丝能击败男偶像，这次他们俩堪称开天辟地头一遭。

欲扬先抑、两级反转，简直是屡试不爽的营销手段，使"月光CP"在热搜上抢占诸多席位。

——妙啊，我的CP连CP曲都自己写，"剪辑大手"们可以开始了。

——给我把他俩升降台弄回来，我愿意付费观看后续！

——就知道是炒作，不可能下车的。

——让他们炒，让他们炒，营销我也认，别下车就好 [流泪]！

——看他俩可比跟我男朋友聊天甜多了。

——特大消息！特大消息！收破的旧的不甜的烦人的男朋友，换不锈钢锅碗瓢盆！

直播弹幕区涌现无数尖叫发言，微博上"月光科学会"更是满血复活，不但在演出结束后飞速将舞台截图设为封面，还立马发送新微博稳定军心，甚至隐隐透出招兵买马的气势。

【月光科学会：亲爱的同学们，伴随着各位的显著进步，我们的学习也将进入中级阶段。科学会近期将招募中级教师，欢迎具备嗑学眼光的有识之士前来报名，希望能为同学们提供更优质高效的教育及服务。初级课程聚焦老教材，围绕节目而生；中级课程拓展新思路，应用于节目外。加油，未来的科学家们，月光依旧、共同进步！】

【小熊：还以为你走了，竟然是 level up（升级）！】

【月光科学会：不管形式或结果如何，人类对嗑学的追求永不止步。】

【大小六：呜呜呜，太好了，梦想照进现实，我的快乐又回来了。】

【鱼儿：居然有中级教师？难道以后嗑学还评教师职称？】

【薯片精：老师实火，手指轻轻一刷，粉丝上涨惊人！】

《双面缪斯》有 CP 热度的加持，本身舞台质量又不俗，两者相辅相成，加上歌曲魔性，开始中毒般传播，展现出破圈影响力。此曲不但成为某站的常备剪辑曲目，还在各类短视频音乐平台上频繁出现，自然变相为"月光 CP"及月光科学会引流。

没过多久，楚月怡、时光桦等人跟《心动约定》节目组碰头开会，众人不可避免地提及《双面缪斯》，分享着最近高曝光度的欢喜。因为曲目实在太火，甚至让小程惋惜。

小程啧啧道："这首歌没卖数字版简直亏掉一个亿。"

楚月怡对音乐市场了解不深，好奇道："卖数字版会怎么样？"

"有这种讨论度，销量应该很高。"小程耐心地讲解，"而且这是长期收入，如果是非常红的曲目，音乐版权收益挺可观。"

他又酸溜溜道："不过那都得是厉害的音乐人，凭借以前写的歌就能吃一辈子，属于金字塔顶尖，大多数人做不到。"

小程给时光桦做经纪人算副业，他本职似乎也跟音乐沾边，理想就是拥有大爆的神曲，然后依靠旧歌印钞，悠闲地在家混吃等死。

楚月怡大方道："你们可以挂数字版，肥水不流外人田。"她不懂音乐，也就不掺和。

小程忙不迭道："唉，其实时哥愿意的话，现在还能追上热度尾巴……"

时光桦思考片刻，看向对面的楚月怡，他主动提议道："只卖表演过的歌不太负责，不然我们共同作曲，制作一张数字专辑吧。"

时光桦原本没有卖数字版的想法，他在海外已经积攒下庞大的音源，而国内在音乐版权上处于起步期，说实话收益还是有差距。不过如果楚月怡觉得可行的话，倒是可以一起来试试。

楚月怡的意思是时光桦等人自己操作就好，却不料对方给出异想天开的想法。她顿时杏眸圆睁，慌张地摆摆手："你不要搞我，我不懂音乐！"

楚月怡：就我还能作曲，这不是讲笑话？

时光桦振振有词："我不会游戏，不照样也玩了。"

她眉头直跳，忍不住吐槽："这两者能是一回事儿吗？难道你作曲的时候，我直接挂在你头上，四舍五入就是共同作曲？"

时光桦选瑶好歹能在游戏蹭助攻，可她作为外行当真没能力作曲。

时光桦："也不是不行。"

楚月怡："这是真不行。"

双方僵持不下，总导演笑呵呵地打圆场："其实可以试试。不如我们下期就来制作专辑，月怡以前也说要展现你们本职工作，这不就是好机会？"

楚月怡不料导演会用自己的话来游说，她暗戳戳地推测节目组就是想借此节省经费，只要两人决定制作音乐专辑，肯定要前往时光桦的工作室，编导们就不用特意规划新的场景。她猜透了他们的摸鱼想法，但留了面子没有戳破，一时不好马上回绝。

时光桦见她面露犹豫，让步道："你可以先来看看，觉得不行也没事。"

《心动约定》会在第四期节目末尾设置下车环节，原因就是后期录制势必会深入双方的生活。他们不可能永远在编导们设定的环境内活动，或多或少都要展露出真实的细节，这一点不是所有嘉宾都能

.152.

接受。

如果是前往时光桦的音乐工作室，楚月怡就能晚一些暴露自己的生活，她这样一想又认为是不错的缓冲期。

第五期《心动约定》按时录制，楚月怡身着冬装抵达文创园，李柚今日忙于商务，没有陪她过来录制，仅有助理及节目组跟在她身边。

节目组向来是隐形存在，他们不会贸然提醒。楚月怡在空旷的园区内茫然四顾，低头搜索工作室的地址也看不出所以然，于是她第一次主动给时光桦打了电话。

"我刚进园区，应该怎么走？"楚月怡望着园区内造型各异的艺术品，对此处略有印象，这里似乎租金不菲，不少有名的影视制作公司坐落于此。

"你在原地等我。"时光桦的回答简单利落，却没提供任何信息。

"哈？"

楚月怡听那边不再有声音，误以为对方直接挂断，当即惊异地望向屏幕，想要吐槽时光桦的行为，却发现手机仍显示通话中。

她顿时一愣，重新将手机放回耳边，仔细地辨认起来，听到些许脚步声，隐隐还有小程的话语。

时光桦好像正要赶过来，电话那头传来穿外套的细碎摩擦声。

楚月怡沉默片刻，婉声道："你告诉我路线，我自己过去吧，你不用特意过来。"

时光桦："没事。"

两人同时陷入无言，时光桦似乎已经光速出门，楚月怡老实地站在原地，欣赏着周围的雕像及艺术品。

她握着手机静待许久，犹如经历一个漫长的世纪，终于小声地问道："你怎么不挂呀？"

楚月怡实在想不通，他一边赶路一边接电话，却全程都不跟人沟通，那为什么不直接将电话挂掉？难道是给她进行竞走转播？

楚月怡：话费正在疯狂燃烧。

"回头。"

电话里的男低音拨人心弦，她下意识地转身查看，正好瞧见不远处下楼的某人。

时光桦应该是匆匆出门，不但没有系羊绒围巾，连羽绒服都没有拉上。他一边握着手机，一边朝她挥手，随即大步走过来，依旧没挂断电话。

楚月怡缓缓地走向他，两人总算成功会合。

时光桦额角碎发微乱，眼眸澄亮如水，还是一如既往的俊逸。他晃晃手中的手机，在冬日中呼出浅浅吐息，低声道："第一个电话，你不也没挂。"

楚月怡以前从未拨通过时光桦的号码，她总觉得打电话是略显冒犯的行为，只有紧急时刻才能致电，否则就是变相打扰。毕竟连她偶尔接到别人的来电都心中一跳，有一种大事不妙的紧张，却不料他跟自己截然相反。

他居然还专门点明这是两人第一次通话。

楚月怡心中微妙，面上却露出小酒窝，嘴角弯弯地调侃："以后我每天给你打一百个电话，你就不会再拖泥带水不挂断了。"

时光桦瞟了她一眼，沉着道："你可以试试。"

楚月怡脸上的笑意瞬间凝滞："……"这人怎么回事？试试就"逝世"！

楚月怡没料到他会接话，明明依旧是言简意赅的口气，但莫名其妙产生真实伤害，杀得她措手不及。她难以置信地偷偷瞪了他一眼，深感此人的说话水准使人迷惑，一直在"会讲话"和"不会讲话"中反复横跳。

但她感觉聊天不能再继续下去了，于是她在此刻选择隐忍，安静地跟着时光桦进了门。

文创园内坐落着无数造型新奇、设计别致的高楼，时光桦工作室所在的大楼同样与众不同，完全刷新了楚月怡对"工作室"一词的概念。她原以为工作室仅仅占据几个楼层，却不料整栋楼都跟音乐制作相关。

进门的一层是恢宏敞亮的空间，放置诸多会客用的软椅及沙发，墙壁上贴有音乐及电影海报，还悬挂了不少唱片及音乐挂件，看上去是休闲区。

如果有人抬头向上望去，就能看到盘旋而上的楼层。每层楼似乎都有人在忙碌，偌大的楼内并不显得空荡。

楚月怡犹记时光桦拍广告时晕头转向，连现场流程都搞不明白。而她现在深感情况反转，自己在陌生环境里同样茫然，一边迷迷瞪瞪地跟着他穿行，一边嘀咕道："我还以为是小小的工作室。"

在她的想象中，时光桦应该是在极为封闭的环境里创作，类似于被隔音墙包裹的录音室，而非环境优美又宽敞有设计感的大楼内。

时光桦一愣："你不喜欢外面的环境吗？小程还说女生都会对这些感兴趣。"

因为大厅的光线极好，装修相当有感觉，所以常有女生在此处拍照。当然，这都是时光桦道听途说的内容，他很少来人流密集的区域，活动范围基本都是固定的。

"不，不是不喜欢，就是不方便，感觉好多人……"这么多人看着他们录节目，而且还极有可能是时光桦的同事，她光想想就快要窒息了。

时光桦深深地望了她一眼，不确定地重复："不方便？"

楚月怡含糊地点头："嗯。"

时光桦沉吟数秒，带着楚月怡进入电梯，又用工作牌刷亮楼层，随即缓缓道："现在方便了，你要做什么？"

他静静地望向她，等待着她的答复，竟像是有点期待。

楚月怡不解。

角落里的摄像大哥闻言同样面色呆愣，他在原地迟疑地挪动脚步，竟不知该不该退出去。他一边稳端着摄像机，一边左看看右望望，突然感觉自己自带打光效果——灯泡。

摄像大哥：导演没说有这出啊。

楚月怡被时光桦彻底问蒙，在仅有三人的电梯内晕乎起来，她惊道："什么做什么？"

时光桦面对她迷糊的神色，不由得眨眨眼，出言反问道："那你为什么说人多不方便？"

楚月怡干巴巴道："那些是你同事吧，我们突然走进来，当然感觉不方便……"

楚月怡以前在节目中毫不别扭，她永远在节目组的假定环境内活动，即使有景区的游客，说到底还是无关人员，跟两人的私下生活无关。她可以在虚拟场景内肆意表演，现在却身处时光桦真正工作的地方……这些人都不是游乐园里的游客，他们会长期驻扎在此处，甚至有人还跟时光桦相识多年。他们不是类似于邹乾的明星，甚至不一定通晓演艺界的事情，又会如何解读恋爱综艺上的"营业CP"？

楚月怡认为贸然闯入此地的自己，似乎侵犯了双方真实生活的边界，自然有一种难以言喻的不安。

小程说有很多女生对大厅的装修设计感兴趣，楚月怡却自然地联想到同样会有女生对时光桦感兴趣，顿时更感局促。她在他的现实生活中过于显眼，其实隐隐会给对方带来阻碍。

说到底节目仅仅是节目，不是吗？

时光桦面对她词不达意的解释，沉默片刻，一针见血道："我们的关系见不得光吗？"

他的语气过于清冷锐利，就像暗夜中的利刃，可谓一击致命。

楚月怡杏眸颤动，她下意识地抿紧嘴唇，忽然生出一丝恼意，差点就要当场质问。

那我们是什么关系呢？

尽管他们有无数节目上的回忆，但说到底仍然是同事而已。

电梯发出叮声，抵达目标楼层。

电梯门缓缓打开，门外正是等候许久的小程，他一露面就打破了电梯内的僵局，笑着挥手道："都到啦，那我们走吧！"

"后面还有人没？"小程探头张望一番，发现两人脸色不对，他奇怪道，"这又是怎么啦，时哥你出去时不还情绪挺好？"

时光桦没应声。

小程对他半死不活的状态见怪不怪，反而好声劝起了楚月怡："你不要跟时哥一般见识，每个月总有那么几天。"

时光桦默默地走在前面，在一层时他还会等等楚月怡，生怕她追不上自己的步伐，如今却像将接待任务交给了小程。

楚月怡一向待人好脾气，基本不会跟人计较，但现在她莫名对他

火冒三丈。倘若是其他人露出冷脸，她绝对丝毫不受影响，可她却只想将他捶进地里，以消心头难解的郁气。

这会儿还处于录制呢，他要耍什么脾气？

"这边是我们制作音乐的区域，基本不太会有人过来，所以就显得比较安静……"小程努力活跃着气氛，尽管他看出楚月怡心思飘忽，但还是尽职尽责地介绍。

楚月怡强压着胸腔中跳动的火焰，表面和缓道："我进门时还挺惊讶，这里比我想得要大。"

小程："对，其实外面有些人来自别的公司，只是租地方来做音乐后期，等到用完设备又走了。我们现在位于核心区域，这边不刷卡过不来的。"

楚月怡在小程的介绍下有所了解，尽管他们嘴上称这为"工作室"，实际上此处更类似于公司，同时还承接各式各样的业务。除了音乐创作外，这里还会出租设备及录音棚等场地，合作伙伴覆盖海内外。

楚月怡原本只知道时光桦是有才的音乐人，现在她又在前面补充了新形容词，他是有钱有才的音乐人，工作室堪比别人的公司大楼。

但这也不是他能随便甩脸的理由。

时光桦已经率先抵达工作室，他坐在屋内唯一的黑色转椅上，身边堆满不知名的设备，正面色沉沉地浏览着电脑屏幕。

现在房间内的环境倒跟楚月怡的想象契合，墙壁似乎是特殊材料制造，周围摆满她看不懂的乐器，角落里则堆着几张椅子。

小程主动搬来椅子，热情招呼道："坐吧。"

楚月怡向小程软声道谢，但她并没有立刻坐下，反而开口道："我想要喝水。"

小程："好的，稍等啊，我去……"

楚月怡直接走向一言不发的时光桦，她用手指骨节在他的笔记本电脑上轻敲两下，打断他看电脑的状态，毫不客气道："你去给我倒。"

她现在无法形容自己内心的汹涌情绪，只知道他给自己带来极大不爽，迫使她一定要做出折磨及报复对方的事情，否则就难以浇灭身体里燃烧的怒火。

她一向无波无澜、心如止水，这也导致如果她产生强烈情绪，感觉就会过于深刻。

时光桦和小程同时一愣，时光桦刚才还怀有不舒服的心结，但等他抬头撞上楚月怡面无表情的神色，顿时挥却路上的胡思乱想，反而有种后背冒冷汗的紧张，强大的求生欲压制了一切。

楚月怡脸上没有丝毫笑意，平时的和煦笑容被强有力的气场取代，她语气凉薄又不紧不慢："现在、立刻、马上。"

她每说出一个词汇，都像敲击在他心上，宛如死亡倒计时。

下一秒，时光桦就光速起身，完全不敢耽搁，应声道："好的。"

小程还未彻底反应过来，时光桦就如旋风般离开。

时光桦出门后，楚月怡一秒接管屋内唯一的黑色转椅，这把椅子跟别的不一样，看上去犹如工作室的王座，甚至残留着时光桦的体温。

她随意地坐在椅子上转了一圈，就像房间主人般悠然自若。

真不错。

奇怪的不爽减少了。

片刻后，时光桦握着一次性纸杯归来，他看到转椅上的楚月怡一愣，随即又犹豫地在门前停下脚步，半天没有走进屋里，似乎有点左右为难。

"有什么问题吗？"楚月怡误以为他是因为座位被占心中不快，她双手轻轻地交叠在一起，露出颇有深意的挑衅笑容，"现在没人了，确实挺方便。"

没有他现实同事的目光，她可以肆意对待对方。

她现在莫名有一种天蝎式的黑化念头，反正酸奶广告时就有古怪传闻，不如抛掉以前温暖的节目人设，使劲虐一虐不知好歹的某人，这也算是有看点的情节冲突吧？

时光桦总觉得楚月怡此刻就犹如宝座上的女皇，天生具备支配他人生死的权力，旁人根本没办法言反驳。

他总算是慢慢地走进来，将装有温水的纸杯递给她，垂眸道："没有。"

小程望着大气都不敢出的时光桦，在此刻目瞪口呆，他不禁骂道：

"搞什么！你以前都不许我们在你这里喝水……"

这里属于时光桦的私人地盘，他很反感别人带水杯闯进来，谁曾想有一天会自己端水进门？

小程：天道好轮回，苍天饶过谁！

人总有一种微妙的心理，向来脾气不好的人发火并不可怕，但一贯温柔似水的人反常地露出冷脸，就会带来惊人杀伤力。因为外人摸不准对方怒火的底线，所以对未知的结果心怀恐惧，也就不敢在此刻怠慢。

楚月怡第一次在节目上黑脸，自然当场就将时光桦摁住。她握着纸杯，小口地饮水，总算心平气和起来，又抬眼问道："不许喝水？"

时光桦："没……"

小程迫不及待地告状："可不是嘛！你都不知道他有多讨人嫌，自己能在工作室里用水杯，却不许我们带水进屋里，必须在外面走廊喝完！"

小程显然积怨已久，他发现有人能制住时光桦，顿时扬眉吐气，讲得活灵活现。

因为房间里遍布机器，所以时光桦相当讲究。他总觉得同伴们毛手毛脚，稍有不慎就会毁掉自己的创作空间。如果换作平时，时光桦对小程的指责毫无反应，但他如今目光幽幽地斜了对方一眼，既有隐忍又有怨。

"嚯，居然还暗中瞪我！"小程幸灾乐祸道，"我说得有哪里不对？"

楚月怡将杯中温水喝完，她小心地捏着纸杯，没有将其随手放到一边，笑着感慨道："原来你平时挺苛刻。"

时光桦眼看她脸上绽放往日的笑意，一时竟也不确定她的情绪，不知是风暴前的宁静，还是顺利渡过难关，他不由得支吾道："没有。"

小程不怕死地戳穿："就有！就有！"

楚月怡替小程出头，好声规劝道："不要总对亲近的人发脾气。"

小程赞同地点头："就是，就是。"

时光桦："……"这就是小人得志吗？

时光桦想将小程当场"暗杀"，表面却闷闷地应道："好的……"

小程从未见过如此气弱的时光桦，在此刻他宛如大仇得报，有种酣畅淋漓的畅快感。

时光桦欲言又止地望了楚月怡一眼，她现在似乎心情极佳，没有进门时的风雨欲来，恢复了平时的笑意盈盈。他很想当面吐槽一句她刚刚算不算对亲近的人发脾气，但又觉得活着好像比答案更重要，于是聪明地将话咽了回去。

众人开始商议起数字专辑，时光桦失去了自己的座位，只能搬来角落的椅子，坐在楚月怡身边。他用笔记本电脑展示资料，有条不紊地推动进度，镇定道："你对专辑有什么想法吗？"

时光桦给不少歌手及偶像操刀过专辑，他在沟通时一向干脆利落、言简意赅，自然下意识地进入工作状态，显得过于冷静。

"嗯……没有呢。"楚月怡歪头思考了片刻，她眸若秋水、笑如弯月，简单直白地回道，"所以才需要你呀。"

"……"

时光桦面对她的笑容，顿时进退两难，难以辨别其含义。这话的意思究竟是"我不懂音乐请多多帮忙"，还是"我要是能懂还要你作声"？实在令人纠结。

他不敢深入去想，只展现出乙方式和风细雨，下意识地放缓语气，轻声道："那我们先听一下段落。"

楚月怡同样展露甲方式天真无邪，她望着屏幕上的音轨，语气悠然道："不是说共同作曲，直接听段落好吗？"

时光桦被她堵得哑然，沉吟数秒后他讷讷道："不好……"他立马起身，还不忘出言安抚，"请稍等片刻。"

小程目睹时光桦去搬设备，顿时快乐地拍手，忍不住赞美道："这才是真正的甲方！"

小程总认为时光桦在事业上太顺，就该接受一下社会的毒打，积攒一些人情世故的经验，否则简直要无法无天。他在时光桦身边工作那么久，终于等来喜闻乐见的这一幕，可谓此生无憾。

时光桦将取来的设备调节完毕，便让楚月怡在上面进行弹奏。

楚月怡望着陌生的机器满头雾水，她总感觉此设备像高端版电子琴，拥有黑白色的琴键，但又增加了不少花里胡哨的按钮。

她迟疑道："但我不会弹琴。"

楚月怡的音乐水平停留在九年义务教育阶段，她勉强知道琴键对应的音，但没有任何的演奏经验，更不用说现场作曲弹奏。

时光桦淡然道："没关系，随便弹。"

小程在旁起哄："你就随便摁，然后让他编，不好听他提头来见。"

楚月怡："……"好家伙，这样也算共同作曲的话，那确实是有手就行。

楚月怡的手指在琴键上方徘徊，她显然没好主意，又缓缓收回手来。

小程见她苦恼，煽风点火道："你就专弹那种难的，一般人没法编的曲，好好地制裁他一下！"

楚月怡："不好吧……"

小程："这有什么不好的，编不出也是他的锅。"

时光桦没有表示反对，他全程神色自若，似乎胸有成竹，还出言鼓励道："你想弹什么都行。"

楚月怡思考片刻，她终于伸手轻触琴键，在指尖蹦出两个音符。

"没了吗？"小程诧异地听完，"只有两个哆？"

楚月怡的手指悬在半空，她不好意思道："不是，本来说按生日，但是……"

她的生日是11月9日，然而她不知道如何弹"9"，自然尴尬地停住。

楚月怡没有继续往下说，又一连摁下三个琴键，恰巧是时光桦的生日。他的生日在网上无资料，但她在女巫推算时记住，日期是7月16日。

时光桦、小程等人对音符相当敏感，他们听音就能飞快地辨认，随即解读出音符背后的秘密。

小程当然知道同伴的生日，他顿时露出恍然大悟的表情，若有所思地望向时光桦，笑容充斥着玩味。

时光桦原本气定神闲，现在却神色愣怔，他心中微微一荡，轻轻地抿紧了唇。

楚月怡正低头专注地摁着琴键，小心翼翼地怕出错，她直接跳过不会弹的"9"，然后感觉有人靠近自己，还没来得及回头查看，就被熟悉的清冽气息笼罩。

楚月怡是坐着弹琴，时光桦站在她身边极高，身影从上方几乎将她覆盖，犹如一张若有似无的天网，彻底将她拢住。

他伸手触及琴键，修长的手指在其间跳跃，奏出一串流畅的旋律，低声询问道："是这样吗？"

楚月怡完全没有触碰到时光桦，此刻却感觉周遭空气被他抽走，犹如直接跌入他掌控的私人空间。他的琴技远超自己，致使那段旋律听来熟悉又陌生，跟她磕磕绊绊摁出的音符截然不同。

楚月怡干巴巴道："应该吧。"

时光桦了然地点头。

下一秒，他将另一只手放上来，在她身边开始现场作曲，顺着那段旋律流畅地往下弹奏。他的指尖丝毫没有停顿，在琴键上编织出优美乐章，瞬间让工作室充满曼妙的音符。

楚月怡愣愣地望着他的动作，她以前也见识过他弹琴，那时琴音中流露出他的情绪，他借着钢琴回答她的问题。

然而，她此时更感震撼，自己随便摁出的音符，竟然在他手里焕发出新的活力，慢慢被重组成动人的旋律。

小程听着崭新的曲目，不禁偷偷嘟囔："果然带妹就是不同，作曲水平都远超以往。"

小程总觉得，时光桦现在就跟大学时篮球场上的男生一样，场外没人时表现平平淡淡，一有女生经过就疯狂扣篮，免不了被其他球友调侃。

时光桦见她不动，主动提议道："你也可以弹。"

楚月怡面对他精湛的琴技，忙不迭道："但我……"

时光桦："弹会的就好。"

楚月怡感觉他就如汹涌大海上掌舵的船长，她的心态同样平静下来，在对方鼓励下伸出手，摁下那一串熟悉的生日音符，跟他共同演奏。

两人的指尖同时在琴键上跳动，却若即若离地没有相触，总保持着适当距离。

她只弹奏那段简短的旋律，剩下复杂的部分都由他完成。

楚月怡演奏的动作逐渐熟练，她望着眼前的黑白琴键，察觉他相伴在侧的存在感，竟有一种似曾相识的错觉。

音乐使她的思维发散，甚至挖出深藏已久的零星记忆碎片，让她感觉这一幕莫名的熟悉。她以前好像也有类似的回忆，但人类的大脑真是高深的存在，常常让人分不清是梦是真，将线索弄得支离破碎。

Part 09

/ 一直如此 /

他们初次共同作曲相当顺利。

时光桦将旋律导入电脑，今日工作就告一段落了。

文创园门口，楚月怡跟时光桦及节目组道别，她裹着围巾站在户外，等到一日未见的李柚。

李柚今天忙于其他业务，但仍抽空来接楚月怡，她在车内扫视一圈不远处的文创园，随即感慨道："原来是在这里，难怪看着眼熟。"

楚月怡应道："我也总觉得来过，但实在记不清楚。"

楚月怡进入园区时就略有印象，可她又记不起到访此处的细节。

"你当然来过，好久以前吧。"李柚随口道，"这个园区重新装修过，后来盖成不少新楼，难怪你认不出来。我跟你签约那天，也来这里接过你，我就说路怎么那么熟。"

楚月怡跟李柚签约都要追溯到大学，如今相隔多年，自然印象不深。

她一开始只当错觉，没想到自己真来过，下意识地回头望去。

园区内，时光桦所在的大楼在夜色中亮起灯火，犹如一盏静谧的灯塔。

楚月怡会来文创园，那必然是为了工作，她一边缓缓地上车，一边向经纪人确认："柚柚姐，我以前没见过时光桦吧，我是说我俩没录节目前。"

"没吧，怎么突然问这个？"李柚诧异道，"他不是近年才回国发展。"

楚月怡一想也是，时光桦以前都在国外搞音乐，他们能遇到才有鬼，于是她将古怪的熟悉感抛之脑后。

车辆启动，她望向窗外，眼看灯塔般的大楼越来越远，直至消失在道路尽头。

李柚突然想起什么，提醒道："对啦，总导演有跟我商议演戏的事，你现在有什么想法？难道要把时光桦带进组里？"

《心动约定》后期录制要展现双方本职，必然会暴露真实的工作环境，就像楚月怡今日闯入时光桦的生活一样。她不可能严防死守自己的私生活，势必要打破节目内外的界限。

楚月怡一愣，随即惶恐道："怎么能带他进组？！"

楚月怡思及此，差点要当场社会性死亡，一是剧组里全是她同事，众人抬头不见低头见；二是剧组里虽然确实可以带人，但那些都是真的夫妻或情侣。因为电视剧拍摄周期长，所以伴侣及家人来剧组相陪，也算是常见的状态。

如果双方没有名义上的伴侣称号，还在拍摄期间来组里长期陪伴，那多少就是隐秘而不干净的男女关系。虽然在业内此类事情也不少，但总归是令人不齿，并不光明正大。

李柚不知她丰富的联想能力，怔怔道："就是带他在组里转一圈，为什么你那么大的反应？他也不可能去演戏吧，无非就是探班时看看。"

楚月怡闻言，这才放下心来，嘀咕道："只是探班啊……"探班应该就只有一两天，不可能长期驻扎剧组。

李柚疑道："不然你以为呢？"

楚月怡当然不会坦白自己多想了，若无其事地转移话题："剧组探班也得春节后，估计赶不上节目录制。"

按理来说，接下来的几期录制就轮到她展现真实生活，节目拍摄是在春节前，那时剧组根本没开机。楚月怡现在还没想好带时光桦去哪儿，关键是遇到别人她该如何介绍，难道逢人就说是她的好同事？

李柚："那怎么办？带他来咱们公司转一圈？"

楚月怡回想起今日的情景，又联想到如果场景变换为自己的经纪公司……她顿时略感头疼，闷声道："再看吧，走一步是一步。"

李柚："来咱们公司也行，带他参加年会，然后你就放假了，这计划也可以。"

李柚觉得在年会时结束录制，春节前就没有工作，想起来倒是美滋滋。

楚月怡忍不住吐槽："还专门找人最多的那天是吗？"她怕不是发疯了才会带时光桦参加公司年会。

楚月怡细想一圈，她觉得最好是类似时光桦工作室的私人空间，既展露出自身的真实，又不会过多跟外人接触，只可惜她的经纪公司做不到。

如果时光桦露面，肯定会引发轰动，业内从业者应该都认识他。

她如今都有些佩服时光桦了，他带着虚假的"营业CP"出入公司，为什么能如此坦坦荡荡？

楚月怡纠结着后续的拍摄场地，第五期《心动约定》则按时上线。

这期内容不但揭晓"月光CP"下车悬念，在漫天火花中迎来节目新阶段，还透出双方正在筹备数字专辑的消息，两人在工作室内完成初次作曲。自此开始，月光组没有在节目场景内活动，而是展露切实可信的生活环境。

——偶像剧变为都市剧，但莫名感觉更甜了！

——什么？这才是两人第一通电话？妈妈绝不允许这种事，从今天起给他打电话，不要一百要一千个，不要你觉得，我要我觉得！

——好家伙，看完公司发现时老师是隐藏young&rich（富二代），建议月怡考虑结婚，奶粉钱肯定有保障。

——他俩要结婚，专辑我买爆！

——啧啧啧，这期完全情侣恋爱那味儿了，女友发怒当场吓跪。

——楚月怡：给你留点面子，现在来劲了是吧？

——音乐节目重拳出击，恋爱综艺唯唯诺诺，不愧是你，时光桦。

——时光桦经纪人：世上竟有此等"双标"之人。

——时光桦：不知道恋爱谈什么？那就早起惹怒她，然后整整哄一天。

——啊啊啊急死我啦，你给我手把手教她弹琴，这节目改名《心急约定》"算球"！

——这别扭闹得太真，我简直嗑到迷幻。

——我没懂时突然冷脸？楚为什么发火？

——嗑过 CP 的应该都懂，地上转地下的信号，指路月光科学会。

——虚假 CP 明目张胆，真实 CP 小心翼翼，他俩估计成了。

——时：我要秀恩爱。楚：你给我闭嘴。

　　楚月怡和时光桦的电梯对话相当经典，他们在对峙后的别扭反应也被众人解读。网友们开始深入分析双方心理活动，在"月光科学会"评论区共同完成新一期难题，围绕"我们的关系见不得光吗"来剖析。

　　【月光科学会：同学们要有自己的思考过程，标准答案稍后公布，欢迎结组进行讨论。】

　　【Colo：标准答案：他俩是真的 [doge]】

　　【小饼干：其实我没懂，这是录节目，哪里不方便？楚顾虑在哪儿？】

　　【发发：只是节目当然方便，就怕私下已经变质 [doge]！】

　　【窗口月光：单看节目不够，还要结合性格，楚事业心非常强，时算半个业内人，他俩必然存在分歧。】

　　【芝芝小桃：见不得光的绝不是节目而是别的关系，"懂自懂"。】

　　【缪斯：没在一起也动情，她急了他急了他俩急了！】

　　【小饼干：我悟了！我嗑到真的了呜呜呜！！】

　　"这些人又在瞎分析什么？"

　　楚月怡一边望着微博吐槽，一边熟练地退出自己小号。她没想到不愿打破节目内外界限的行为，竟被粉丝理解为自己已经跟时光桦在一起，故意在镜头前放烟幕弹。

　　这些人还说得有鼻子有眼，号称楚月怡是因为不想事业受影响，也需要时间来缓冲，所以暂时没打算戳破。而时光桦明显是恋爱脑，恨不得世人皆知，自然是毫无顾虑，因此双方起了矛盾。

楚月怡：恋爱脑是他吗？明明是你们啊！

她看到那句"没在一起也动情"顿感刺眼，她什么时候急了？简直是一派胡言！

她觉得自己不能老看"月光科学会"了，这个微博有可怕的洗脑能力，总弥漫一种有毒而魔幻的氛围。

文创园内，楚月怡已经对工作室熟门熟路。她将手机随手揣入衣兜内，进电梯刷卡后就谨言慎行。她知道周围遍布节目组镜头，因为两人最近忙于数字专辑制作，所以《心动约定》在工作室长期有机位。

果不其然，楚月怡刚刚走出电梯，工作人员就为她佩戴收音设备，他们似乎在此等待许久了。

走廊里，小程遥遥就看到楚月怡过来，热情地挥手打招呼："来了啊。"

"最近好像都没看到你经纪人。"小程好奇地探头张望了一番，尽管李柚从不在镜头前露面，但她以前总是跟着楚月怡录制，堪称尽职尽责。

楚月怡无奈道："年底实在太忙，她今天在公司。"

时值年底，每家公司都有一箩筐的琐碎破事，打工人们都是连轴转状态。虽然李柚表现得挺保姆，但她毕竟不是生活助理，年底还得到公司讲 PPT，汇报自己艺人的成长及收益。

李柚自然不会让楚月怡参加无聊会议，有这闲工夫不如多录点节目。

小程："原来如此，其实我今天也有点事，可能没法陪你们看太久场地……"

两人的数字专辑名暂定《Miss 9》（《错过 9》），跟他们共同创作的歌曲同名，起名理由也简单粗暴，就是楚月怡弹不出"9"。

虽然楚月怡只贡献了极为短小的一段旋律，剩下复杂部分都靠时光桦来编，但她还需参与 MV（音乐录像带）拍摄，少不了选定 MV 的场景。她今天来此跟时光桦会合，就是约好一起去看场地。

楚月怡现在知道小程是帮忙做经纪人，对方其实还有别的工作，她善解人意道："没关系，你有事就去忙吧。"

小程："场地那边都是老熟人，应该出不了什么大问题，有事打电话给我就行。"

小程嘱咐完，就脚步匆匆地走向电梯，看着不会再去工作室，跟楚月怡走的是反方向。

楚月怡眼看小程要走，思索片刻，又叫住对方，软声道："对了，正好有空碰到，我想请教你一点事情。"

小程听到声音，疑惑地回头，静待她的下文。

楚月怡沉吟数秒，柔和地咨询："你知道他喜欢什么吗？"

"时哥吗？"小程双眼发蒙，又试探道，"爱好吗？还是什么？"

楚月怡谦逊地求教："如果送礼的话，该选什么合适？跟音乐创作有关？"

她还犹记《双面缪斯》时的服装，打算给时光桦进行还礼，但此人的生活可谓苍白乏味，跟奢华扯不上丝毫关系。他并不是没有经济能力，而是衣食住行自成体系，不会按照价格来选择，具备强烈的个人风格。

这类人应该喜欢有实用性的礼物，但她对音乐设备一窍不通，只能求助小程等内行。

小程苦恼地挠挠头："啊，但凡编曲用的设备，他应该全都买完了，你别看那间屋子平平无奇，说是烧钱的火坑也不为过……"

时光桦当然不许人带水进工作室，因为屋里任何不起眼的设备都价值连城，那些根本不是普通机器，而是昂贵的真金白银。

小程为打消楚月怡的念头，他还科普举例了设备的价格，想要让她放弃。

楚月怡听完小程随口报出的金额，不由得惊讶地瞪大眼："可我看那就像一只普通的黑盒子。"

她见过小程举例的设备，完全不知其身价不菲，那明明在工作室内毫无存在感。

小程频频点头，好言规劝道："没错！所以你别给他买编曲的设备，他凭什么收那么贵的礼物？时哥他不配！"

楚月怡忽略小程的怨念，敏锐地捕捉到关键词，询问道："这就是说用来编曲的设备可能不缺，但跟创作无关的设备并不是都有？"

人的话语总会无意识透露信息，楚月怡瞬间读出留白的潜台词，她或许可以送别的设备。

"那些应该也很贵？"小程下意识地回答，接着又酸溜溜道，"哎呀，不要给他送贵重礼物，他真的不配，让他给你买！你送他百元上下就行，这种价格才配得上他！"

小程面对楚月怡简直怒其不争，他恨不得直接分享自己女友的送礼清单，手把手教导她如何从零开始糊弄男朋友，真切地告诉她时光桦不值得昂贵礼物，他不配！

楚月怡望着义愤填膺的小程："……"

虽然小程不是专职的经纪人，但时光桦也不像是他老板，两人的关系着实神奇。

难道这就是感天动地兄弟情？

楚月怡只想打探一下时光桦的喜好，谁料竟打开了小程的话匣子，对方一时不再着急离开，反而苦口婆心地教育她。

小程碎碎念道："你可别昏头啊，要想办法掏空他的钱，千万别给他花太多钱！"

楚月怡眉头微皱，显然不赞同此观念，小声道："这不太对吧。"

小程恨铁不成钢道："这有什么不对！谁花得多就会更在乎，这就是沉没成本套路，他花得多是应该的！"

楚月怡心想自己没求在乎，她本来就是还他人情，和气道："总得有来有回，而且套路也太……"

"不要看不上套路。"小程认真道，"有时候看破了套路还主动往里面钻的人，那才是真的在乎，这就是愿者上钩。"

小程哪会看不懂自己女友送礼的小把戏，但那都是交往时无伤大雅的乐趣，只要彼此深刻了解及信任，就不用分得过于清楚。倘若双方彻底无所求，那才是真正的感情危机。

楚月怡原本没将对方的话当回事儿，现在却被他一本正经的模样镇住。

"我很了解时哥，相比送他礼物，让他吃点套路，他应该更开心。"小程直直地望向她，语重心长道，"他很有钱的，不要替他省，我看过流水，存款挺可观。"

楚月怡："……"你这样真的不会被开吗？

楚月怡唯恐小程下一秒就掏出时光桦的银行流水给自己看，她不得不满脸诚恳地受教点头，用含糊的话术敷衍过去，终于将话痨小程送走。

"听我的准没错！"小程临走前还不忘叮嘱，说完就朝着电梯奔去。

楚月怡目送他离开，一时间无言以对。

她偶尔都不能理解时光桦的团队，他们是真不明白恋爱综艺吗？

小程传授的是情侣博弈套路，但她跟他仅仅是节目"营业CP"，不能一概而论。

楚月怡再次来到工作室，她望着周遭花里胡哨的设备，已经产生新的认识。黑色转椅上的时光桦既是音乐人，又是奇幻故事里守着无数财富的巨龙，他每天扎在设备里，就如躺在钱堆上。

时光桦见她露面，忙不迭取下深色羽绒服，起身道："你叫我下去就行，还专门上来一趟。"

楚月怡随口道："没事，突击检查你工作，顺便跟小程聊聊。"

时光桦一怔："你们聊什么了？"

"聊你人缘很好。"楚月怡感叹道，"他对你真不错。"

时光桦不解，怎么听上去好可疑？

两人没有在工作室过多停留，很快就驾车前往选景的地方，路上还途经了楚月怡的经纪公司。

楚月怡发觉车外的风景越发眼熟，不禁暗自嘀咕首都东侧的娱乐业过小，转来转去就这些地方，似乎影视公司都扎堆。

时光桦握着方向盘，不经意地瞥到窗外的大楼，他突然道："你们公司是在这里吗？"

"啊，是。"楚月怡心里一跳，又状似无意道，"没想到会来这边。"

时光桦瞟了一眼地图导航："看场景的地方就在附近。"

"我都不知道这边有场地。"

楚月怡内心犯起嘀咕，他们不会碰到熟人吧。思及此，她下车后就谨慎起来，将自己的围巾向上扯扯，把脸埋进柔软的羊绒里。

时光桦察觉到她扯围巾的小动作，又思及两人刚刚下车，关切道："很冷吗？"

楚月怡头脑灵活，很快就替自己的行为找到合理解释："不，只是不想耳朵吹风。"

时光桦眼看她穿着浅色的无帽羽绒服，白皙的脸蛋埋进羊绒围巾，只露出小巧的鼻翼及耳尖，完全是乖巧又保暖的模样，顿时不疑有他。

时光桦在前引路："外面有点冷，进去就好了。"

楚月怡点点头，老实地跟上他。

进屋后温度果然升高不少，此处的拍摄场地相当丰富，全都是棚内的人工置景，承接过不少 MV 及广告项目。时光桦跟场地负责人似乎认识，双方自然而随意地打过招呼，交流时透着熟稔。

场地负责人姓李，是一个上了年纪的中年男人，时光桦直接称其"老李"。

老李一边熟练地翻找钥匙，一边看向旁边的楚月怡，他不等时光桦开口介绍，便冷不丁道："这是你女朋友？"

楚月怡正要礼貌地寒暄，却不想老李简单直白，上来就是一记暴击，顿时心里漏跳半拍。她最近的确常去时光桦公司，但说到底遇到的还是小程等人，并未直接面对脱离节目的外人。

老李杀得猝不及防，让她的问候停住。

她犹如木头人般僵硬，不知在此刻如何应答。

好在老李没给楚月怡过多目光，他本身就是看向时光桦提问。

时光桦比她沉得住气，言简意赅道："楚月怡。"

既没有承认，也没有否认，仅仅报了名字。

老李早就习惯对方的说话风格，他漫不经心地点头，只是意外道："哦，你居然还能认识女生。"

楚月怡也不知道老李的"哦"是什么意思，他们就像用电波在沟通，周围人完全没法理解。

"你们看场地的人可以进来，但举着摄影机的人不行，不能随便拍啊。"老李没有继续追问，他看到两人身后的摄像师，干脆利落地嘱咐完便提着钥匙往里走，似乎不知众人在录节目。

时光桦和老李的对话风轻云淡，却让旁边的楚月怡浑身紧绷，心情堪称复杂。

这简直是牛头不对马嘴的交流。

时光桦感受到她灼灼的视线，不由得疑惑地回望，他迟疑道："你还感觉冷吗？"

楚月怡没懂其话题跳跃度，现在情绪挺微妙，闷声道："什么？"

时光桦伸手一指，直言道："耳朵冻红了。"

她在室外白玉般的耳尖，如今莫名其妙地泛红，也不知何时吹风受冻。

楚月怡闻言，猛地捂住耳朵揉揉，恼羞成怒道："内外温差太大！"

节目组的摄像们不好进入场地，只有楚月怡和时光桦跟上老李。

老李接下来没再过问双方关系，全程尽职尽责地进行介绍。楚月怡不知对方是没有好奇心，还是已经给出判断，她没办法妄下定论。

三人共同查看了不少拍摄场景，老李在途中听说选景理由，讶异道："原来是你俩拍 MV？"

时光桦："对。"

老李若有所思："也是，我就说你很少来，挺好，终于长大了。"

楚月怡："……"很好，她现在知道老李的想法了。

选景工作非常顺利，两人在现场粗略地筛选了一番，剩下就是今晚讨论决定。

老李将场地锁好，他便按时下班了，还交给两人不少场地资料。楚月怡推测老李是时光桦较亲近的人，她不理解他放任对方误会究竟是想做什么，难道是真不在乎？

选景花费数个小时，回程恰好撞上晚高峰。

车内，时光桦望着鲜红的拥堵路段，似乎感到一丝不妙，皱眉道："现在回去估计很堵。"

首都的晚高峰极为恐怖，一行人现在驾车离开，就别想从路上随意下来，估计要堵到很晚才抵达。

果不其然，跟拍导演走到两人车边，打起商量来："月怡，你们公司方便吗？要不我们找间会议室录完吧，否则赶回去太费时间了。"

楚月怡的经纪公司就在附近，沟通起来还方便，算是当前最优解。因为他们就地解散也不合适，撞上堵车同样没办法离开。

楚月怡眸光微颤，为难道："啊这……"

她当然明白导演的想法，但为何偏偏要选这天，今天是经纪人开大会的日子，李柚要给公司汇报艺人一年的成果。

她完全没法想象带时光桦过去的场面，台上李柚朝老板汇报炒CP的商业价值，台下坐着自己节目上炒CP的搭档，还带着一大帮节目组的编导？

楚月怡：这简直是打工人的社会性死亡现场。

时光桦见她面露难色，不禁目光微垂，眼神黯淡下来。

他其实发现了，她不愿跟自己共同遇到节目外的人，而且小心地保护着自己的地盘，不想让私下生活暴露在镜头里，维持着若即若离的感觉。

他理解她的防护心理，平时也就尽量选在工作室，不想让她过多烦恼。

所以尽管此刻时光桦内心失落，他面上却平静无波，低声替她解围："算了吧，再想想别的办法。"

跟拍导演一愣："啊，但现在哪儿也去不了，公司应该是最近的。"

时光桦没开口时，楚月怡还未有感觉，可她一听对方的声音，瞬间就捕捉到些许情绪。她都不知自己为何如此敏感，估计是他性格过于沉闷，致使她对他的感知调到最大，生怕错过重要信号。

他有点低落，而且没有说。

这又是怎么了？

难道真是每个月总有那么几天？

楚月怡察觉异样，立马奇怪地回头看时光桦，反复打量他的神色，妄图找出蛛丝马迹。

时光桦不敢在此刻直视她，但挪开视线又暴露想法，他索性主动握起方向盘，闪烁其词道："不然回去吧。"

楚月怡更感对方有事，深深地望向他，提醒道："现在回不去。"

时光桦："没事。"

楚月怡略微歪头，越发确定他的情绪，故意道："有事。"

时光桦不言。

楚月怡沉默片刻，干脆道："不然去我家吧。"

她的语气听上去随意平淡，但了解她的人都知道，这话丝毫不简单。

时光桦原以为楚月怡不愿曝光隐私，谁想却直接从公司跳到家里，顿时面露惊愕，手足无措。他不敢置信地看向她，似乎完全没有料到。

楚月怡面对他诧异的神色，不好意思地挠挠头，主动活跃起气氛，露出凡尔赛式微笑："毕竟我京户京房，算是本地人？"

楚月怡的玩笑话瞬间打破了僵局，连带着周围的编导们也开始起哄，氛围一秒轻松起来，不再有刚才交流时的紧绷。

跟拍导演："可以可以，大气大气！"

其他工作人员跟楚月怡关系不错，此时也忍不住调侃："我们中间出现了叛徒，月怡居然早就有房！"

大家原本由于晚高峰堵车心情烦躁，现在又重新变得活跃、轻快。

时光桦静静地望着此幕，楚月怡总能调动身边人的状态，润物细无声地扭转局面……他欲言又止道："你确定吗？"

楚月怡低头解开安全带："确定，但没法所有人都去，挤不下那么多人。"

跟拍导演："只要有机位就行，其他人先去吃饭。"

编导们都有拍摄分寸，当即删减录制人员的数量，让剩下的人在附近用餐。因为节目上线前会被明星团队审核，所以楚月怡也没什么顾虑，李柚不会让不该暴露的信息出现在成片内，到时候都会后期剪掉。

时光桦眼看她下车，开口道："不用开车过去？"

"这么着急去我家？"楚月怡好笑地看了他一眼，"我们也得吃饭吧？"

时光桦一时语噎，他不及她能言善辩，顿时木讷着接不上话，选择安分守己地闭嘴。

日落西斜，寒风飒飒。附近高楼内的公司还未下班，车道就已经拥堵起来，从立交桥上俯瞰下去，车灯汇聚成绵延星河。

便利店内灯火通明，基本没有顾客，店内相当安静。楚月怡和时光桦没有在外用餐，他们打算随便买点小吃及零食，直接将晚饭混过去。

琳琅满目的货架前，两人沉默地挑选商品，楚月怡瞥到架子上的甜氧酸奶，向时光桦示意，笑道："你看这个。"

乐元的甜氧酸奶是《心动约定》的冠名商，他们还一起拍摄过原味酸奶广告。

时光桦瞬间读懂暗示："你要广告植入？"

楚月怡："这叫主动为甲方服务，不要说得那么没感情。"

时光桦闻言，从货架上取下一瓶甜氧酸奶，刚刚放进购物筐里，又被楚月怡伸手取出来。

时光桦疑惑道："不是要主动为甲方服务？"

楚月怡将其重新放回货架，她心里并不想喝酸奶，面上却委婉而周全道："我们将这一瓶酸奶买走，就会有人尝不到它的美味，还是把机会留给其他人吧。"

"……"

时光桦听她语气认真，都不知道她的小脑袋瓜在想啥，他忍不住浅笑一声，下意识地摇摇头，没有出言反驳。

楚月怡用余光捕捉到他稍纵即逝的笑意，内心略微放松下来，又看向面前的冷藏柜，从中取出两盒口味不同的水果茶，状似无意道："公司今天开大会，我不想去听报告。"

她一向沟通交流技能出众，不会随意地跳转话题，现在却难得风马牛不相及地接话。

她在解释。

时光桦意外地抬眼望向楚月怡，只见她静静地站在货架前，漫不经心地挑选着商品。她的脸庞被冷柜光线照亮，柔顺的长发遮掩部分神色，然而轻微颤动的睫毛却暴露了一切。

时光桦心中微动，低声道："其实你不用解释。"

她愿不愿意去公司，总归有她的理由。

楚月怡总觉得他介意此事，刚刚才鬼使神差地开口，这会儿她放下手里的草莓味水果茶，手指僵硬地一抖，心知他说得没错，解释反而显得刻意。

"但我很高兴。"

楚月怡闻言一愣，微微地睁大眼。

时光桦随手取过她放下的饮料，风轻云淡道："别选了，都买吧。"

他的神情沉着而淡定，如往日般无波无澜，丝毫跟"高兴"搭不上边。

楚月怡望着购物筐里并排放着的两盒水果茶，将鼻尖埋进围巾，小声道："可我只能喝一盒。"

时光桦："我们有两个人。"

楚月怡紧盯面无表情的时光桦良久，平复完内心翻涌的情绪，她重新扬起下巴来，理直气壮地指使："我要吃冰激凌，你去给我买。"

时光桦见她杏眸明亮，再次焕发出活力，他目光也变得柔和，轻声应道："好。"

时光桦没有责怪她的颐指气使，当真提着购物筐前往冰激凌区。

楚月怡暗啧一声，还真是听话啊。

片刻后，两人站在收银台前，楚月怡望着满筐的冰激凌，顿时感到头大，她眉头狠狠一跳，忍不住吐槽："这是什么意思？"

她只是想吃一个冰激凌，但他怕不是把冰柜清空了？

时光桦眨眨眼："你要吃冰激凌。"

楚月怡淡淡道："我就吃一个，我们有两个人，你要买那么多，难道打算自己吃？"

时光桦面对她的质问，一时间无言以对。

楚月怡："你今天吃不完别走了。"

时光桦："对不起……"

楚月怡："如果道歉有用，还要警察干什么？"

时光桦："……"

时光桦最终还是没有多买，在楚月怡的监督下，他重新整理了冰箱，还向店员致歉，争当文明市民。

两人从便利店购物结束，便前往楚月怡的小区，就在她公司附近。

小区的门禁相当严格，节目组在路上并未拍摄，他们等楚月怡将屋内布置好，这才穿上鞋套进屋架起机器。

天色已暗，屋内的窗帘全被拉上，客厅内灯光亮起，楚月怡日常的生活环境一览无遗。房间里还算整洁，茶几上摆放着咖啡及零食，确实像有人居住的样子。

楚月怡回家时暗松一口气，幸好保洁人员今日上门了，目前看来客厅能够招待人，没有暴露她糟糕的习惯。

时光桦已经换好拖鞋，他手里还提着东西，不敢贸然扫视屋里，询问道："这些放哪儿呢？"

"冰激凌冻一会儿吧，其他放桌上就可以。"楚月怡进屋寻找小黑板，"我去找块黑板，待会儿好讨论。"

时光桦瞧见角落里的冰箱，依照楚月怡的指示行动，他先将购物袋中的冰激凌取出，紧接着缓缓地拉开冰箱冷冻层，各类零七碎八的东西便映入眼帘。

应该在冰箱里出现的，不该在冰箱里出现的，它们热闹地齐聚在此，欢迎着时光桦的到来。

时光桦觉得随意触碰他人冰箱里的东西不好，但他最终还是没按捺住复杂心情，伸手将彻底冻坏的水果从冷冻层取出，默默丢进了厨房垃圾桶里。

时光桦：先不提它该出现在哪儿，但看这样子是绝对没法吃了。

他将冰激凌放入冷冻层，又心虚地瞥向客厅那头，最终还是在好奇心驱使下，小心翼翼地打开了上层冰箱。

果不其然，冰箱上层同样是乱七八糟，彰显着主人低下的自理能力。

真神奇，明明看外面挺干净，内在却是一塌糊涂。

楚月怡丝毫不知自身本性已被看透，主要摄像机也没跟到冰箱旁边。她坐在客厅的沙发上，将家中的小黑板擦拭干净，眼看时光桦走过来，提议道："我们就用这个来确定 MV 走位吧。"

"好的。"时光桦见她兴致勃勃、神采盎然，又思及对方平日的表现，不由得感慨道，"你还挺厉害的。"

楚月怡："啊？什么挺厉害？"

时光桦："什么都挺厉害。"

明明在外看着挺会照顾别人，实际却是不通俗务的小白，也不知她是如何做到的，着实令人佩服。

楚月怡满头雾水："谢谢你哦。"

虽然时光桦克制着自己的视线，基本将注意力放在 MV 的讨论上，但他还是用余光发现诸多细节。

桌上摆满她喜欢的零食，电视柜旁有游戏机及游戏卡，斜前方的书架上陈列着影视类书籍，夹杂一些花里胡哨的漫画。这些都是她从未展露过的部分，起码以前没人知道她会跟动漫沾边。

她在外的形象总是完美而敬业，极少透露娱乐方面的爱好，犹如精准的工作机器。

然而，他现在身处她的私人空间，切实感受她作为人的一面。

她在闪光灯下总是毫无瑕疵，如今却沾染上人间烟火气。

两人正在客厅筛选场地资料，忽闻门口传来开锁的声音。

大门一开，手提购物袋的中年男人推门而入，他正下意识地要搜寻拖鞋，抬眼却瞧见屋内满当当的人，直接跟摄像帅们面面相觑。

楚月怡看清来人，惊得从沙发上跳起，她忙不迭道："你怎么突然来了？"

楚月怡：阎王叫你三更死，谁敢留人到五更，莫非真是天要亡我？！

中年男人暂时忽略周围的陌生人，不满地开口："虽然房子户主是你，但我和你妈妈也有出钱，怎么就不能突然过来？"

时光桦刚开始还不知来人是谁，现在同样仓皇起身，他惊疑不定地望着楚父，只感觉手心疯狂冒汗，完全没做好心理准备。

楚月怡想要躲开公司同事，不料亲爹给予致命一击，居然当场偷家！

她一直是独居，李柚偶尔会来，父母住在别处，今日真是事赶事。

楚闻岳态度随和，他同样见过大世面，挥却进屋时的讶异，笑呵呵地招呼众人："行了，都别干站着，你们快坐呀。"

节目组来的人不多，他们此时也略微发蒙，不知该不该继续录制。

楚月怡咬牙道："爸爸，我们在工作。"

楚闻岳挑眉，用审视资本家的目光看她，嘀咕道："带人回家还工作，你可真会做人啊，现在都要过年了。"

楚月怡小声吐槽："节目组的年假又不归我管。"她也只是打工人啊。

时光桦面对意料之外的情况，适时地调解："叔叔，其实已经录完了，我们也要走了。"

楚月怡和时光桦刚刚商议完MV，楚闻岳又突然到访，显然该结束录制。时光桦如今有点晕晕乎乎，他总觉得再耽搁下去不好，于是迅速地做出决策，想要从此处脱身。

时光桦的相貌跟旁人截然不同，尽管客厅内聚集着数人，但他的气质格外拔尖，身姿犹如雪中鹤立。

楚闻岳对演艺界了解不深，也不知节目的细节，他大致推测对方应该是明星，和气道："你们工作完啦？"

如果说楚月怡的交际能力已经够强，那楚闻岳就是金字塔尖加强版。他待人根本没有半分生疏，透着如沐春风的大气，极有亲和力。

时光桦局促地应声："对。"

楚闻岳扫了一眼茶几上的零食，轻轻地抬眉，爽快道："那正好，留下吃顿饭吧，总不能让客人光吃垃圾食品。"

时光桦整个人都麻了，现在就如首期录制，大脑濒临宕机边缘。初见楚月怡时，他磕磕绊绊地说不出话，如今虽然勉强能够应声，但脑内却是一团糨糊，紧张而焦虑地站着。

楚闻岳出言留人，致使节目组也不好离开。编导们没有收起机器，众人都有点手足无措，试探地望向楚月怡。

楚月怡刚想安排节目组撤退，楚闻岳便先行开口，面色坦然道："他们怎么不坐下？你们都忙完，一起吃饭呗，我再去买点菜。"

"不不不，谢谢叔叔，我们还没弄完……"工作人员生怕楚闻岳要加菜，忙不迭改口，"我们有工作餐！"

编导们摆手婉拒了楚闻岳的上桌邀请，他们也不管时光桦刚说过录制结束，口不择言地找着借口，直接将节目嘉宾卖掉。

楚闻岳闻言，露出若有所思的神色，他微笑着看向时光桦："那就只有你忙完了，而且没有工作餐？"

时光桦此刻浑身发僵，只能机械地点点头。

楚闻岳："挺好，坐吧。"

时光桦根本是跌坐在椅子上，他完全找不到任何话题。

塑料袋发出窸窸窣窣的声音，楚闻岳将带来的食材逐一放在桌上，其间还夹杂不少年货，充斥着节日的味道。

时光桦见状，立刻重新站起身，张皇道："我来帮您……"

楚闻岳："坐下坐下，你不用忙。"

时光桦只得正襟危坐，拘谨得犹如小学生。

楚月怡面对镜头，顿感阵阵头大，她伸手扯过塑料袋："爸爸，我来吧。"

楚闻岳斜了她一眼："我想活着过年。"

楚月怡不想展现自己毫无自理能力的模样，但亲爹根本不将她的偶像包袱当回事儿，似乎随时就要将真相戳穿。她宛如热锅上的蚂蚁，围着楚闻岳打转，却被他嫌弃地绕开。

楚闻岳一己承担了烹饪工作，他只允许两位年轻人陪聊，一边熟练地备菜，一边抱歉地开口："对不起，年纪大就有点落伍，我不太知道演艺界的事，你叫什么啊？"

时光桦哪敢责怪，只差当场立正，态度端正道："叔叔好，我叫时光桦，您不知道也正常，我比较偏向幕后……"

时光桦极为紧绷，他都不知该如何组织措辞，只管一股脑地往外倒。

楚闻岳和蔼道："原来如此，你在幕后做什么？"

时光桦犹豫地开口："音乐……"他不清楚长辈对音乐制作的接受度。

楚闻岳倒挺开明，笑道："那你很有才华啊，难道是受家里人影响？你过年买票没有，打算在哪里过春节？"

时光桦一愣："我父母目前在海外，今年应该不会过去。"

楚闻岳遗憾地感慨："那多没年味儿，不然你……"

楚月怡赶忙紧急叫停："爸爸！"

楚闻岳顿时被她吓一跳，诧异地回过头来，惊道："叫什么，天塌了？"

楚月怡一指购物袋，煞有介事道："这些要放冰箱吗？"

楚闻岳语带不耐烦："你别管了，待会儿又把香蕉放冷冻，你妈发现了骂的还是我。"

时光桦思及冰箱中的不明食材，突然意识到那原来是常态。

楚月怡成功打断父亲的邀请，此时略松一口气，不想他又再次出招。

楚闻岳环顾一圈摄像，好奇道："为什么光桦已经忙完，他们却依然有工作呢？"

时光桦："啊……"

楚月怡不愿谈及节目，淡定道："他咖位比较高，自然下班就早。"

楚闻岳心生狐疑："咖位高还没工作餐？"

楚月怡："人缘不好被排挤吧。"

时光桦："……"

楚闻岳责备地瞪了她一眼，又转头安慰道："胡说，光桦挺好的，不吃工作餐，咱们仨吃饭。"

楚闻岳显然懒得搭理楚月怡，自顾自地跟时光桦攀谈，等到热乎乎的饭菜端上桌，客人的信息也被事无巨细地套出。他不会直白地提问，总是先抛出具体话题，例如过年、音乐等，由此开始延伸拓展，缓缓编织起脉络。

饭桌边，楚月怡察觉亲爹的行为，不禁眉头直跳："不要问那么多。"

楚月怡：时光桦实在太愣，居然什么都敢说。

姜还是老的辣，楚闻岳丝毫没将她的警告放在心上，反而和气道："我只是没见过做音乐的年轻人，想要稍微长点见识，这才跟人家多聊聊。"

楚月怡看破他笑面虎的真面目，一时不好答话："……"你那是跟他聊音乐吗？你聊的是祖宗十八代！

"光桦不嫌烦吧？"楚闻岳眯眼笑道，"人老就是唠叨。"

时光桦眼看楚父将架子放得极低，他根本不敢露出往日锋芒，低声道："没有的事。"

暖黄的灯光下，桌上的饭菜色香味俱全，犹如人间家常的幸福图画。楚月怡将碗筷摆好，便正式上桌吃饭。

楚闻岳做的都是快手家常菜，他不好意思地招呼："事发突然，招待不周。"

时光桦恭谨道："不，很丰盛了……"

三人正在桌边用餐，楚闻岳又冷不丁道："你们在拍什么节目？我回去也看看呢。"

楚月怡和时光桦同时一僵，他们下意识地望向对方，紧接着不安地错开视线，颇有做贼心虚的同步感。

楚月怡干巴巴道："不必吧，你又不爱看节目。"

楚闻岳听她答得含糊，反问道："怎么，你平时不关心我的工作，还不许我关心你的工作？"

楚月怡蒙道："但你以前也没过问。"她从未向父母汇报过工作动态，主要全家只有她做这行，聊起来也有不少代沟。

楚闻岳见她不答，索性更换目标，淡淡道："没想过问你，只想问人家，光桦你们在拍什么节目？"

楚月怡内心相当慌张，她唯恐时光桦实话实说，简直处于爹毛边缘，惊得筷子都要握不住。

时光桦面对问话，同样大脑一片空白。他不敢在楚父面前造次，磕磕绊绊道："就是……"

楚闻岳露出温和笑容，鼓励对方继续："嗯？"

时光桦纠结道："就是……有关人生……"

楚闻岳："人生的什么？"

时光桦努力组织出委婉的回答，简直是一个词一个词往外蹦，心惊胆战道："人生的……人际关系……还有人和人的相遇、陪伴……"

时光桦完全不敢说恋爱综艺，他害怕下一秒被楚父铲出去。

《心动约定》的工作人员在旁听得满头雾水，此时正在录制他们也没法搭话，只能任由嘉宾重新定义节目。

楚闻岳恍然大悟："啊，有关人生及人际相处的节目，这可真是高深的话题，可能要钻研一辈子呢。"

时光桦："是……"

楚月怡感觉糊弄过去了，这才放下心来，默默低头吃饭。

楚闻岳笑呵呵道："光桦觉得呢？人跟人的相遇。"

时光桦感到作茧自缚，他刚刚给出意识流的模糊答案，就不得不面对后续追问。他忍不住偷瞥了楚月怡一眼，随即睫毛微垂，轻声道："有可能是缘分，也可能是必然。"

楚闻岳赞许道："我也是这么觉得。"

楚月怡小声地嘟囔："你又懂了。"

楚闻岳对女儿的吐槽充耳不闻，他神情自若，侃侃道来："人和人的相遇看似偶然，其实潜藏着必然的因果。人总是会被两类人吸引，一种是志同道合，一种是截然不同，都是将内在投射到他人身上。"

时光桦没想到自己生硬的回答竟引出真知灼见，他不由得安静地倾听，等待楚闻岳来解答。

楚闻岳："与人相处像是跟外界打交道，实则是完善自身的心路历程。你遇到形形色色的人，也就透过他人补齐漏洞，实现自我成长。这过程可能是愉悦的，也可能是痛苦的，偶尔痛苦还比愉悦刺激更大。"

时光桦受教地应声："原来如此。"

楚月怡快将父亲的人生哲学倒背如流，她面无表情地提醒时光桦："他仅仅是好为人师。"

楚闻岳伸手揉她脑袋："这都是人生经验，难道我有说错吗？"

楚月怡："是是是，没有错，就是不要老说……"

她从小听这些话听得耳朵都要起茧了，类似于"帮别人就是帮自己""善待他人就是完善自身"等，完全能够结集成册，堪称楚父鸡汤大全。

楚闻岳将她头发揉乱，又转头望向时光桦，不紧不慢道："不过要是遇到让自己变得越来越好的人，那就一定要牢牢地抓紧，这可是幸运的小概率事件。只要能让自己越变越好，别的条件都可以让步。"

时光桦似懂非懂，面对着楚闻岳深邃的目光，他总觉得此刻自己被完全看透，有种无处遁形的感觉。

这就是一直守护她的男性，对方人生阅历极为丰厚，全程都游刃有余，一切尽在不言中，举手投足彰显出风度。

片刻后，时光桦头一回直视楚闻岳，他目光认真，郑重地应声："好的。"

楚闻岳见状，露出和煦笑容，又热络地招呼："快吃吧。"

虽然楚闻岳来得突然，让楚月怡措手不及，但这顿饭总算是蒙混过关，时光桦离谱的回答没被揭穿。

时光桦原本还想帮忙收拾，却被楚闻岳一口回绝："没有让客人动手的道理。"

时候已晚，时光桦及节目组不好继续逗留，他在厨房跟楚闻岳礼貌地道别，又回客厅整理 MV 场景资料。

楚月怡站在他身边，将茶几上的材料收好，无奈道："今天实在凑巧，刚刚麻烦你了。"

时光桦一向寡言少语，楚闻岳却抓着对方问话，后面还猛灌人生鸡汤，自然让她既头疼又无力。好在他态度不错，还真耐心地陪聊，实在是给足面子。

"不麻烦。"

时光桦正弯腰拿材料，闻言缓缓起身，回头望她，语气既轻又淡："我们的相遇有让你越来越好吗？"

他的碎发搭在额前，眼眸犹如莹润玉石，静静地等候她的答案。

楚月怡面对他严肃的神情一怔，没想到那番话对方当真听了进去，而且还极为重视。她只觉内心某处柔软下来，浅笑道："当然。"

时光桦放松下来，似乎摆脱疑虑。

楚月怡察觉他微小的变化，此刻忍不住开口反问："我们的相遇有让你越来越好吗？"

她在客厅光线下明艳动人，连问话的语气都坦荡大方，宛如刺破阴云的强光。

时光桦目光幽幽，随即垂眸道："一直如此。"

他们在遥远的某刻相遇，又以更好的面貌重逢。

Part 10

/ 粉丝过年 /

楚月怡将时光桦及节目组送走，这才有空回去找亲爹算账。她气势汹汹地杀回家里，打算对今日的事情从头清算。

厨房内，楚闻岳正在水池边洗碗，他听到关门的声音，头也不抬道："送走啦？"

"嗯。"楚月怡沉吟数秒，又忍不住抱怨，"你过来怎么也不提前说一声？"

楚月怡全程尴尬到爆炸，碍于镜头她没法发作，好在时光桦勉强配合。

楚闻岳将餐具洗净，逐一放回碗柜里，气定神闲道："我看到你们才意外呢，你不一向都很晚下班吗？"

楚月怡崩溃地解释："我们没下班，我们在录制！"

楚闻岳完全不了解演艺界，他手机上连微博都没有，更不会去看任何综艺节目。

网络为人们提供浩瀚如海的信息，也将世界逐步割裂，各个圈层并不互融。《心动约定》的节目受众是年轻观众，楚闻岳显然不在此列，这是楚月怡唯一庆幸的事。

楚闻岳："录呗，你又不用给我付出镜费。"

楚月怡头疼道："我跟你讲不清楚……"

"那就别讲了。"楚闻岳干脆道，"现在给你妈打个视频，一天到晚只知道工作，好像就你那点事儿重要。我和你妈难道没工作吗？但我们知道世上有更重要的事，工作是一辈子都做不完的，有些东西错过却不会再来。"

楚闻岳哪会读不出女儿责备的意味，但他将她的老毛病看得透彻，总把目光聚焦在事业，忽略生活的种种美好。人类不是只会工作的机器，还有情绪化及感性的部分。

楚月怡闻言哑然，这才思及最近没跟家里通话，难怪楚闻岳会特地跑来一趟，应该是想要瞧瞧自己的近况。他还提着大包小包的食材，想必是打算给她做顿家常菜，却正撞上节目的录制。

她本来要讨伐对方，现在却心生愧疚，顿时气弱道："好好好，这就打，爸爸别念了……"

楚闻岳："打完我就算给你妈交差了。"

楚月怡取出手机，老实地跟母亲发起视频通话，又乖乖汇报最近的生活，交代过年回家的时间。虽然双方身处同一城市，但居住的城区相隔甚远，基本很难打照面，跟异地没差别。

楚月怡视频结束，不由得开始自省，她知错就改道："我以后会定期跟家里联系的。"

楚闻岳嘲笑道："现在发现自己是不孝女了？"

楚月怡撇撇嘴。

"不过你胆子可真大，居然还能在家录制，不怕被人发现邋遢的样子？"楚闻岳嘀咕道，"还抱怨我呢，看看你自己。"

楚月怡颇不服气，振振有词道："我在外形象很完美，敬业态度广为流传！"

楚闻岳："完美？"

楚月怡点头："同事就没说过我不好！"

"来来来，你过来。"楚闻岳朝女儿招手，将其引到冰箱旁边，他打开冰箱门，展示其中状况，"你瞧瞧里面，有什么问题。"

楚月怡望着冰箱内码放整齐的东西，她满头雾水道："能有什么问题？你不就是帮我收拾冰箱，还要把我再教育一顿吗？"

她承认自己时常粗心大意，还偶尔做些奇怪的实验，将果蔬类放进冷冻层，原本是想尝新鲜，一放却是大半年，但这也不是什么大事。虽然她会随手将杂物放进冰箱，还爱把里面弄得乱糟糟，但她能有什么坏心眼呢？

楚月怡：我的冰箱我做主，吃坏肚子算我的！

楚闻岳意味深长道："我没给你收拾，来时就是这样，这要不是你收拾的，那可能就是闹鬼吧，毕竟你在外形象很完美？"

楚月怡迷惑。

楚月怡望着整齐的冰箱濒临绝望，她赶紧打开冷冻层，同样被整理有序，还有两个没来得及吃的冰激凌，一目了然地留下田螺小伙的线索。

她安排时光桦放冰激凌时，根本就没想起冰箱情况，殊不知是自己亲口指使他打开了潘多拉魔盒。

他看破了她糟糕本性，却对此只字未提。

楚月怡恨不得当场找地缝钻进去，她根本没料到自身形象摔得粉碎，失魂落魄道："爸爸，我现在自尽还来得及吗？"

楚闻岳："别，我不想世界上少一个形象完美的人。"

楚月怡："……"

李柚同样知道她乱糟糟的本质，但时光桦不小心窥破此事，这带给楚月怡的感受截然不同。她完全不敢想象他看到冰箱内部时的想法，浑身瞬间燃起火烧般的羞耻感。

楚月怡着实没脸见人，但她想要继续活下去，索性自欺欺人："删除了，这段记忆删除了，这仅仅是虚假的记忆……"

明天睡醒后，她还是个完美打工人，从没有丢脸的时刻。

楚闻岳摇了摇头，似乎懒得理她。

因为《心动约定》将在春节期间停更，所以第六期节目时长惊人，在年前给出超长放送。自第四期后，每期节目侧重的 CP 不同，这期基本都是月光组的部分，想来是要在节日期间维持热度。

楚月怡向时光桦经纪人请教如何送礼；时光桦同事有关女朋友的直球提问；两人在便利店购物，回家讨论却撞上楚父，还被迫留下吃饭……这期节目内容可谓极限反转，自然被网友们津津乐道。

——本期特聘导师：楚月怡父亲。

——助教：时光桦经纪人。

——经纪人：想要套牢一个男人，就要掏空他的钱包。

——我开始还笑经纪人不识趣，没想到他比我更懂男人！小丑竟是我自己！

——简单点，不要问"这是你女朋友吗"，直接问"这是你老婆吗"，谢谢您嘞。

——她不是耳朵冻红，她是当场破防啊。

——京户京房，年轻"野王"，终究是他高攀了。

——建议时光桦赶紧结婚，过了这村儿就没这店儿了，在家相妻教子，从此不再北漂！小伙子抓住财富密码啊！

——楚父：带人回家还工作，你可真会做人啊，快让我看看女婿。

——他俩咋像早恋被抓的学生，我要带男的回家，爹妈估计得乐疯，毕竟是老"寡王"了。

——笑吐了！原来我看的不是恋综，而是人际关系学！

——三人跨服聊天还能接上。

——爸爸！快押他们去结婚，他们都越来越好！

——我们的相遇有让你越来越好吗？（×）

——我们的恋爱有让你越来越好吗？（√）

——不愧是文学大师，用词严谨而精确。

相比节目弹幕区激动得群魔乱舞，"月光科学会"微博表现得克制而理性，不着眼于随处可见的月光CP糖渣，而是将此期节目定义为历史转折点。

【月光科学会：同学们，这是课文中具备特殊作用的段落，建议反复学习，挖掘深层内涵。结合时光桦反应进行重点分析。】

【小鹿：毕竟岳父正式提出择婿要求，各位回味一下"别的条件"这话。】

【甜号角：哈哈哈，时介绍自己搞音乐时慌得不行唯恐被嫌弃[doge]。】

【PAN：丑女婿总要见岳丈（不是）。】

【今晚烟花真美：kswl（嗑死我了），他还可怜兮兮地问，她有没有越来越好哈哈哈！】

【飘飘：他俩有没有越来越好不知道，他倒将最初的高冷击得粉碎 [doge]！】

【乌鸦嘎嘎：当然！】

【泫然汲汲：一直如此！】

【柔茶：一直如此 +10086！】

第六期播出后，"月光科学会"评论区掀起新的流行语趋势，嗑学家们不管是回答问题，还是日常闲聊，都爱使用"当然"和"一直如此"做答案，这种奇怪习惯甚至风靡在外，就像是地下党的接头暗号。

只要有网友提及"当然"，下方有人接"一直如此"，双方就露出会心一笑，犹如出门偶遇老同学，都是研习嗑学、师出同门的伙伴。

虽然楚月怡录制时焦头烂额，但节目的成片反响似乎不错。

众人在年前都忙得宛如陀螺，她录完节目后极少跟时光桦碰面，也就逐渐摆脱冰箱事件的影响。

公司年会上，现场灯光乱晃，周遭音乐激烈，练习生们在台上劲歌热舞，引发在场众人的欢声尖叫。公司近年招收了不少练习生，估计是想追赶偶像浪潮，却至今没弄出名堂。

楚月怡身着低调的休闲装，她静坐在前排观看，偶尔配合地鼓掌，还真没有欣赏节目的愉快，反而有种感同身受的辛酸。

真可怜啊，平时要工作，年会还要表演。

楚月怡作为演员，她自然不用上台演出，度过今日的年会，就能迎来春节长假。她不用参加烦琐的会议，但年会是万万逃不掉的，这是老板看重的团建环节。

楚月怡主动找高层们交流完，又跟相熟的同事打过招呼，便老实地坐在自己座位上，打算混过这场吵闹的活动。她不喜欢在此类场合攀交情，却遗忘了自己也算是公司老员工，已经到了被人搭话的阶段。

"月怡，这是董衍，他可是你粉丝呢。"公司某高层带着一名高个子男生过来，对方兴致勃勃地向楚月怡介绍，语气热情。

董衍含蓄地躬身："月怡姐好。"

楚月怡内心发蒙，不料自己有一天都混成老资历了。她一秒起身相迎，切换到"营业"笑容，得体地答道："啊，真的吗？谢谢你欣赏我的作品。"

董衍看着挺腼腆，支吾着接不上话。

高层张罗道："你们好好聊聊，平时可见不到！"

领导都已经发话，两人也没有办法。楚月怡察觉董衍坐到自己身边，不由得寻思上个综艺节目收获真大，居然能让她在公司晋升一级，变为被新人攀交情的对象。

虽然董衍称呼楚月怡为"姐"，但两人年纪相差并不大，无非是楚月怡要更红一些。董衍看着清秀内敛，其实是闲不住的主儿，跟高层共同露面时还算安静，等领导一走就四处环顾，展现出浮躁的模样。

楚月怡在业内见惯了绣花枕头一包草的男艺人，没聊几句她就彻底看透了董衍。对方根本不是自己的粉丝，估计是听从高层安排过来的，他蹩脚地吹着彩虹屁，偶尔还会问东问西。

这人笨到连拍马屁都不会。

虽然楚月怡对董衍整体评价不高，但她也不是刁难新人的性格，她好脾气地挑了几句回话，只想尽快熬过公司的年会，却不想有人偏偏要在雷区蹦迪。

董衍发觉楚月怡挺好说话，胆子顿时变大不少，开始愚蠢地吹嘘："月怡姐，你今年红得那么快，明年更是不在话下，白依漾抢走你的戏也没用，你看她现在越来越不行……"

楚月怡原本还维持着笑意，闻言目光却骤然变冷，她语气和缓道："谁告诉你她抢过我的戏？"

董衍听她话语温柔，还未察觉对方的神色变化，脱口而出道："大家不都知道嘛。"

虽然此事发生在楚月怡签约时期，距今已经相隔多年，但公司仍有知情者。董衍理所当然地认为楚月怡会对白依漾恨之入骨，现在当然要投其所好打压对方。

楚月怡扭头望他，她脸上绽放出灿烂笑容，说出的话却锋利如刀："大家知道却不提，难道你就配提了？"

她的面容笑意盈盈，语气也风轻云淡，却让董衍瞬间愣在原地。

她明明刚才态度亲和，现在却是一击致命。

董衍被她当场吓蒙，颤声道："但、但你们不是……"

楚月怡全程没有黑脸，任由外人如何观察，她对董衍都友善而和煦，跟嘴边的警告截然不同："请不要把我想得跟你们一样，这是对我极大的看轻及侮辱。"

她可不是看到对家倒霉就幸灾乐祸的人，更何况她从未给自己设立竞争对手。

她用最柔和的语气，给出了最残忍的威胁："既然选择做艺人，那就管好你的嘴，不要谈论别的事。如果你连这一点都做不到，那公司似乎没必要培养你。"

楚月怡笑容如蜜，董衍却面色苍白，片刻后，他勉强维持着礼貌起身跟楚月怡打招呼，紧接着惶惶地从这桌逃走了。

李柚眼看董衍离开，这才坐到楚月怡身边，淡淡道："坏消息，你的下部戏有可能要打包他。"

随着艺人咖位的提升，楚月怡总得替公司推新人，谁让她以前也吃过资源，这都是一拨带一拨。

楚月怡就猜到董衍搭话必有事，她神情自若道："好消息，老员工已完成对新员工的下马威。"

李柚见状放松下来，又调侃道："真意外，我还怕你会让着他，你不是一向对时光桦那类型没抵抗力？"

董衍的气质乍一看跟某人相仿，只是远不及时光桦的凛冽通透，反倒显得薄弱而虚浮。他明显就没经历过什么事，内在没有能拿出手的干货，没有沉着而淡定的感觉。

李柚就怕她专吃这类，又要主动带人搞事业。

楚月怡不解。

"你这也是对时光桦极大的看轻及侮辱。"楚月怡郑重其事道，"虽然时老师没事爱装一装，但他确实能装得起来啊！"

人家装也是专业的，怎么能被越级碰瓷。

李柚不由得吐槽："这是重点吗？"我跟你聊抵抗力，你跟我聊谁能装？

公司年会仍在继续，开始进入抽奖环节。周围人都兴奋地盯着大屏幕，现场变得喧闹起来，没人注意李柚及楚月怡的交流。

李柚："你今年成绩不错，代言有机会拿下。只要稳住后面的节目，公司也会拿出新规划，来年项目不少。"

楚月怡："怪不得他们今天格外热情。"

虽然楚月怡平时跟众人关系也不错，但她和高层们远没到亲如家人的地步，想来是依靠节目影响力上升，这才会受到重视。她过往的作品被越来越多人看到，从而汇聚成新的力量。

正值此时，年会屏幕上的抽奖倒计时结束，绚丽的特效炸开，揭晓出中奖名单。

欢乐声中，舞台的灯光宛如焰火，将热闹的现场照得五光十色。

"很荣幸能继续陪你发光。"

时光桦的话在此刻涌入楚月怡的脑海，随之而来是漫天烟花的回忆。她望着眼前缤纷多彩的景象，莫名想起夜晚观景台的事。

思及此，她越发认为李柚是在胡说八道，董衍跟时光桦完全不同，前者最多是趋炎附势，后者却是……

是什么呢？

她暂时想不清楚，但能肯定，他们不一样。

漫长的年会结束，楚月怡跟同事们道别后，总算能够乘车回家，迎来自己的假期。她回的是老城区的家，距离父母上班的地方较近，离她的母校也仅有几站路。

这里生活气氛更为浓郁，没有现代高端的繁华商圈，没有彻夜通明的娱乐场所，跟城市东边的状态截然相反。有些朴素，有些平凡，但同样充斥生机及活力，更接近普通的日常生活状态。

由于到家的时间太晚，她进门时都蹑手蹑脚，生怕惊醒入睡的父母。

次日，冬日暖暖的阳光洒入屋内，楼下孩童的玩闹声随风飘来，唤醒了躺在床上的楚月怡。她满脸发蒙地望着天花板，又侧耳听窗外鸟雀的声响，总算有了一种放假回家的真实感。

客厅内，楚月怡睡眼惺忪地走出来，抱怨道："妈妈，咱家开窗老能听到院子里的声音。"

她独居的小区里没人溜达，从早到晚都安静得要命，跟这边不一样。

楚妈妈张晗从厨房里探头出来："啊，是吗？我想着早上透透气。"

"哪能都像你住的小区一样没人气。"楚闻岳随手将窗关上，"女明星事情就是多。"

楚月怡完全没将亲爹的话放在心上，她休假期间随意而散漫，根本没有任何偶像包袱，彻底暴露了自己最糟的一面——在外她是优秀的打工人，回家恨不得变当代巨婴。

因为今年没有回老家，所以三人过年很简单，打算在家吃饺子。楚月怡起得晚，她在桌边慢慢地吃着早餐，跟旁边包饺子的父母聊天。

张晗一边包饺子，一边好奇道："你最近是不是录什么节目？网上好像还挺火，有人跟我提起过。"

楚月怡差点呛住："咯咯……谁跟你提过啊？你单位没人看节目吧？"

张晗工作的地方少有年轻人，按理不该潜入"月光科学家"。

张晗笑道："新来的小孩跟我推节目，我一看封面不就是你嘛，但我也没说我是你妈。"

楚月怡略感惊慌，她原以为网综不会覆盖长辈，没想到信息传播如此之广。

楚闻岳随口道："哦，我知道那个，上回看她时还碰到在家录制。"

"在家录制？"张晗面露意外，"你可很少带人回家啊，我就记得你上学时有个同学叫白依漾，好像来过咱家……"

楚月怡一愣，随即低头吃饭，应道："啊，是。"

张晗："大学时见她，后来也不来了，你俩现在还联系吗？"

楚月怡闷声道："都忙，就淡了。"

张晗不疑有他，点头道："也是，工作后就这样，忙着忙着朋友就没了，也就逢年过节问候一下。"

楚月怡："工作后哪有朋友，不全都变成同事了嘛。"

她入行时就看透了这一点，这行里难有真朋友。

楚闻岳漫不经心道："上回那个也是你同事？"

提起时光桦，楚月怡一惊，干巴巴道："是啊，不然呢？"

张晗疑道："上回那个？"

楚闻岳解释："就跟她一起录节目那小孩。他今年还挺惨的，父母都困在国外，估计要一个人过年，本来我说邀他过来，好歹别独自吃年夜饭。"

张晗并不知"小孩"是男是女，她痛快地应道："那就来呗。"

楚月怡忙不迭吐槽："人家过年并不惨，而且他不喜欢社交，你们就别瞎操心啦！"

楚闻岳："说得你很懂人家一样，不是谁都像你没心没肺，可以轻松幸福地过年，还有不少人没法回家呢。"

张晗："是啊，我们单位北漂的小孩都孤苦伶仃，也不知道年夜饭吃什么。"

楚月怡："……"

楚月怡面对父母的双重夹击，只觉得自己像是被打成了"何不食肉糜"的晋惠帝，根本不知道人间疾苦。她不太理解父母惊人的想象力，难道他们认为时光桦会在工作室看春晚、吃泡面，最后孤独而凄惨地度过佳节？

楚闻岳和张晗继续包着饺子，他们很快就找到新的聊天话题，却不知此念徘徊在楚月怡脑海里挥之不去。

除夕夜，一家三口用完年夜饭，便聚在电视机前看节目。他们倒不是对春晚多感兴趣，而是享受一年中难得的闲暇时刻，一边还听到楼下传来孩童们叽叽喳喳的声音。

楚月怡有一搭没一搭地跟父母聊天，同时用手机回复各类祝福消息。她原想挑点给时光桦送祝福，却不想对方提前发来春节微信。

她望着手机，无端地想起父母的推测，忍不住询问："你现在在哪儿？"

"工作室。"

楚月怡眉毛一跳，暗道他该不会真是小可怜吧，她又继续道："吃过年夜饭没？"

"现在就去吃。"

"在工作室吃？"

"在工作室外吃，但还在公司里。"

楚月怡想起那满屋的昂贵设备，突然理解了他表达的含义。

"……"怎么回事，好像更可怜了？

时光桦坐拥金山银山，却在公司吃年夜饭，远离人间的温暖。

公司里，时光桦拿着手机从工作室出来，乘坐电梯到休闲区域用餐，远远就看到张罗火锅的小程。

因为很多人忙于工作无法回家，所以都滞留在公司里共同聚餐，也算消解异乡人在佳节中的惆怅情绪。众人拼出一张长桌，桌上摆满新鲜的食材及饮料，热气腾腾的火锅咕噜噜作响。

小程见时光桦坐到自己旁边，开口问道："你明天也没什么事做，要不要跟我们去上香？"

时光桦："不去。"

他见手机弹出提醒，取过看完消息，又补上一句："我有事要做。"

小程不屑道："你能有什么事做？大年初一还搞音乐，你要扎在工作室里？"

时光桦淡定道："有人约我。"

小程："又开始吹。"

时光桦懒得辩解，安静地涮起火锅，克制地没让嘴角愉悦翘起。

大年初一，楚月怡在家门口全副武装，她穿好保暖的羽绒服，又裹上羊绒围巾，将自己包得严严实实，完全看不出本来面貌。她正要偷偷地出门，忽听身后传来脚步声。

楚闻岳端着茶杯出来，眼看她鬼鬼祟祟，奇怪道："你要去哪儿？"

楚月怡被亲爹撞破，索性挺直腰杆，状似随意道："出门见朋友，不在家里吃，跟我妈说了。"

楚闻岳："你不是只有同事没朋友吗？"

楚月怡恼道："不要咬文嚼字地挑刺，我说的是工作后只有同事，上学期间总能交到朋友吧。"

楚闻岳："那不也可以是同学？"

楚月怡听亲爹又杠，敷衍道："对对对，是同学。"

楚闻岳："你什么阶段的同学，初高中？"

"科学会认识的同学。"楚月怡不耐烦地扬起下巴，开始高声告状，拖着长调道，"妈妈，爸爸更年期犯了，他变得好唠叨！"

张晗听到此话，从屋里出来调解，埋怨道："你别老烦她好不好。"

楚闻岳难以置信道："怎么就是我烦她，果然女明星了不起？"

楚月怡借此机会，直接蹿出门外，用家门阻挡了身后的交谈声。

清晨，小区内静悄悄的，不少人还在熟睡，院内显得萧瑟而寂寥。楚月怡今日穿得随意，她戴着绒帽子，又用围巾挡脸，只露出眼睛来，就像生活在此处的普通人。

春节期间的首都空荡起来，往日忙碌的节奏突然放缓，连路上都很难看到车流。她没有乘车，而是步行到目的地，跟时光桦会合。

地铁站前，时光桦依旧是一袭深色羽绒服，他还戴着鸭舌帽及口罩，同样只露出黑曜石般的眼眸。四下无人，他独自在门口等待，便显得格外醒目。

楚月怡走到他面前，诧异道："你真坐地铁过来啊？"

她昨天只是开玩笑说地铁方便，没想到他当真选地铁出行。

"地铁里没人。"时光桦见她露面，不由得直起身来，又低声道，"而且你不是说你上学时都坐地铁。"

楚月怡想要略尽地主之谊，便邀请时光桦来老城区逛逛，这边是她从小到大生活的地方，首都东边仅仅是她工作的活动区域。

楚月怡无奈道："但那都是高中的事了。"她当时还是素人呢。

时光桦颇为认真："感受一下你高中的生活。"

楚月怡挑眉："我高中生活很枯燥，早六点就到校，晚九点下自习，周六还要再补一天课，一周就没有多少时间休息。"

她那时还要抽空准备艺考，现在想来简直是超人，文化和艺术两不误。

时光桦眸光微闪，似乎若有所思，试探道："那岂不是错过很多青春岁月。"

楚月怡面露茫然："什么青春岁月？"

时光桦闻言一僵，他斟酌起措辞，含蓄地解释："就是……错过在校期间珍贵的友情及情感……"

楚月怡已经能听懂对方的意识流回答，她直白道："你是指跟男的还是女的？"

时光桦被此话炸得脑瓜子嗡嗡，他总觉得迎来庞大的信息量，不由得神情紧绷，哑声道："都有。"

果然不对劲，怎么还有女的？

楚月怡大方道："不会错过啊，虽然高三学习很忙，但大家是同班同学，女生们课间也可以聊天，还会结伴接水或去厕所。"

虽然《心动约定》节目上没有播出完整内容，但楚月怡犹记楚闻岳跟时光桦的聊天。时光桦一直是在海外上学，并未接触国内教育体系。她可不想让对方产生误解，自然要为自己的高中说话。

时光桦听她跳过重点，幽幽地瞥了她一眼，硬着头皮道："那男生呢？"

楚月怡抬眼望他："男生？"

时光桦不言，静候她答案，一会儿又别扭地看向一边。他觉得自己不是有所介意，只是好奇她高中的年少岁月，那是他无法了解的遗失部分。

楚月怡思考片刻，微微地歪头："我当时就想好好读书考大学。"

时光桦刚松懈下来，却又听到她下一句。

她眼含笑意、目如弯月，残酷而不留情面道："男生只会影响我上分的速度。"

楚月怡：大学都没定，想什么男的？

时光桦："……"原来很多特质在青春期就萌生了。

楚月怡见他不吭声，语气难得桀骜，抛却往常的谦逊，自傲道："你可别看我演戏就小瞧人，当年我的文化课成绩也算吊打往届艺考生，没学表演也有大学上。"

这是她曾跟家里的约定，她可以规划自己未来的道路，但要拿出切实可行的方案，为自己的选择承担后果。

时光桦看她得意地忆往昔峥嵘岁月稠，目光柔和下来，应道："嗯，没有小瞧你。"

她一贯如此，他早就知道。

楚月怡面对他和缓的态度，也不再讲述自身过去，反而故意挖坑道："所以原来国外的高中都在早恋，只有国内好好学习、天天向上？"

不然他为什么要问？

这显然是环境差异，说不定背后有爆料。

楚月怡想要借机套他话，谁料时光桦滴水不漏，他干脆道："我不知道，我读的男校，而且语言不好。"

楚月怡没想到时光桦居然这么狠，能说出如此离谱的话，她无语道："时老师真虚伪，现在又没镜头，还不说句真话？"

他们往常面对摄像机要维持良好形象，但私下总可以稍微松懈，没必要疯狂立人设吧。

时光桦："我说的是真话。"

"搞不明白你。"楚月怡摇摇头，没将此话放在心上，提议道，"走吧，我们去逛逛，带你看看跟东边不同的风景。"

时光桦跟在楚月怡身侧，他上下打量了一番她的打扮，又道："你今天好像不一样。"

楚月怡平时露面都光鲜靓丽，从头到脚挑不出任何毛病，现在却完全是保暖的日常冬服，没有在镜头前火力全开的架势。

楚月怡语带不耐烦："我知道今天穿得比较土，但这又不是在拍节目，别想让我掏置装费。"

楚月怡没在工作状态，说话就变得肆无忌惮，尤其时光桦还见过她的冰箱，算是看透她乱七八糟的本质，她更是无所顾忌。

时光桦听她自贬，迟疑道："没，穿得挺好的，其实很真实……"

楚月怡面对他的肯定，忍不住斜了他一眼，不满道："虚伪虚伪，节目外就别说假话了。"

她可不觉得真实有多好，演艺界哪需要真实，真实就是丑态百出。

时光桦不懂她为何总怀疑自己，他认真地解释："我一直只说真话。"

"对对对，你最真。"楚月怡出言敷衍，她瞟到不远处明亮如镜的冰场，岔开话题道，"想去溜冰吗？"

读书期间，楚月怡时常在露天冰场跟朋友结伴玩耍，然后到附近的小吃街排队买特产，愉快而闲散地混过一天。她现在看到结冰的湖面心痒不已，颇有一种重现快乐回忆的冲动。

时光桦顺着她指的方向望去，入目就是自然低温结成的厚重冰面，在冬日暖阳下亮得发光。露天冰场已经有零星的游客，遥望过去就像雪地里的小蚂蚁。

时光桦："我都行。"

楚月怡闻言眉毛一跳，倘若他们在录制期间，她估计对此话忽略不计，现在却面无表情地提醒："重新组织一下语言。"

时光桦一秒改口："我很想去。"

楚月怡钓鱼成功，不禁玩味地看他："你这不也有不说真话的时候。"

时光桦顿时语噎，他没想到她的套路竟然如此之深："……"

楚月怡计谋得逞，得意道："所以少跟我装！"

时光桦哑然失笑："你今天真的不一样。"

楚月怡背对时光桦摆摆手，她没瞧见他的笑意，大步朝着冰场走去，话语也随风飘来："节目上是让着你，给你留面子而已。"

她把他定位成同事，那就什么都可以忍，但要是视为朋友，便会暴露出真面目。

时光桦站在原地，望着她的背影，喃喃道："让着我吗？"

片刻后，他抬腿跟上，也走向冰场。

虽然冰场上有其他的游客，但众人裹得又厚又严实，稍微离远就彻底分不清楚。大家都不敢聚在一起，只是分散地在冰场游玩，不会注意周围人。

楚月怡美其名曰带时光桦领略老北京冬日生活，她交完两人的门票钱，又租来滑冰用的冰鞋，却很快发现致命问题，时光桦居然不会滑冰。

时光桦穿好冰鞋，一手扶着冰面上的栏杆，紧接着就站在原地看她，一步也没有动，仿佛双脚被粘住。他本来就长得高，现在却根本滑不动，就显得有点呆。

"这能叫你都行吗？"楚月怡面对突发情况，忍不住直白吐槽，"这叫你不行。"

时光桦一本正经道："我行。"

楚月怡流畅地绕着他滑了一圈，在冰面留下漂亮的弧线，又灵活地回到原位，她挑衅道："你行一个看看。"

时光桦眨眼："这叫让着我吗？"

楚月怡不料他突然翻旧账，一时语塞，忙不迭道："好好好，让着你，真是比我带过的妹子都难伺候。"

她发觉时光桦真是好绝一男的，节目前要带他"营业"，节目外还得带他玩。

时光桦对她打的比方提出质疑，低声道："带妹子？"为什么老把他跟女生相提并论？

楚月怡没察觉到他的微妙语气，随口道："我上学时会跟同学来滑。"

楚月怡开始现场教学，讲解起滑冰技巧，耐心道："你先学会站立，有不同的站立方式，可以外八字，也可以垂直，然后是单脚……"

时光桦有样学样，模仿着她的动作，逐渐掌握了诀窍，一时心动想向外滑行几步，却显得格外笨拙，步伐踉踉跄跄，眼看就要摔倒。

楚月怡慌张地围着他打转，又见他猛地扶住栏杆，这才放下心来，不安道："别着急滑啊，你还不会呢。"

时光桦站稳后，扭头就撞上她关切的目光，她的眼眸在阳光下犹如水晶般透亮。

楚月怡担忧地注视着他，软声提议道："不然我找个冰车，你玩着感受下吧。"

冬日冰面上有风，她的发丝调皮地从绒帽中露出，在半空中轻飘飘地跳舞。她此时满脸真挚、目不转睛，眼中映照出他的身影，仿佛世上仅有他一人。

时光桦感受到自己加快的心跳，他深深吸进一口微凉的空气，忽然能理解为什么白依漾说楚月怡在校受欢迎了。

没人能抗拒她专注的目光，体验过她无微不至的关照，就会希望她的视线能在自己身上停留更久，甚至在某一刻怦然心动。即使她偶尔会说些捉弄人的话，但细节处总透露着温柔。

谁会不想独占她的好？谁会不想被她围着转？

不想才是奇怪。

楚月怡看时光桦愣神，伸手在他面前晃晃，又询问道："怎么啦？不会滑也别沮丧，又不是啥大事儿。"

"给你弄个冰车，不要一言不发。"楚月怡推测大音乐人该不会是伤到自尊了？她可不想靠滑冰将他搞到自闭，自然拿出哄小孩的语气。

时光桦还没来得及回神，楚月怡便滑到旁边租冰车。他目睹她在冰上蝴蝶般的灵动身影，既在此刻感到难以言喻的满足，又隐隐有一种怅然若失的忧虑。

这样的生活能够维持多长时间？她还会注视他多久？

他不知道答案，只想让此刻定格。

楚月怡很快就给时光桦更换了装备，冰车明显安全系数更高，基本没有摔倒的可能性。她还拉着冰车，领着他滑了两圈，见他神色恢复正常，这才将他赶下冰车。

楚月怡霸占着他的位置，愤愤道："该换你拉我，不然不公平。"

时光桦已经换回自己的鞋子，他现在可以在冰面上正常行走，于是听话地拖着载她的冰车缓缓行驶。

楚月怡悠闲地坐在冰车上，还得寸进尺地吆喝："驾。"

时光桦："……"

过了会儿，两人在冰面上愉快的游玩结束了，便将租来的东西还回去，步行至附近的小吃街觅食。

路上，楚月怡作为当地导游，贴心地收集反馈："怎么样，时老师对如此接地气的活动还满意吗？"

时光桦真情实感道："挺好玩的。"

楚月怡："那就好，我还害怕你失望呢，因为没带你去明星们爱玩的地方。"

楚月怡倒是知道其他明星的娱乐场所，但她自己就不常去，也不好带时光桦去。

"其实你有时不像明星。"时光桦说完深感失言，下意识地找补，"我不是说你实力或别的，而是在有些方面……"

时光桦并非说她没有明星味儿，而是她的思维方式跟业内多数人不同，尽管她平日里伪装得挺好，但相处时间变长就能察觉。

楚月怡没抓他话柄，大度地回道："我懂，就是不像在做艺人，没有大多数明星的感觉。"

时光桦犹豫地应声："嗯……"

楚月怡果断道："很正常，我也从没打算成为大多数明星的模样。"

时光桦一愣，转头看向她。

楚月怡笑道："其实我高中时还被劝不要去艺考，我们老师说演艺界乱得很，根本不适合我这种性格，倒不如踏踏实实读书。"

"不过适不适合又靠什么定义呢？"她平静道，"外人觉得业内只能靠撕头花上位，但每个人都有不同的发展方式，做好自己就行了，不用去像什么人。"

楚月怡大学期间也听过相似言论，她看着就不像学表演的人，但偏偏她表演课成绩就是最好的。

她不用特意去像什么人，她只用证明自己是什么人。

时光桦沉吟数秒，不知在此刻该如何措辞，他心服口服道："不愧是楚老师。"

"不愧是时老师。"楚月怡嘀咕道，"你还好意思说我呢，你比我更不像明星。"

她好歹在工作时还摆出明星架势，可他偶尔面对镜头装都懒得装。

时光桦再次重申："我本来就不是明星。"

楚月怡带他找到店铺，她望着门口的队伍，应道："好啦，男明星，我们排这家。"

楚月怡选的是小吃街知名店铺，由于排队的人们拉开距离，便显得队伍特别长。两人都穿着厚羽绒服，一路上基本没被认出，但现在停留的时间较久，自然吸引来外人的目光。

楚月怡的着装风格跟平时差异较大，其实并不会惹人注意，然而时光桦的海拔放在那里，很快就被周围人察觉。

队伍里，有个女生刚开始仅仅是怀疑，很快又好奇地探头张望，最后甚至放弃了自己的位置，小心翼翼地凑上前，悄声试探道："时光桦？"

时光桦下意识地回头，看到震惊的陌生人，他眼底满是茫然不解。

楚月怡听到声音一惊，她飞速地缩到时光桦身后，恨不得当场钻进地缝，唯恐现在的日常状态被人发现。

那女生惊得合不拢嘴，又瞧见他身后的人影，颤声道："那不会是……"

时光桦察觉到楚月怡的动作，大概猜到对方的想法，他轻轻地迈出一步，将她彻底地挡住，镇定道："她不想见人。"

楚月怡躲在他身后，差点一口咬死他："……"你这不就实锤了我的身份！

女生挥去刚开始的激动，赶忙向后退了一步，善解人意道："哦哦哦，明白明白，非常理解！"

"你们……就这么……出来玩啊……"女生干巴巴地开口。她没想到自己春节期间红运当头，出来买小吃都能偶遇自己嗑的CP，现在整个人有些发飘，就像做梦一样。

不是，他们都不遮掩一下，直接在大街上逛？

时光桦是全场最冷静的人，他平和地问道："有什么问题吗？"

女生面对他泰然自若的状态，竟被当场问蒙，她不禁挠了挠头："好、好像没什么问题……"

正主如此理直气壮，搞得她晕头转向，仿佛他俩就该光明正大地逛街。

CP粉们在网上嗑得醉生梦死，其实线下见到真人反得不行，基本属于大脑宕机状态。女生平时嗑糖犹如"尖叫鸡"，但她现在面对气定神闲的时光桦，瞬间被对方的强大气场镇住，好半天都说不出话来。

楚月怡瑟缩地藏在时光桦身后，认出两人的女生也快要晕厥，现场只有时光桦稳得要命。他缓缓地往前迈一步，继续遮住身后的楚月怡，老神在在地提醒："排到我们了。"

楚月怡着实佩服他的心理素质，不禁咬牙吐槽："这是重点吗？！"

女生仅能看到楚月怡的绒帽，瞧不见对方的面容，现在听到熟悉的声音，她差点要倒地不醒，脑袋里全是糨糊。

时光桦莫名被凶，面露不解，小声道："但后面还有人在排队。"

楚月怡简直想将他捶进地里，但她终究走到窗口前，硬着头皮选购小吃。

店员戴着口罩及手套，头也不抬地将点心夹进袋里，手脚麻利地递给楚月怡，全程都没有两分钟，甚至从未抬头看她。旁边的机器响起到账声音，汇报着顾客的支付金额，紧接着又排到下一位。

这家店铺的门面并不起眼，主要顾客是附近的居民，以大爷大妈为主。众人穿棉服、戴口罩，还维持着适当距离，并未注意到街边的三人。他们看上去就像相识的年轻人们意外偶遇，任谁都想不到是明星及粉丝线下碰面。

楚月怡一直在拿时光桦当遮蔽物，她心知现在不认也是掩耳盗铃，无奈今日着装实在不讲究，当然不愿被女粉丝看到。她还是有偶像包袱的，总归不能过于随便。

女生面对躲猫猫的楚月怡，在短暂失神后恍然大悟，她赶忙摆手保证："啊，你们放心，我不会随便乱说，也不会特意跟着你们……"

楚月怡见状，这才略微放下心来，对方看着极有素质，而且没有狂热举动，应该算是理性的粉丝或路人。她隔着时光桦，感激地应声："谢谢。"

时光桦好奇道："乱说什么？"

楚月怡现在对脑袋缺根筋的人彻底无语："……"

女生听他发言，又开始发晕，结结巴巴道："就、就不会先一步发言，等你们以后有声明了再说……"

CP粉女生认为双方还不想公开，立马给予百分百的尊重，她打算私藏这颗秘密的"糖"，让两位有充分的自由空间。

女生：反正我嗑到，吃独食真好。

楚月怡无可奈何："你误会了……"

时光桦眨眨眼，感到迷惑，他继续追问道："什么声明？"

女生面对他的直球发问，呆若木鸡，总觉得自己要过度呼吸了，她颤声道："啊这……"

女生已经在脑内发挥无尽的想象力：恋情声明？结婚声明？生子声明？

她开始飞速地推导情节，从春节在街上偶遇CP，联想到双方被曝光遭拆散，再到激进唯粉相互攻讦，然后两人不得不诀别解绑，最后在痛彻心扉的别离后重聚，而起因仅仅是自己撞破CP逛街！

绝对不能让这样的事发生！奇怪的使命感增加了！

我的CP要靠我来维护！

电光石火间，女生幡然醒悟，在此刻展现出高级CP粉的道德观，她猛地转过身，捂住自己的双眼，催促两人离开，恨铁不成钢道："行啦，你们快走吧，好歹捂得再严实点，不要随便被人认出来，我会替你们保密的，在街上稍微注意点啊！"

她不会让还未绽放的花苞随意凋零，起码现在还不是恰当的时机！

时光桦不解。

楚月怡："……"

两人没想到被粉丝认出，不但没遭遇疯狂的围追堵截，还被劈头盖脸地教育了一通，苦口婆心地劝他们注意隐私，简直是操碎了心。

楚月怡总觉得自己幸运过头，她从包中取出一袋热乎乎的点心，伸手绕过时光桦，放在陌生女生肩膀上，软声道："谢谢，这袋给你吧。我们先走啦，拜拜！"

女生背对着两人，感觉肩上微沉，下意识地扶住，又静静地等候了许久，这才敢缓缓地转过身来。

小吃街的大道上人烟稀少，唯有店铺窗口前仍有队列，楚月怡和时光桦早就不见踪影。两人就像冬日春节间的幻梦，仿佛根本没到访此处，完全是被她臆想出来的存在。

直到握着那包温热的点心，女生这才呆呆地回过神来，确信并不是做梦。

　　下一秒，她激动地在原地蹦来跳去，忍不住捂嘴号泣："呜呜呜嗑到了……"

　　路边，刚买完点心的北京老大爷望着此幕，关切道："小姑娘磕哪儿啦，怎么疼成这样？"

Part 11

/ 镜花水月 /

　　楚月怡和时光桦被路人认出，他们当即吸取经验教训，故意在附近乱绕了几圈，确定身后没人跟着，这才偷偷从小吃街离开。两人找到一个无人的巷角，确定此处连野猫都不会经过后，总算是放下心来。

　　楚月怡隔着纸袋摸摸温热的点心，她一边戴好一次性手套，一边为自己的好运赞叹："幸好是理智粉丝，看上去不会乱说。"

　　那女生懂事而熟练，根本不用别人提醒便展露出无限的包容。楚月怡认为自己新年转运了，世界上果然还是好人更多，人间充满赤诚大爱。

　　时光桦沉默片刻，深深地望了她一眼，意有所指道："我们的关系会被乱说吗？"

　　楚月怡不料他还抓着此事不放，当即愣神道："啊？"

　　时光桦认真地询问："所以你认为我们现在是什么关系？"

　　楚月怡面对他直白的发问，顿时怔怔地说不出话。

　　时光桦不理解她们全程打哑谜的态度，倘若是坦坦荡荡的朋友出行，为什么她会如此担惊受怕？还是她认为这不算纯粹的好友游玩？

　　虽然他们在节目上创造了诸多回忆，他手腕上至今还戴着她的皮筋，然而她从未做出任何承诺。他其实经常搞不懂她，不理解双方发展的阶段，也不知道自己究竟该怎么做。

他唯恐冒进会遭人讨厌，又捉摸不透她的心思，只能勉强僵持现状。他现在逐渐明白占星师的话了，每回碰到她就如雾中看花，总是朦胧、暧昧而缱绻，但很快又化为水中月，其实什么也没留下。

时光桦见她不答，不紧不慢道："你觉得我们看上去会被乱说吗？"

楚月怡赶忙否认："不，我们就是普通地出来玩……"

时光桦缜密地反问："那你为什么认为会被乱说？"

"这……"楚月怡答不上来，她望着满脸正色的时光桦，快速地跳转话题，"你嘴皮子挺溜啊？"

楚月怡：说好的，他是不善言辞的人设，怎么跟我对线就好狠？

时光桦低声道："不要闪烁其词，你总是糊弄我。"

时光桦感觉楚月怡分外狡猾，总能凭借强大的沟通技巧，跳过任何交流上的坑。她在节目上也总是模糊不清，搞得双方关系若即若离，有时候看着挺亲密，有时候又打回原形，使他满头雾水。

他其实是思维简单的人，而且说话笨嘴拙舌，根本无力招架这些。他来节目就是想见她，她从来不会参加节目，这次却破天荒地选择了恋综，这是一个不同寻常的信号。

即使邹乾无数次表明她的联系方式，但他都没有通过旁人来接触她。她以前将全部心思放在演戏，所以他跟她相识也没有意义。他都不知道自己为何如此了解她，既然没有意义，那就不要打扰。

直到他终于等来转折的时机。

所以他来了。

他刚开始是单纯想看一眼，后来两人关系越来越好，一切就在无声中变样。人总归是贪心的，没接触时还能克制，相识后便越发难忘。

然而，他现在还不明白，不明白她如何定位自己，也不明白她如何定义双方。

楚月怡遭遇时光桦的连环追问，实在不理解他反常的咄咄逼人，她此时也难以抑制地生出恼意，就像一贯被顺着的人遭遇忤逆，莫名地火冒三丈。

"糊弄你怎么了？"楚月怡不懂他严肃的态度，口不择言地怼道，"你有什么了不起，还不能被糊弄吗？！"

她认为时光桦严重缺乏明星意识，而且达到了不可理喻的可怕程度。即使双方问心无愧，也难保不会被无良媒体编派，这人凭什么如此理直气壮？

楚月怡在镜头前会让着他，现在却将本性暴露无遗，她怒不可遏地"中门对狙"："居然还能追着我发问，你都不会感到害臊吗？！"

他就非要搞出热搜才满意！还要不要脸！

时光桦遭遇她的滔天怒火，在此刻惶惶无措起来，完全不懂此事跟"害臊"有何关系。

片刻后，他突然灵光乍现，试探地望了她一眼，随即若有所思地掩唇，莫名透露出几分赧意。

两人之前本准备享用点心，他便将口罩拉下了一些，现在那双莹润的黑眸有微光闪过，连带如玉的面庞都泛起桃花色泽。

楚月怡原本气得不行，捕捉到他腼腆的神色，她又强压下满腔不满，迟疑道："你这又是什么表情？"

她发现跟时光桦交流不能光靠语言，还要通过神态及动作解读。

时光桦清清嗓子，他的视线不安地落到墙角，又若有似无地落到她身上，他低声道："对不起，确实不该追着你问，的确很不合适……"

他明显是头脑发昏才逼她回答，难怪她恼羞成怒地指责自己。他让她来定义双方关系，听上去实在令人害臊，简直是最糟糕的行为。

安静的巷角内，墙壁上攀爬着枯萎无力的藤蔓，只余角落的花盆还潜藏些许绿意。时光桦深吸一口气，平复起伏的情绪，郑重其事地看向她，开口道："我还没有正式说过……"

他的声音低沉而端正，在冬日的微风中极为清晰，或者说就是凛冽的风，迎面吹到楚月怡的脸上，使她下意识地发颤。

她突然有些慌张。

时光桦的神情紧张而真挚，眼底犹如有跳跃的火花，无形地灼烧到她。

"我……"

楚月怡瞳孔震动，此刻她浑身紧绷，尽管还不知他要说出什么，但莫名察觉那不是她该听的内容，当机立断取出点心，堵住他的未尽之词。

那是一块有馅儿的香甜糯米团，打断了时光桦突如其来的"技能吟唱"。

楚月怡此时心脏狂跳，她长舒一口气，闷声道："快趁热吃。"

她觉得时光桦有毒，总能将事情搞得乱七八糟。

两人刚开始就是随口闲聊，却莫名其妙地吵了起来，紧接着话赶话进入奇怪氛围。她仔细复盘双方对话，都不明白起因在哪儿，就发生了一轮"闪现开战"。

她不敢听他接下来的话，也不敢想他要说什么，但她有敏锐的判断力及预感，那不是该在此刻说的话。如果她真的听见，一切都会变样。

她惶惶地紧盯着他，丝毫不敢放松，倘若他想再次放大招，就要继续给他猛塞团子。

时光桦静静地回望她，慢条斯理地咀嚼咽下后，沉着地提醒："这是凉的。"

柔软的糯米团冰冰凉凉，夹杂着香甜浓醇的馅料，在舌尖入口即化、甜而不腻。

楚月怡听他岔开话题，顿时松懈下来，含糊道："啊，但味道还行吧，那家店很有名……"

楚月怡哪管糯米团是热是凉，只要能够打断他，那就是好糯米团。她佯装无事地取出第二枚，忽略了刚才的话题。

时光桦点了点头，他用行动肯定了糯米团的优秀，又见她将注意力全放在点心上，冷不丁道："你还没准备好吗？"

楚月怡总觉得他话里有话，后背狂冒冷汗，略微惊恐道："准备什么？"

她已经开始听不懂时光桦的话，根本不知道他又要发什么疯。别看此人外表清冷淡定，一开口简直脑回路惊人，她完全无法预料他的举动。

她能跟旁人自如地沟通交流，但对着他时常翻车失利。他总能将她强行拽入直来直往的节奏，然后调动起她激烈而深刻的情绪，使她完全丧失措辞上的优势，开始一轮无脑的互相进攻，最后他再用他丰富的经验打败她。

她的长处在言语上的委婉，但他简单直接得不像话。

时光桦不动声色地注视她许久，也不知道究竟在思索什么，只将她看得心中无限发虚。他的眼睛深似月夜，倘若那目光是沉寂的夜空，点缀其间的绝不是寂寥而胆怯的星，而是沉稳又皎洁的月。

楚月怡在他的视线下无法动弹，就像跟美杜莎对视骤然石化一样。

"好吧，这样也可以。"时光桦沉吟数秒，在心中做出决断，他的语气既轻又淡，"你先准备吧。"

他明明透出让步的意味，却让楚月怡内心越来越慌，老觉得他还有后招。

她静默许久，试探地开口，确认道："我们是朋友出行吧。"

时光桦毫不犹豫地点头："对。"

楚月怡紧绷的弦终于松开，起码双方就此事有共识。

时光桦若有所思地望着她："不然……"

楚月怡心里一跳，忙不迭举起第二枚糯米团，笑道："还吃吗？"

时光桦："……吃。"

时光桦双手插在羽绒服兜内，他并没有戴一次性手套，而是自然地微微躬身，用那双透亮的黑眸望着她，好像在乖乖等她来投喂。发觉她一动不动，他还迷惑地轻轻眨眼，似乎不懂她怎么没动作。

楚月怡感觉自己此刻就像大型动物饲养员，但他明明是货真价实的成年人类！

她是为了打断时光桦才塞的团子，他却默认了就该是她喂。

楚月怡前面喂他还毫无感觉，如今重新举起糯米团，心情却颇为复杂，总觉得哪里不太对。

他低头时额前漆黑的碎发落下，颤动的睫毛显得极长，淡色嘴唇缓缓叼走洁白的团子，不紧不慢地品尝起来，全程动作相当文雅。

楚月怡望着此景，忍不住暗自吐槽。

可恶，这仅仅是在路边吃糯米团，不用达到乙女游戏 CG（计算机动画）水平吧？

难道是这张脸的缘故，所以吃什么都怪怪的？

楚月怡神情紧绷，她麻木而机械地投喂，终于挑眉道："你能不能吃得正常点。"

时光桦不知自己又如何惹到她，茫然道："怎么样叫正常？"

他不清楚吃团子有何特殊要求，用的也是平时吃东西的方式，应该没有粗鲁或不雅的行为。

楚月怡总不能说"你别吃得太色情"，但平心而论他确实挺无辜，自己盯着他吃东西才奇怪……她不满地继续挑刺："你也太懒了，自己动手拿。"

时光桦瞟了一眼纸袋里的糯米团，直白道："一共没几个。"

楚月怡振振有词："你总是不动手，肢体就会退化，就像你不说话，嘴巴就会退化。"

时光桦现在发觉她是在刻意找碴，他无力地辩驳："……没退化。"

楚月怡如今重掌优势，开始欺负起老实人，她不咸不淡地追击："但低于平均水平。"

时光桦扭头看她，他盯着她小巧而润泽的双唇，反问道："你的嘴就很厉害吗？"

楚月怡撞上他幽幽的眼神，心中打鼓却不气弱："那、那总要比你厉害……"

时光桦没再跟她进行口舌之争，他收回富含深意的目光，低声道："哦——"

楚月怡："……"这是什么态度！

楚月怡实在是搞不透时光桦的攻击力段位，她发现想将此人拧在地上捶挺容易，但他偶尔又会露出要死不活的态度，让人心里莫名憋屈。

这就像有人伸手打石头一样，石头是不会打人的，可它会搞得人手疼，自身却还是那副老样子。

两人吃完买来的点心，又在附近随意地逛了一逛，就到了临别时刻。

冬天的街道还是空荡，基本上没什么行人，路上的部分店铺早就关闭，仅剩那几家出名的老字号。他们没到人流密集的地方，今天的游玩可谓清闲而自在。

时光桦还没想好选哪种交通方式回去，他今日没有开车，选项就变得多样化。

楚月怡随口问道："你晚上吃什么？"

时光桦："不知道，看他们弄什么。"

他刚刚说完，忽然又想起什么，在此刻醒悟过来："不对，他们去上香，晚上都不吃。"

小程等人结伴跑去烧香拜佛，据说还在景区，挤得要死，返程的时间应该非常晚，估计不会回来吃饭。

楚月怡闻言愣愣地望着这位孤家寡人，好奇道："那你昨晚吃的什么，吃饺子没？"

"火锅。"时光桦被她提醒，又道，"今天晚上我可以煮速冻饺子。"

楚月怡怜悯地注视着他，一时竟不知该说什么。

她左右望望，寻找起合适场所，提议道："你找个地方坐会儿吧。"

时光桦察觉她的用词，迟疑地指指自己："我吗？"

"对，你稍等一会儿。"楚月怡取出手机看了一眼时间，柔声保证道，"我很快就回来，行吗？"

时光桦自然不会拒绝她的任何要求，但面对她哄小孩般的温柔态度，他眼眸轻轻垂下，难得地多问了一句："多快？"

他就像感受到偏爱，忽然肆无忌惮，开始试探起来。

"嗯……现在还不到五点。"楚月怡思索片刻，将手机屏幕翻转，向他展示上面的时间，耐心地打起商量，"五点十六分怎么样？四舍五入算你生日？"

她的手机是 24 小时计时法，跟他的设置有所不同，五点十六分就是"17:16"。

时光桦闻言，心里微微一动，他提醒道："那没多久了。"现在距离五点也没多长时间。

楚月怡好脾气地应声："所以说很快。"

时光桦："好。"

"那我去去就回，你坐到那边吧，不要在外吹风！"楚月怡见他答应，立刻飞速行动起来，还不忘给他指出歇脚的地方，表现出分秒必争的紧张状态。

时光桦很想说她不用急，自己等多久都可以，然而她早就一溜烟地跑开，转瞬就不见了踪影。

他按照指示走进安静的店内，随意找了一个不起眼的角落坐下，又取出自己兜里的手机，将其设置为 24 小时计时法。

然后他将手机放到桌上，开始静候楚月怡的归来。

家中，楚月怡一边手忙脚乱地煮饺子，一边内心焦灼地盯着时间，在脑海里严谨地计算，认为自己应该能够履行约定。

楚闻岳将保温饭盒拿出来，嘀咕道："你煮饺子慌什么？你是在玩童年的电子宠物吗？就那个不掐着点去喂食，宠物就会饿晕的简单游戏。"

楚月怡不安地用勺翻动饺子，敷衍地应声："差不多吧。"

"你可注意点……"楚闻岳眉头紧皱地盯着锅，他总觉得她掌勺不靠谱，刚想说"别给喂死了"，但这话在年里不吉利，只能强忍着咽回去。

楚月怡煮好手工饺子，动作利落地装完盒，便火速地带好出门。

店内，时光桦轻触手机，屏幕上已经是"17:15"了，她却还没有露面，他稍微有点失落，但程度并不算太深，本来就强人所难，倒也没必要介意。

下一刻，屏幕上的时间跳转到"17:16"，装有保温饭盒的袋子被放到桌上，他下意识地抬头，看到了自己等待的人。

果不其然，她已经好好地站在他身边，并无半分风尘仆仆的奔波，看上去甚至游刃有余。

"说好的时间，一分也不差。"楚月怡丝毫没有脸红气喘，她镇定自若地望着时光桦，居高临下道，"啧啧啧，居然还敢质疑我的速度，我可是掐好点才走过来的。"

楚月怡早就抵达，她看好时间找到人，这才慢悠悠地露面，正撞上他低头看手机。

时光桦当场被抓，顿时局促起来，他闷声道："没……"

"那你还看时间，觉得我会失信于你？"楚月怡痛心疾首地摇头，"真是世风日下，人和人彼此没有一丁点信任，时老师太让我失望了。"

时光桦见对方捏住把柄，得意地讨伐自己，连眉尖都张扬起来的模样，在此刻内心突然柔软，仿佛触及暖如阳光的春意，莫名涌现出融雪般的无限欢喜，他脸上骤然泄露出一丝清浅笑意，轻声道："没。"

时光桦无法描绘自己此刻的心情，他就是发自内心地高兴，一如冬季的天空，只余蔚蓝和明净。或许是雀跃过于明显，甚至直白地展现了出来。

楚月怡捕捉到他流露的笑意，沉吟数秒，怔怔道："你最近好像学会笑了。"

楚月怡初识对方时，总觉得他就是木头人，尽管高冷是外人的误解，但他本身确实寡言少语，更别提绽放生动笑容。他就像覆盖了一层稳固的保护膜，任外人如何猛力敲击，似乎都不会遭受影响。

他现在也有欣喜，跟最初的模样不符，但不会让人讨厌。

时光桦望着袋子中的保温饭盒，询问道："这是什么？"

"饺子。"楚月怡回过神来，答道，"你晚上吃吧，我家里包的。"

时光桦抬眼看她："你包的吗？"

楚月怡心虚道："有的吃就不错了，别要求那么多。"

时光桦面露了然，没有继续多言。

"有一个是我包的，但你不要笑话我。"楚月怡想了想，还是说出实话，她下意识地挠挠脸，略感不好意思。

她包的饺子跟父母水准相差过多，为了避免时光桦误解双亲手艺，理应提前告知他。

时光桦一愣，忽然期待起来，随即他认真道："谢谢，我会好好吃的。"

楚月怡小声地嘀咕："不用那么客气……"

两人从店里出来，就迎来离别时刻。楚月怡眼看时光桦提着饺子离开，像跟好友道别一样，她脱口而出道："到了告诉我。"

时光桦："……嗯。"

他都不知道自己是如何回去的，一路上心中小鹿都在乱跑，茫茫然不知奔向何方。他之前只在首期录制时有过这种飘飘然的感觉，但这回似乎是越发强烈，像过电一般让他缓不过来。

大楼门口，时光桦提着饺子进门，正巧碰到公司的人。那人瞧见时光桦的神态，讶异道："过年好，你心情不错啊。"

时光桦的愉悦过于显眼，自然让旁人感到诧异。

时光桦："过年好。"

说完，他直奔公司用餐的地方而去，坐下后先给楚月怡发了微信，接着就迫不及待地打开保温饭盒，准确无误地认出了那枚她亲手包的饺子。

那枚饺子的确跟同类不一样，它看上去松松散散，有种微妙的萎靡感，但在他看来分外可爱。

饭盒内的饺子还是温热的，时光桦没有特意再加热，第一口就吃掉了她包的饺子，好像多一秒都没法等。

他缓缓地咀嚼，品尝个中滋味，神情郑重而端正。

片刻后，时光桦果断开火烧水，将剩余的饺子倒入锅内，熟练地进行第二轮加工，重新煮出一锅热腾腾的饺子。

时光桦在等候开锅时，还收到了楚月怡的信息，他低头回复微信。

她客气地寒暄："饺子还行吗？"

时光桦目前只吃下了一枚饺子，他瞅瞅锅内剩余的饺子，回道："很好吃。"

他发完又怕楚月怡是在钓鱼，她应该不是故意没煮熟，就为了诱导他出言撒谎，专门设的局吧？

她似乎对他只说真话这点深表怀疑，总是抛出稀奇古怪的陷阱，让人防不胜防。

但令人庆幸的是，这次她没有特意抓他的话柄，看来没煮熟纯属意外。

时光桦吃完饺子，开始回复家里人的消息，然后就一头扎进了工作室里。将所有琐事做完后，他静静地坐在黑色转椅上，总觉得今年春节不一样了。

他以前也常常不回家过年，偶尔会跟朋友们在异国庆祝，但聚会往往只让他感到无聊及吵闹。然而，他现在产生了新的认识，或许他不是反感节日的喧嚣，而是隐秘地盼着有独属自己的人陪伴佳节。

小程等人从不会故意将他排挤在外，但他也清楚地知道自身无法融入。他大概是过于苛刻，总想要不一样的，不然干脆就不要，自己一个人待着也挺好。

他可能确实如外人所说，性格有一些古怪，从不将需求说出口，却盼望有人能读懂。这恐怕只有读心术能做到，可他确实觉得，开口要来的东西也会轻易地失去，倒不如从未开口。

楚月怡却意外地满足了他小小的愿望，他想要的不是普通的好，而是特别的好。

他想要她不一样的好。

时光桦伸出手腕，看着那根浅灰色皮筋，心里又莫名地涌起欢欣。他挺直后背，索性借着跃跃欲试的情绪创作起来，以此缓解胸腔中躁动的心跳。

他将未说出口的情愫编织成曲，静候它能光明正大的那一刻。

春节假期总是匆匆忙忙，楚月怡感觉自己没歇两天就又要重新投入到工作里面。她在休息时搜索各类资料，终于敲定了给时光桦的回礼，也算是在长假里了结了一件事。

经纪公司内，李柚休假后回到工作岗位，直接向楚月怡抛出一大堆事情，汇报道："节目后续的录制时间敲定了，然后你的新戏开机也确定了，代言的事跟时光桦那边沟通过，他们没什么问题……"

楚月怡一愣："开机定好啦？"

李柚："对，本来还怕没法开，但现在看来情况不错，估计录完节目就可以进组。"

这部戏是《心动约定》播出后主动找来的，不管是剧本，还是剧组班底，全都称得上优质。其实制作团队以前也考虑过楚月怡，但又怕她的讨论度不够，所以迟迟不敢做出决定，最近才真正签了合同。

楚月怡莫名感到时间飞逝，喃喃道："那还挺快。"

她觉得《心动约定》首期节目的录制还宛若昨日，现在却已经播出过半，仿佛一眨眼就抓不住光阴的尾巴，让人怅然若失。

李柚点点头，提醒道："是，还有个问题啊，甜氧代言至少要签一年，但节目很快就会录完，所以你俩下车后偶尔还得炒炒热度，但时间有点长，可能有变数。"

楚月怡："还好吧，他们不是挺好沟通吗？你又不是没接触过。"

"也是。"李柚对此深表认同，"那我待会儿就带合同过去。"

今日没有节目录制，李柚原本想独自前往文创园，不料楚月怡也跟着上了车。

李柚茫然地望着自家艺人，主动提议道："我送你回去吧，今天没什么事，你可以读读剧本。"

"剧本早读了好几遍了。"楚月怡随口道，"明天起MV要连拍几天，我跟他们见面商量一下。"

李柚更感迷惑："你们不得在镜头前商量吗？现在聊完节目组拍什么？"

《心动约定》节目组不能24小时在公司架机器，时光桦工作室还要制作其他歌手的曲目及专辑，长期录制明显不合理，存在音源泄露的风险。所以导演一般会约好节目录制时间，让"月光CP"在镜头前开会。

楚月怡没正面回答，反而聊起别的事："公司对代言什么看法？"

"能有什么看法？他们敢有看法吗！"李柚被打岔，立刻得意道，"我最近在公司里都横着走，现在没几个商务敢跟我踫……"

李柚如今扬眉吐气，楚月怡是她从头带起的艺人，最初的商务资源确实不太行，在公司内部也碰过不少壁，毕竟演技与市场是两码事，尤其商务更是唯人气论。所以楚月怡搭档"营业CP"，居然能接到乐元的饮料代言，确实是出人意料。

李柚畅快地聊起开心事，也就遗忘了刚才的话题。

文创园内，楚月怡已经对路线极为熟悉，她带着不常来的李柚经过无数路边的艺术品，毫不受阻地抵达公司门口，跟门口的人打了一声招呼，就领着李柚进电梯刷卡，前往时光桦的工作室。

李柚只在外面接过楚月怡，这还是头一回进入大楼内部，她惊道："这里面还挺大，你进来都不晕吗？"

楚月怡："我也没转过其他地方，就只记得这一点路。"

电梯发出叮的一声，来到安静的楼层。

李柚看着屋门紧闭的工作室，迟疑道："就是这里吗？看着没人呀。"

楚月怡已经摸透了时光桦的作息，她伸手敲响工作室的门，片刻后房门缓缓打开，露出时光桦的面庞。看到她时他眼前一亮，似乎溢出三分惊喜，瞧到一旁的李柚，却又顿时收敛眼底光彩，客气地放两人进来了。

李柚总觉得时光桦有一瞬间神情生动，然而他眨眼就又变回不紧不慢、无波无澜的状态，似乎仅仅是自己眼花。

李柚从未来过此处，礼貌地站在原地。

楚月怡则镇定自若地进屋，她看到亮起的电脑屏幕，好奇地用手扶住椅背，探头张望复杂的音轨："这是我们的歌吗？"

"啊……"

面对她突如其来的发问，时光桦还没想好如何回答，这首歌确实是由她而生，但并未收录在两人专辑里，无法定义算不算"我们的歌"。

楚月怡见他不作声，挑眉道："你哑啦？"

时光桦："……不是。"

楚月怡："好家伙，跟你聊天有够累的，反射弧长得惊人。"

她都不知道这句"不是"回答的是哪个问题，究竟是"我们的歌"，还是"你哑啦"。

李柚听到楚月怡毫不客气的吐槽，内心颇感意外。她倒不是没有见过楚月怡这副模样，只是不知两人相处竟然已经如此熟稔及融洽。她前几期很少盯节目录制，并不知双方镜头外的状态。

"对了，这个还给你。"

时光桦将干净的保温饭盒取出，饭盒被整整齐齐的袋子包裹，看上去格外美观。他物归原主，又垂眸道："你包的那个挺好吃。"

楚月怡一愣，她取回保温饭盒，口是心非地嘟囔："虚伪虚伪，商业互吹。"

时光桦："没有。"

楚月怡："就有。"

两人互瞥一眼，又默契地错开视线，颇似幼儿园里较劲的别扭小孩。

工作室的氛围莫名微妙起来，双方暗流涌动的互动，犹如还未成熟的青橙，即使表皮并没有彻底金黄，却散发出清新微涩的味道。

李柚目睹此幕，清清嗓子："咳咳，那个代言的事情，我们商量

.220.

一下吧……"

时光桦赶忙回神，沉着地起身："好，我去叫一下小程。"

楚月怡望向电脑："这是不是专辑的歌，让我听听呢？"

时光桦赶紧伸手保存，他不想被她发现自己写了甜到发腻的情歌，手忙脚乱地在键盘上敲击几下，索性将屏幕直接摁灭，说道："不是数字专辑。"

"哦。"楚月怡闻言，当即礼貌地直起身来，并未对他的反应起疑。既然是写给其他人的曲目，她贸然地打探确实不好。

"稍等片刻，他在隔壁。"时光桦跟两人说完，便出门去叫小程。

时光桦离开后，李柚总算找到单独对话的机会，她不动声色地观察楚月怡许久，确认道："月怡，你们应该只是在拍节目吧？"

李柚作为经纪人，尽管对楚月怡很有信心，但依旧保留着敏锐的嗅觉。

楚月怡撞上李柚试探的目光，低声道："什么意思？"

李柚指指她手中的饭盒："这是什么？"

楚月怡一秒读懂经纪人的深意，她此刻握着保温饭盒，只觉得自己无所遁形，手心里微微冒汗，却慢条斯理道："他过年没吃饺子，就给他送了一盒，有什么问题吗？"

"没。"李柚注视着她，又佯装无意道，"我只是问问。"

楚月怡："这就是朋友间送点小东西，也没什么大不了吧。"

"嗯，我就是没想到你还会包饺子，所以感到惊讶，你对他挺特别。"

两人相识多年，都不愿将话说透，电光石火间就交锋了一轮。李柚以前也开过楚月怡和时光桦的玩笑，但玩笑总归是玩笑，现在却变得不太一样。

楚月怡不想跟经纪人闹僵，她深知对方的忧虑，心平气和道："柚柚姐，你应该很清楚我上节目的原因，我们就是要获得曝光，那跟合作对象搞好关系，也没有什么坏处。"

"你又不是不了解我，即使不是时光桦，我也会这么做的。"

楚月怡总觉得此话生硬有漏洞，她还是抛却内心的些许不适，面不改色地给出了理由。

李柚思及对方良好的职场形象，在此刻被成功说服，她应道："你有分寸就好。"

两人都没再提此事，仿佛从未有过硝烟。

片刻后，时光桦和小程归来，小程热情地张罗："我们去隔壁聊合同吧，待会儿碰到机器他又叫唤。"

一行人移步到隔壁，签订好代言的合约，便算是尘埃落定。

临走时，时光桦还专程将两人送到楼下，小程满脸无语地插兜跟在后面，任谁都明白某音乐人想要送谁。

楚月怡刚跟李柚聊完，她现在颇有种做贼心虚的感觉，尤其是时光桦坚持要跟着下楼，让她的心理压力更大。好在李柚什么也没说，全程都保持安静，并不是暴跳如雷的家长。

时光桦不喜欢做没必要的事情，现在却鬼使神差地跟着。他没法用语言清晰描述自己的心情，只知道能多看她一眼，心里就多生出一分欢喜。

他用透亮的眼眸目送她上车，轻声道："明天见。"

明天就是节目第七期录制，依旧是能够看到她的一天。

楚月怡察觉他眼底的赤诚，下意识地将视线挪向一边，应道："明天见。"

李柚出言告别："那我们先走啦。"

小程："好嘞，路上小心！"

车门缓缓地关上，将双方阻隔开来。楚月怡坐在车内，时光桦站在车外。

汽车启动，随即驶离。

小程瞥了一眼黏人的时光桦，耸肩道："真受不了你。"

小程：这几步路都要送，你干脆把她送回去，再让她把你送回来吧。

时光桦没将对方的抱怨放心上，淡淡道："回了。"

小程见他一秒变回老样子，嘁道："真是判若两人。"早晚要给楚月怡告一状，让她瞧瞧这人平时的死相。

工作室内，时光桦重新坐到桌前，他将电脑打开，继续进行编曲。今日无人再来找他，他索性关门打开音响，打算全身心投入音乐世界。

他看到楚月怡就有诸多灵感，但只能通过音符来表露。

屏幕亮起，一条陌生音轨正在平稳地向右滚动，那不是他创作时增加的轨道，估计是操作不当触发了录制，这不是什么稀奇事。时光桦熟练地敲击键盘，终止音轨的运行，想要删除废弃音轨，却在拖动时听到楚月怡的声音：

"即使不是时光桦，我也会这么做的。"

工作室的音响实在太过优秀，往日动听的女声萦绕在他耳侧，却显得既柔和又残酷，在他心尖上猛地一扎。

时光桦猝不及防听到此话，不由得停止了拖动删除的动作，但此刻他突然失去了勇气，不敢去听这条音轨。

刚刚只是寥寥数语，就让他被刺得千疮百孔、溃不成军，瞬间跌落千年寒窟之中，浑身冻得透心凉。

他不敢听了。

Part 12

/ 变化的他 /

　　《心动约定》第七期录制围绕 MV 拍摄，由于内容较多，要连拍两三天。第一天仅仅是会议讨论，后面才会正式拍摄 MV。

　　楚月怡连续两天来到文创园，她在节目组的帮助下装好收音设备，便熟门熟路地前往工作室大楼。他们今天并没有到时光桦做音乐的地方，而是要在公司里的会议室讨论，还有不少参与 MV 拍摄的工作人员。

　　公司内，楚月怡刚刚进门，迎面就看到下楼梯的时光桦，她当即自如地打招呼："早上好。"

　　因为大会议室位于公司的公共区域，所以她不需要乘坐电梯，只要正常地穿过门前的休闲区，然后迈步登上楼梯，就能抵达开会地方。

　　时光桦应该刚从会议室出来，他可能是要回自己工作室，却正巧撞上进门的楚月怡，当即沉默地停下脚步。面对她灿烂大方的笑容，他内心纠结了许久，终于还是闷声应道："早。"

　　下一秒，他也不再继续往下走，而是转身上楼梯，改变了行动方向。

　　楚月怡望着时光桦的背影一愣，她没懂对方在楼梯上的徘徊，而且他居然没停下来等自己，迈着大步就往回走，似乎生怕被追上。

　　如果现在不是录制，她一定会吐槽他，然而旁边有机器，她必须稍微矜持点，于是她只能耐着性子加快步伐，然而时光桦那双大长腿有优势，着实比她走得要快。

楚月怡：搞什么，这是要跟我比赛竞走？

楚月怡怀着微妙的心情进入会议室，却没有看到先行抵达的时光桦，屋内倒是坐着其他拍摄人员。小程见她进门，连忙热情引导："你坐那边吧！"

会议室内有一张大长桌，桌上堆满各类资料，周围空位被占了不少。小程和 MV 导演中间有两个空位，看上去是专门留给楚月怡和时光桦的，原因是正对面有节目组的机位。

楚月怡笑着跟旁人打过招呼便礼貌地入座，等待会议的开始。

小程看了一眼时间，嘀咕道："时哥真够慢的，拿点资料还用这么久。"

楚月怡："他去拿东西了？"

小程："对，就在工作室，没有出公司。"

楚月怡思及刚刚在楼梯上偶遇的某人，不由得更感狐疑，既然要去工作室，他往回跑干什么？

片刻后，时光桦带着硬盘归来。他将手里的东西交给小程，抬眼看到会议室座位时一怔，仅有楚月怡身边的位置空着。其他人早就划分好区域，正全神贯注地讨论着各自的工作，没人察觉他的失神。

楚月怡久久没等到某人，疑惑地回头望他，不知他为何僵在原地。

时光桦触及她迟疑的目光，只觉有碎冰猛地砸进心房，又开始产生昨夜的钝痛。他沉吟数秒，从旁边拉来一张空椅子，直接开辟出新的座位。

小程望着他离奇的举动，又瞧向楚月怡身旁的空位，自然讶异道："你……"怎么不坐她身边？

节目组同样面面相觑，他们都已经将机位架好，两人明明每回都坐在一起，这次怎么不按套路出牌了？

楚月怡此时切身感受到时光桦不同以往的冷淡，这种感觉既有点像双方初遇的晚餐，又似乎加深一层，透着莫名的疏离。湖景餐厅时，他顶多是表现木讷、不会说话，现在却摆出了拒人千里之外的态度。

她以前从未见过他的这一面，误以为首期尴场就是巅峰，不料他竟还能刷新历史纪录。

楚月怡并未当众发火，她起身向节目摄像点头示意，直接推动自己的椅子，走到时光桦的身边，将椅子塞进他旁边的空位，动作文雅却极为强势，有样学样地创建新根据地，堪称一气呵成。

时光桦不料她如此大胆，略微愕然地回过头。楚月怡面对他的目光，视线丝毫未移，甚至面露微笑，直白道："就想挨着你，不行吗？"

时光桦愣怔了数秒，眸光微闪，但终究没有多言，只是向旁边挪了挪。

楚月怡不知他是想躲自己，还是给她让位，但她此刻并不在乎。

她毫不客气地坐下来，简直要跟时光桦肩并肩了。时光桦原本就是强行找的新位置，现在连楚月怡也跟着挤过来，两人越发凑得近，当真是挨在一起。

节目组见状，连忙更换位置，又在双方正对面重新架起机器。

楚月怡察觉时光桦在奇怪地赌气，可她完全不知自己哪里得罪了他，于是心里同样燃起愤怒的火苗，面上却仍镇定自若地录制。她现在就像被分割成两半，外表谈笑风生，内在怒不可遏。

她不懂自己为何有如此强烈的情绪波动，只知道他的态度让她极为火大，远超双方初识时的情况。她那时根本不在意他的寡言少语，还能在休息间隙跟李柚讲笑话，现在却气得只想跟他大吵一架才好。

时光桦今日确实状态不佳，浑身散发着生人勿近的冷漠气场，说话的声音都低沉而沙哑，毫无感情地聊着 MV 拍摄计划，官方地说道："明天的分镜已经敲定，导演应该发到群里了……"

《心动约定》节目组的编导们面露无奈，他们确实是来录月光组拍摄 MV 的，但这种公事公办的氛围着实古怪，根本就跟恋爱综艺的基调不符，也不知两位嘉宾是何时吃了枪药，隐隐透出一股剑拔弩张的气氛。

编导：他俩是在谈恋爱吗？他俩简直是要干仗。

楚月怡听到时光桦的规划，想要看分镜头表，习惯性地探过头去，打算直接瞧身边人的笔记本电脑。

时光桦正面无表情地讲着，突然发觉左手边凑来个小脑袋，余光正好看到楚月怡小巧的发旋，她专注地盯着电脑屏幕，数根长发还不小心地垂落到他手腕上，带来若有似无的酥麻微痒。

她就像一只监督人类工作的猫，不动声色地盯着屏幕，安静地缩在他手边。

他的话语略微停顿，又赶忙回过神来，挥却内心的悸动，继续布置拍摄任务。他一边不为所动地冷脸开会，一边又涌出自虐般的想法，既然他跟别人没什么两样，那他岂不是对谁都毫不设防？

她也会靠近其他人，只是如今恰巧是他。

思及此，时光桦不由得眼眸微暗，浑身的制冷能力再次调高。

对面的摄像看到他们亲密无间的动作，连忙操作机器想推近景特写，捕捉今日来之不易的素材。

时光桦发现工作人员的想法，眉头微凝，更感不悦。他修长的手指探到笔记本电脑边缘，想要将其往右推一推，这样自己就能稍微远离左边的某人。

但楚月怡敏锐地预判了他的动作，她状若无事地把座椅后挪，向前一探就趴在桌上，干脆地用右臂压住时光桦的左臂及笔记本电脑，还将头搭在上面，目不转睛地继续看着分镜表。

她的动作行云流水，看着甚至慵懒可爱，实际上她却死死地扣住他的左臂及电脑，打断了他想要逃离的举动。

时光桦抽身失败反被摁住："……"

他明显感到自己左臂上的压力，楚月怡绝对是暗中用力了，她此刻似乎也很不爽。

时光桦不禁看向故意使劲的某人。

她的侧脸线条柔和，长长的睫毛忽闪，杏眸在闪闪发光，看着乖巧又无害，这真是一张方便恶作剧的无邪脸蛋，任谁也看不出她此刻冒泡的坏心眼。

时光桦此刻对她爱恨交织，他很想一刀切地闪开，却在看到她时瞬间心软，没办法强硬地抽手甩开她。

楚月怡只是不喜欢整人，但她要是想折腾别人，有一百种方法能出手。时光桦越是不想被她靠近，她就越想法子硌硬，还要让两人靠在一起的状态被拍到！

他不想要"营业"？

不好意思，决定权不在他，完全看她而已。

楚月怡现在略微窝火，倘若时光桦敢在此刻强行抽手，她都想好下一步要如何办他了。他可以继续避她如蛇蝎，她也会让他尝尝自己的"蛇蝎心肠"。

楚月怡：来啊，互相伤害呀。

然而，时光桦并未再有动作，他全程任由自己左臂被她压住，却有条不紊地聊着MV，一动也没有动。他的左手好像不归大脑管了，完全是特别行政区，跟其他部位不一样。

楚月怡都怀疑自己是不是枕着根木头，她还特意动了动右臂，可惜完全没得到回应。

双方偃旗息鼓，战火没再蔓延。

会议结束后，楚月怡终于直起身来，释放时光桦被封住的左手。

时光桦眼看她出门，这才活动起僵硬的手腕，但总觉得左手已经麻木而无知觉。

会议室门口，《心动约定》节目组决定提前收工，今日不再继续进行拍摄。总导演小心翼翼地询问："月怡，你们是过完年生疏啦？"

虽然楚月怡和时光桦一直待在一起，但他们之间的状态明显不对，根本没有往日的轻松明快。总导演误以为是双方太久没见面，所以配合不再默契，处处透着生硬古怪。

楚月怡内心大呼冤枉，却仍好脾气地应声："可能是，我待会儿跟他沟通一下。今天真是麻烦各位了，我们状态都不算好。"

她全程细声细语，向工作人员致歉，连带着时光桦的那份。

总导演宽慰道："没事没事，毕竟刚复工，明天就好啦，你别放在心上。"

楚月怡将架子放得那么低，总导演等人也不忍责怪。

会议室陆续有工作人员出来，节目组也收好机器先行离开了，时光桦不愿正面碰到楚月怡，他慢慢悠悠地整理着资料，打算等闲杂人等都全都散去，再出门回自己工作室。

小程见他磨蹭，疑道："你不去送送？"

昨天还专门下楼，今天却无动于衷？

时光桦心里颇不是滋味，低声道："没弄完。"

小程皱眉："莫名其妙，那我去送吧。"

小程离开后，会议室里的人越发少了，终于只剩下时光桦，此时门口同样寂寥起来，不再有收工时的喧哗，看起来其他人已经离开。

时光桦这才拿起笔记本电脑迈步向门口走去，决定打道回府。

他刚刚走出会议室，就听到熟悉的女声。

楚月怡独自倚在墙边，身边没带任何人，她淡淡地开口："终于敢出来啦？"

时光桦惊异地回头，没想到她还没走。

楚月怡是来秋后算账的，她无波无澜地望着时光桦，干脆利落道："我们聊聊。"

如果今日是第一期录制，楚月怡绝不会私下找时光桦聊，但现在情况有所不同，他们已经在录第七期节目了。

两人回到空荡的会议室内，楚月怡将门锁上，发出"啪嗒"一声，引来时光桦诧异的目光，她直接回望，干脆地问道："怎么？"

她的语气轻描淡写，并不像隐含怒火，但气场丝毫没弱。

时光桦收回视线，不由得垂眸："没。"

相比他的沉闷，楚月怡全程游刃有余，她宛如局面的主控者，自若地伸手示意："随便坐吧。"

时光桦如今面对平静的她，竟在心底生出一丝陌生。她平时老挂着柔和的笑容，台下偶尔开些无伤大雅的玩笑，但总归是好接近的状态，从未有这种面沉如水的时刻。

或者这不能叫面沉如水，而是无情绪的淡然。

时光桦沉默片刻，拉开手边的椅子，找地方缓缓落座。

楚月怡没有马上开聊，她先在会议室里转悠了一圈，确定节目组已将机器全部撤走，这才踱步回到最初的门边，不紧不慢道："你先说说吧，是什么意思？"

时光桦不料她反将一军，让自己率先进行阐述。他从进屋后心思就不知飘向何方，现在自然答不上来，只是无言地望着楚月怡。

楚月怡对他八棍子打不出一个闷屁的态度见怪不怪，她没有强行撬开他的嘴，而是慢条斯理地点头："可以，那就由我先说。"

时光桦坐在会议桌旁，楚月怡则倚在门边上，双方正面对峙，神色讳莫如深。

楚月怡深吸一口气，直视着时光桦，坦白发表看法："一档综艺节目的制作至少涉及上百人，更不用提设备、场地、时间的成本。嘉宾仅仅是团队的主要人员，说实话算不得什么大人物，将情绪带到工作里，我觉得非常不专业。"

她不是来跟时光桦吵架的，闹别扭是小孩才做的事，成年人应该懂得事情轻重。有些事可以顺着他，有些事她却不会让。

他们玩闹时，他可以有小脾气，但只要录制，就必须进退有度。

如果说时光桦刚开始还抱有幻想，那她现在的一番话就是将一切击碎，犹如在他头上浇了一盆冰水，迫使他面对这残酷而冷硬的现实。

他原本还曾想过，只要她拿出解释，自己就全都能接受，可以当场表演失忆。

她说，他就会信，他一直拿她没办法的。

他甚至都想直接开口：哄哄我吧，我很好哄。

然而，她连糊弄他的意愿都没有，完全是理智而客观地陈述。

邹乾说她是没有感情的工作机器。

他以前还不太懂，此刻却幡然醒悟，宛若从幻梦中惊醒。

时光桦注视着她剔透如冰的眼眸，即使他此刻依旧维持着面无表情，但指尖还是不受控制地微颤，他不得不握拳收回手，骨节用力得发白。

他的声音低沉而沙哑，仿佛用尽浑身最后一丝力气，问道："你想跟我聊的是这个？"

楚月怡沉吟数秒，冷静道："如果你对我有任何意见，私下可以直接提出来，但在镜头里影响到别人工作……很抱歉，我不太能接受。"

她早期能接受他略有瑕疵的"营业"，原因是体谅对方不常拍节目，可他现在明显是赌气式泄愤，那就是工作态度有问题。能力和态度是两回事，这触及了她的底线。

时光桦自嘲地失笑："哈。"

他面对她讲道理的态度，突然在此刻意识到，自己是彻头彻尾的小丑，而且是最自作多情、最自我感觉良好的那种。

她大概很早以前就看不惯他了，他却还在暗地里喜不自胜。

光是这样一想，他就快要自厌。

什么优待，什么偏爱，全都是他臆想出来的内容。

她明明露出了那么多端倪，她询问过他为何上节目，她说过镜头外不用那么虚伪，她出道以来无绯闻只有工作……但这些他都自欺欺人地忽略，沉醉在构建的虚幻之中，误以为自己有多不一样。

人类真是善于自我欺骗的生物，一旦昏头地喜欢某人，即使对方并不在乎你，也会为对方找诸多借口，总是想着对方是羞于表达，或者是还没有做好准备，但其实对方只是不在乎而已。

他以前不是搞不懂她的态度，仅仅是不愿意去搞懂罢了，或许他潜意识无法接受可能的结果，这才会放任情绪蔓延。

但他现在清醒过来了。

他起码不能可笑到让她讨厌的地步。

他要收敛情绪，别再闹笑话了。

时光桦的指甲深陷在肉里，嘴角抿得极紧，以此克制自己。数秒后，他逐渐从潮水般的情感中抽离，沉稳道："我是不是可以这么理解，我们合作拍好节目就行？"

"对，总不可能有人拍恋综，真是过来谈恋爱的吧。"

时光桦听到此话，明明已经从梦里醒来，胸口却仍有阵阵钝痛，他费力地应道："……你说得对。"

他早就知道她对感情没兴趣，却还将她参加恋综视为信号，这也是愚蠢而好笑的举动。

他见证她一路走来，从在录音棚里偷哭的在校生，到成为独当一面的可靠演员，按理说他应该是最了解她的人了，居然还会有此种离谱而荒诞的错觉……

他遥望她时看得明白，近观起来却开始糊涂。

但正是她一往无前时的光亮吸引了他，他现在对此又有什么好抱怨呢？

时光桦眸色沉沉，他忽然松开紧握的拳头，整个人轻轻地靠在椅背上，似乎是筋疲力尽。

楚月怡发觉他不再紧绷，她还不知双方矛盾在哪儿，和声细语道：

"你要是对我有不满，现在也可以说出来，如果是合理的，我会尽力去改。"

她现在满脸诚恳，那双灵动的杏眸里盈满真挚，仿佛只能看到他一样，又要使他产生误会。

好在他不会再自恋了。

时光桦摇头："不，我没有不满。"

她确实没有任何错，他才是添麻烦的人。

楚月怡颇不赞同地凝眉，显然并不相信他的话。

"我只是有点疑惑。"

时光桦往日信赖的直觉在她身上根本不起作用，似乎都变得模糊、空洞及虚无。他是依靠感觉来工作及创作，但他的感觉却如此不靠谱，一改曾经的既定认知。

他颤声发问："你对所有同事都那么好吗？如果是其他嘉宾，也是这一种态度？节目里处处忍让，节目外各种照顾？"

他们经历的点点滴滴，只是镜花水月一场空？

他的眼底摇曳着破碎星光，晃得楚月怡不敢直视，在此刻沉默了下来。

李柚曾问过相似的问题，她能立马做出回应，对着他却做不到。

她不知该说什么答案，最后挤出含混的气音：

"嗯。"

时光桦眼中的星光彻底黯淡。

他露出怅然若失的神色，随即低声感慨道："那你确实很好。"

片刻后，楚月怡从公司大楼出来。冬日的朔朔寒风刮在她脸上，让她的思绪逐渐清晰起来。她思及之前回答李柚问题时的别扭感，总算知道自己的漏洞在哪儿了。

她说跟谁拍节目都会这么做，但其实要不是时光桦的话，她早该选择下车。

但这重要吗？

这不重要。

她最初上节目时的想法也是真实的。

她从没有撒谎，只是或真或假，搅在一起罢了。

楚月怡并不知道自己跟时光桦的沟通是否有用，她现在不太想推测对方的心思，甚至有一种破罐破摔的无力感。

她突然有点累，不想理任何人。

会议室内，时光桦独自在椅子上枯坐许久，他不经意地瞥到手腕上的灰色皮筋，在此刻略感刺目，心中又涌出酸涩情绪。

他想伸手扯掉，然而刚刚碰到，却于心不忍。

她的第一个要求，让他一直戴着它。

他的第一个要求，希望她面对他时，露出来的都是真笑，不想笑就可以不笑，甚至发脾气也没关系。

他当时面对镜头说出这种话，究竟是有多天真多幼稚，连他自己都要发笑。

她估计也很心累吧。

他没法承受她的真实反应，那会让自己被铺天盖地的汹涌海水淹没，产生置身绝境的窒息感。

时光桦向后仰头，闭眼深吸了一口气，缓解内心近乎麻木的痛感后，这才慢慢地睁开双眸，眼底重归清明，逐渐平复下来。

他的内心突然迎来前所未有的平静，或许是疼痛过于猛烈，反倒不再有刻骨知觉。

他的人生没有选择题，也就不会有后悔一说。

虽然他们之间有诸多误解，但他提要求时的本心没变，他想要让她绽放真实的笑容。即使是荒诞不经的约定，却是他那一刻单纯的愿望，也是他最初上节目的动力。

没有人是来恋综谈恋爱的。

他明明只是想再看一次记忆里的笑容，却不知何时变得贪心起来。

时光桦望着手腕上的皮筋，将袖口拉好，重新打起精神。

无论如何，节目依旧还要录制。

次日，楚月怡抵达 MV 拍摄片场，她已经做好了万全的心理准备，决定直面时光桦自闭而憋闷的态度，却不想对方在一夜之间完成了转变——

他居然提前奔赴片场，似乎已经安排完部分事宜，还主动打招呼道："早上好。"

楚月怡见他宛若没事人一样，竟略感惶惶，应道："……早。"

时光桦对她的态度好像变了，又好像什么也没变，莫名地气定神闲。

楚月怡不好形容，他们似乎并未生疏，但也没有从前的感觉了，硬要说的话，就是变成了时光桦跟小程的氛围。

她跟他聊一回，聊成兄弟啦？

楚月怡如今心情微妙，但目前看来是好的转变，时光桦全程配合节目录制，而且完成 MV 拍摄工作也相当高效，简直堪称模板般的好搭档。

他本来就对 MV 拍摄不陌生，在现场提出的想法也有见地，他全神贯注地跟导演交流，只留下认真而执着的俊逸侧脸。

这是时光桦最接近他在音乐节目上人设的一天。

既不呆，也不愣，完全是大音乐人。

两人顺利完成各自的拍摄，也就迎来双人镜头。

楚月怡思及时光桦昨日的抵触，她原以为对方不愿靠近自己，没想到还不等导演开口，他就绅士地站在她身侧，先一步握住她的手，做出双人共舞的姿势。

他的手指修长，掌心温暖干燥，握住她的力度也适中……

楚月怡惊异地回头，正撞上他清透的黑眸，其中倒映着她错愕的脸。

时光桦过去时常流露微赧神色，他算不上多主动的性格，所以这简直是破天荒的举动，自然让她大感意外。

时光桦原本是情窦初开，自然会百般扭捏，但现在真相已被捅破，理性就重占大脑上风。尽管楚月怡对他没有感情，但他也理应配合她，完美地录制完这季节目。

他开始有了这种"营业"思维，也就想通了不少道理。

不能让她主动，不能让她在镜头前丢脸，不能让她有无所适从的时刻。

时光桦忽然明悟过来，楚月怡以前挺辛苦的。

所以他得有所转变。

因为他们在拍摄 MV，目前有造型的需求，所以没带节目组的收音设备，编导们无法记录他们之间的呢喃。

时光桦把握不好分寸，他眼看楚月怡略微失神，只能低头在她耳边细语，声音犹如低音提琴。

"既然要合作拍好节目，肯定会有肢体接触，否则就显得不太专业。"他的语气既轻又淡，发觉楚月怡的神色不对，又略微松开手，"还是说你不能接受这种，那我……"

说实话，时光桦搞不懂恋爱综艺的界限，但倘若楚月怡感到一丝不适，那就要删减 MV 的动作。

楚月怡听着时光桦风轻云淡的话语，第一次从他口中捕捉"专业"二字，忽然生出些许被挑衅的感觉。察觉他的手要松开，她当即有力地回握，镇定道："能接受哦。"

如果是其他男嘉宾说此话，她会觉得对方善解人意，但这是频频掉线的时光桦，他能懂什么综艺和"营业"？

这分明就是在阴阳怪气。

合作拍好节目，不太专业，"营业"……这不全都是昨天他们争执时的话？

事出反常必有妖，他就是在内涵她！

她说他不专业，他就过来找碴。

另一边，MV 导演拍完这一条，开始调度起来，他高声道："好的，麻烦靠得再近一点！"

时光桦刚要俯身靠近楚月怡，就见她仰起头来，几乎要跟自己脸贴脸，呼吸顿时一窒。

她主动地凑近他，柔软的唇瓣近在咫尺，再往下就是优美的天鹅颈，显得既白净又脆弱。

两人的气息交融在一起，远远望去有如接吻，连带着空气都燥热起来。

"我好像说过吧，以前是让着你。"

她在他耳畔悄声开口，温热而柔和的吐息拂过，致使他心尖震颤。

他在她的目光中慢慢迷失，瞬间被杀得一败涂地。

"你好像脸红了。"楚月怡紧盯着时光桦无措的面孔，露出若有似无的笑意，她轻笑着挑衅，"不是要'营业'吗？专业一点吧，行外人。"

时光桦面对此景，仅仅动摇了一秒，便强压住往日的局促，尽量控制自己不要挪开视线，又微微向她靠近了一点。

如果换作平时，他会张皇起来，但现在，即使脸热，他也没有做出退让姿态。

楚月怡见状，敛去笑意，目光黯淡下来，幽幽地望着他。

时光桦一反常态地主动，但楚月怡并不觉得欣慰。

人的转变总有原因，她昨天问他对自己是否有不满，他当时矢口否认，现在却态度大改，明显有置气的成分。

如果他从第一期就是"营业"，那她绝没有任何意见，可他是频频尬住的冷场王，怎么会莫名其妙地灵光起来？

他就像被人批评的小孩，故意摆出改正姿态，其实内心仍旧不服：这样行了吧？这样总够专业吧？这样算合作拍好节目吧？

MV 拍摄片场内，他们看上去亲密至极，像是释放暧昧信号，又似乎是在针锋相对，互相出招比画，让节目组实在摸不着头脑。

MV 分镜头表有动作设计，但其实尺度需要嘉宾把握，而且根据现场调度会有所调整。

时光桦只知道，在镜头前，他最好成为引领节奏的人，这比较符合"男带女"的主流，属于大众接受的套路，就像其他"营业 CP"一样。

如果总是楚月怡来带动，很容易被观众议论。

思及此，下一个镜头拍摄开始前，时光桦伸手扶住楚月怡的腰，让双方的间隔变小。

楚月怡察觉他的动作，并没有条件反射地排斥，反而自如地侧身一步，一只手随意搭在他肩膀上。

她的举止并不出格，但呈现在镜头里，依然是她攀附他。

她面对镜头的走位经验着实丰富，清楚知道如何不费力地借位。

即使她被他抢先一步拉近距离，她也能让画面和现实呈现有所不同。

她是演员，现实是无限的，镜头是有限的。

她最擅长的就是在有限的镜头中表演。

时光桦很快就发现了她的技巧，他浏览了一遍 MV 拍摄的画面，发现她在构图中仍是主控者，想必节目组的素材也是如此。他明明是率先出手的人，镜头却巧妙地过滤了细节，跟现实截然不符。

两人一连拍摄了几组镜头，不管时光桦如何改变，情况依旧没有变化。

时光桦沉吟数秒，望向轻松拍摄的某人，直白道："你是故意的。"

楚月怡不咸不淡道："你不也是。"

她没有跟他比拼"营业"的意思，这简直是毫无悬念的竞争，虐个小白能有什么快感？

但她看不惯他勉强自己的状态。

他明明是靠近就会脸红，不适应肢体接触的人，为什么要迫使自己改变，强行表现出"专业"和"营业"？

她以前幻想过职业化的时光桦，他就像成熟的明星或艺人，在镜头前疯狂地撒糖，跟别的 CP 中的男嘉宾一样，女嘉宾只要偶尔配合就好。那肯定非常省心省力，拍摄别提有多简单。

但她现在不会再这么想了，他没必要跟多数人一样。

她是行内人，他是行外人。

她又不是带不动他。

还是说因为她昨日过于严厉，以至于他如今矫枉过正？

两人身边还环绕着摄像机，没办法继续交流，但寥寥几语便暗流涌动。

时光桦现在才看清诸多东西，他们无时无刻不被灯光覆盖，难怪她在镜头内外的差别如此之大。这从不是独属二人的空间，更像外人注目的剧场，而他们是台上的主角。

所有人都在工作，只有他以前不是，还会发起小脾气。

周围人都在录制中包容他，而他只瞩目她的光亮，忽略了很多细枝末节。或者不如说，是她替他完成了理应归他的部分，所以他当然不会感受到外界压力。

现在不会了。

时光桦深深地注视她许久，在内心做出决定，默默地转过身去。

楚月怡看不透他的心思，只能继续配合拍摄。

"月怡先坐在这里，然后我们看构图，怎么拍会合适……"MV导演递给楚月怡一本书。这是她拍摄时的道具，她只要坐着低头翻书就好。

楚月怡依言照做，她撩起自己复杂的裙摆，靠在柔软的沙发上，将手中道具书翻开，犹如被操控的提线木偶，静候其他人员就位。

妆发师上前替她整理造型，又将裙摆摆出优美线条，这才匆匆地退下。

MV导演看向时光桦："你看什么动作合适，稍微亲密一点……"

下一刻，时光桦迈步上前，他半坐在沙发边缘，俯身将楚月怡笼盖，用双臂将她禁锢其中。这是相当强势而有侵略性的动作，而且没有办法靠借位破解，楚月怡看上去像被他牢牢锁在怀里，犹如笼中之鸟。

楚月怡只觉得上方有阴影靠近，紧接着就被时光桦微凛的气息环绕，在他双臂和沙发制造的空间内动弹不得。

他的碎发微垂，眼眸中云雾翻滚，他目不转睛地紧盯着她，身体基本要跟她贴在一起。

楚月怡面无表情地抬眼端详着时光桦。

尽管他已经努力地表现出演技，但紧绷的嘴角依旧泄露了真相，他其实并不自在。

她觉得他不适合这样。

两人都能感受到彼此缭绕的呼吸，时光桦已经觉得耳根在发烫，但他一动不动地观察着楚月怡，发现她并没有任何反应。

她的眼神无波无澜，就像在看陌生人。

不过这也很正常，会脸红的只有他。

时光桦心底略感失落，面上却不动声色，可楚月怡在此时突然动了。

她轻轻地叹息了一声，像是无力再跟他置气，将额头靠在他的颈侧，在镜头前用低头来掩盖神情，喃喃细语道："为什么非要做到这一步？"

他就不是喜欢撩人的性格，何必将自己逼到绝处。

"我没有读心术，你不开口的话，我不知道改哪儿。"她不知道他转变的原因，也不知道他为何不满。人起码要明白问题，才能找到改正途径，但他什么都没有说。

她甚至在想，他要在镜头前甩脸就甩吧，反正她对此早就习以为常。

与其将他强压进不合适的容器，倒不如让他简单直接就好。

时光桦闻言微愣，他突然在此刻读懂了楚月怡的表情，那不是淡漠或无动于衷，而是发自内心的不解。他老觉得她能猜出自己心中所想，所以总是默不作声，但其实并不是这样。

"这一条不错！"MV导演望着监视器，适时地叫停了拍摄，欣赏起其中的画面。

节目的摄像同样在拍摄，收集着MV的花絮素材。

时光桦没有马上开始下一个镜头，而是直起身来，认真地袒露心声："如果总是女生主动，你会被外人说……"

他没有将后话都说完，但信息量已经足够。

楚月怡倚靠在沙发上，听到此话面露错愕，她没有想到这才是他主动的原因。她一直认为他没有"营业"意识，也不会考虑节目播出效果，当然想不到此节，还以为他是在赌气。

但时光桦的神情相当郑重，似乎很重视她的名声。

楚月怡望着他，突然就笑了。

那是一个释然而轻松的笑容，就像雨后天晴一样，没掺杂任何的杂质。

"你觉得我在意这些吗？"楚月怡慢悠悠道，"如果主动就被说倒贴，那我也贴你很久了吧。"

她从第一期就是带动者，看过他无数糟糕的表现，又怎么会在乎外界的声音？

她不知他幡然醒悟的原因，但她心领他真挚的好意。

她突然想起什么，坐直身来，但她现在穿着烦琐衣物，所以只能看向角落一边："可以帮我拿下包吗？"

时光桦不疑有他，将她的包取过来，缓缓地递过去。

楚月怡在包里一摸，取出银色的约定之匙，随即举到他面前，平静道："第二个约定，不要做不适合你的事，只做你愿意做的事就好。"

"你感到自然就行，不用刻意地改变。"她垂眸道，"我主动也无所谓。"

她知道他是什么样的人。

这就足够了。

她答应过要带他，就会履行承诺。

时光桦望着那枚闪光的约定之匙，忽然觉得摘掉滤镜也挺好。其实玫瑰色滤镜并没有碎，她依旧是温暖友善的人，只是他以前贪恋特别感。

但他们还什么都不是呢。

之前是她为了调动气氛，而他兀自一头发热，可她还没彻底烧开。

"我答应你。"时光桦伸手接过约定之匙，眼神讳莫如深，应道，"只做愿意的事。"

楚月怡对他并无任何防备，她将手中的东西递去，却猝不及防被他握住，手里的道具也滚落在沙发上。

下一秒，他就跟她十指紧扣，感受到彼此掌心的温度，甚至是躁动的心跳。

时光桦只是轻轻一拉，她就要跌进他怀里，双方力量差距过大。

"但下次你别再主动了，我好歹也是个男人。"他的眼眸犹如深潭，其间没有一点光亮，轻描淡写道，"你其实心里并不知道，我究竟愿不愿意吧？"

他们还什么都不是，所以她更不能主动。

不然他就要嫉妒，或许换一个人，也会被她善待。

楚月怡初次领会到他的攻击性，此时怔怔地望着他，略感不可置信。

但时光桦要的就是这种反应，她不能对谁都不设防。

他紧握着楚月怡的手，定定地望着她，低声道："说不定我愿意呢。"

他指间的灼热传递给她，甚至隐隐有燎原之势。

楚月怡顿时愣在原地。她只见识过他不说话的模样，却从未听他

.240.

说过如此露骨的话，大脑瞬间一片空白。

人类的语言真是博大精深，一句话能理解成无数含义。

楚月怡头一回在交流中宕机，她双眼发蒙地看着他，颤声道："愿意什么？"

她现在脑瓜子嗡嗡的，杏眸里满是茫然，还被他半拉起来，衣裙都有点凌乱。

时光桦一手握紧跟她十指相扣，一手将她肩颈的绸带整理好，然后沉稳地站在一旁，意味不明道："谁知道呢。"

他、在、说、啥？

楚月怡：大哥，这可是你说的话，当然是你知道啊。

时光桦以前是不说话，现在开口却是听不懂，彻底将她搞得混乱。

楚月怡人傻了。

两人就这样保持原状在沙发边僵持许久，直到时光桦握着她的手晃晃，慢条斯理地询问："还要再握一会儿吗？"

他略微沉吟，又朝她伸出另一只手，补充道："这边也行。"

楚月怡这才回过神来，原来她不知何时回握住了他。她连忙松开自己的手指，随即向后重新靠向沙发。她现在整个人都晕头转向，还没有消化如此大的信息量，往日如机器般精准的大脑已经数据过载。

时光桦故作遗憾地叹息了一声，又伸手将掉落的约定之匙收好。

她这下更晕了。

楚月怡接下来相当恬静，主要她还没理清思路，现在只是在依靠本能拍摄 MV，这才没有当场掉线。她没有了要主控画面的意识，也不再跟时光桦争夺主动权，导演让怎么拍就怎么拍，时光桦要引导就让他引导。

时光桦还从未见过她如此乖巧的模样，她以前不是在镜头前滴水不漏地微笑，就是在镜头外故意捉弄地开玩笑，反正总是进退自如、毫无漏洞，看着就没有失控的时刻。

拍摄仍在继续，现在换时光桦坐在古典花纹的椅子上，楚月怡听从导演的指示，倚靠在椅子的一侧。

MV 导演望着监视器里的画面，面露愁容，陷入深思，他纠结地摸摸下巴，提议道："可以再靠近一点吗？"

楚月怡怀疑面前的导演就会说这一句话，她回头观察一番端坐的时光桦，他已经将椅子空间完全占据，连条缝都没有留下，她根本找不到借力点。

她围着椅子上的时光桦绕了一圈，心中万般无力及绝望，暗道导演不如直接叫她坐到他身上，否则再要靠近不就是强人所难？

下一秒，不祥的预感居然应验，MV 导演若有所思道："月怡，不然你坐他腿上试试。"

楚月怡："……这不好吧？"

MV 导演："可我觉得画面会好看。"

楚月怡："但要是把他腿坐断挺不好看的。"

MV 导演为她的冷幽默哈哈大笑："怎么会呢。你也不算重吧，再说了，坐断就换条腿，他肯定没意见！"

"你说是吧，光桦。"MV 导演还瞟向一边沉默的时光桦，寻求起对方的看法，"你没意见吧？"

时光桦："嗯。"

楚月怡不好否决导演想法，只能硬着头皮照办。她面无表情地走过去，时光桦坦然地调整姿势，给她留出坐下的空间。

楚月怡不敢将重量完全压在他腿上，就只能借助复杂的裙摆来遮掩，她虚虚地坐在时光桦腿上，就像悬在半空的羽毛。这姿势着实有些考验体力，好在她的表情管理还行。

两人现在的状态根本就是他将她抱在怀里，但他们并没有彼此对望，而是统一看向镜头。

楚月怡保持姿势实在辛苦，身体不禁微微发颤，她总觉得拍摄时间过于漫长，但若彻底坐上去又着实不合适，只能硬撑着。

时光桦察觉她下意识地战栗，他当然知道她没坐上来，于是悄声道："原来你胆子也没那么大。"

说什么主动也无所谓，其实还是会感到害怕。

楚月怡一愣。

时光桦的双臂环在外侧，他并没有直接去扶她，反而用手背抵住她的腰，在暗处提供借力的支撑点。他的手臂相当有力，骤然让她放松不少。

.242.

如果他没有低声说耐人寻味的话，那就是完美无缺的"营业"搭档。楚月怡暗暗地想。

　　她其实对周围人都有所判定，一旦建立起准确的认知，就会知道该如何相处。在她过去的认知里，时光桦属于沉默而内秀的人，虽然他缺乏妥善交流的能力，不明白综艺节目拍摄的规则，但他有着细致的观察力及良好品质，经常润物细无声地照顾其他人。

　　这是一把双刃剑，他的付出是无声的，爆发矛盾也是无声的，她没有办法撬开他的嘴，便找不到对策。

　　但他现在开始发声了，说出了打破她认知的话，使她重新陷入判定期。

　　时光桦如今好像变了，又似乎什么也没变，依旧是那个他。

Extra

/ 假如没有"恋综" /

楚月怡抵达剧组时,正是横店最为炎热的时节,高温使夏蝉都懒得鸣叫,片场内只剩下大汗淋漓的工作人员。

导演面对风尘仆仆的楚月怡,感慨道:"月怡,还是你靠谱,这回来救场真是麻烦你了!"

楚月怡说:"没关系,都是朋友啊。"

"唉,现在像你这种讲义气的真不多了。"导演唏嘘起来,"有一天你肯定会大火的!"

楚月怡和颜悦色:"火不火的,就那么回事儿,普通人上班也没想着一步登天当老板,演员说到底就是一份职业。"

导演笑道:"你这份境界倒显得我狭隘了。"

楚月怡拍戏数载,一直是不温不火,她倒也乐在其中,成为业内知名的打工人。

她早些年还有大红大紫的想法,现在却对安稳而充实的生活心满意足,尽管她远不及当红明星话题十足,但获得的资源也足够她衣食无忧。

知名打工人的特征是什么?

精湛的业务能力,高性价比的片酬,端正积极的工作态度,以及将演员当作普通职业的心态。

楚月怡拍出的好片子不少，但她本人总是没有作品有名，大众提起她的第一印象就是"优秀的年轻女演员"，紧接着就没有更多想法了。

楚月怡偶尔会在街上遇到认出她的路人，他们甚至还能够自如地打招呼，没有那么激动热烈，像是多年好友般恬静淡然。

她认为这样的生活也不错，台上台下有所分割，状态轻松，事业圆满。

七月中旬，天气闷热，横店蔚蓝的天空中只余烈日，彻底将前几日因雷雨积存的小潭晒干，大地宛如被灼灼岩石滚过一遍。

片场角落的树荫下，楚月怡和同组女演员聚头用餐，正有一搭没一搭地闲聊着。

女演员瞥见在不远处徘徊的挺拔身影，她又打量了一眼身边用餐的楚月怡，冷不丁道："你不觉得时老师老盯着你看吗？"

楚月怡茫然地抬头："没有吧，我都没跟他说过话。"

女演员："女人的第六感告诉我，你的桃花没准要盛开了。"

楚月怡："别想太多了，又不是乙女游戏，全天下男性只爱一人。"

女演员："虽然他看起来目中无人，但我老感觉他眼里有你。"

楚月怡："……你去隔壁帮跟组编剧写飞页吧。"

楚月怡一口否认了女演员的离谱猜想，对方却依旧喋喋不休地提起此事，也不知道是从哪里得出这种奇怪结论的。

楚月怡发誓，进组一个多月以来，她根本就没跟对方口中的"时老师"搭过话，哪怕在剧组大会时他们都没打过正式招呼。

据说，时老师是不擅交际、寡言少语之人，他平时就不怎么跟人聊工作外的事，所以周围人都习以为常、见怪不怪。

时老师，全名时光桦，正在为该戏创作配乐，跟组原因是靠采风激发灵感。

在楚月怡印象中，创作影视配乐的团队根本不必来到横店，他们大可以在一线城市的工作室内完成工作，而且剧组也很少会有让他们跟组的预算。

时光桦会在剧组出现，只能理解为两个缘由：一是剧组很有钱，所以导演很强势，必须要所有人都在；二是时光桦属于艺术家，他非常重视自己的作品，不惜来横店吃苦，积累灵感。

　　这个剧组确实相当庞大，除了剧组开大会的时候，楚月怡平时其实碰不到其他组的人，跟时光桦见面的次数不多。

　　当然，虽然两人完全不认识，她还是听闻了不少趣事，毕竟有人的地方就有故事，八卦是众人工作之余的消遣手段。

　　时光桦不常在片场露面，但他由于惊为天人的相貌，还是吸引了诸多外界的关注。

　　据闻，剧组曾有人主动提出加时光桦微信，谁料他一句话就将路封死，婉拒理由是"我们应该没有工作上的交流，其实加也可以"。

　　"人家是想跟他聊工作吗？人家明明只想撩他！"其他人听完笑作一团，全都在议论时光桦怎么不开窍。

　　剧组内的人大多感情外放、性格开朗，还真很少见到时光桦这类人。

　　众人私下嘻嘻哈哈，楚月怡听完也就一乐，只记得此人不爱加微信，除此之外再没多想。

　　时光桦遥遥望见树荫下的两人，他眼看楚月怡跟女演员有说有笑，在心中暗道她确实跟谁都能相处得很好，剧组里就没有反感她的人，大多都能跟她维持不错的关系。

　　唯一的遗憾是，两人似乎还是不认识。

　　时光桦的手机屏幕上弹出一条消息，来自邹乾，他伸手点开查看。

　　邹乾深知时光桦进组的缘由，他简单直接地询问："你们聊得怎么样？"

　　时光桦老实地回复："没聊。"

　　"为什么没聊？你是觉得真人跟想象不符，粉丝滤镜当场破碎了？那就赶紧回来吧。"

　　"不是。"

　　时光桦心道她跟印象中无差别，继续回复道："不知道怎么聊。"

　　邹乾对时光桦大感无语，他直接打来电话，难以置信道："什么叫不知道怎么聊？我以为你进组一个多月也该有结果了，没想到搁这儿卧薪尝胆三年呢？"

"……"

邹乾对时光桦彻底服气了。他知道好友一直在关注楚月怡，然而他没想到，平时跩得不行、我行我素的人，碰上有关楚月怡的事情却会怂得不敢说话。

邹乾没有强行撮合双方的意思，他只是想着大家先认识一下，好歹稍微接触聊个两句，说不定时光桦了解楚月怡后观感也会有变化。

之前他跟楚月怡有合作时，还专程询问时光桦要不要过来，本意是介绍两人认识。不料，最后时光桦确实到场了，却躲在后台偷偷看人家，居然都没敢露面打招呼！

就是这么离谱，就是这么"小学生"。

这感觉就像他在校时故意在走廊乱转，就为了多看暗恋的人一眼，虽然自己心里也没有主意，却总觉得能看到一回都算赚。

邹乾恨铁不成钢道："我知道你开窍晚，但你不会还要弥补校园暗恋经历的缺失吧？你们现在处于什么阶段了，都在微信上聊什么呢？"

时光桦坦白道："我们没加微信。"

邹乾不可思议道："为什么不加，剧组里加微信不该很容易吗？"

时光桦："不知道怎么加。"

邹乾倒吸一口凉气："不是，时哥啊，你有没有跟女生打过交道？！"

时光桦虚心请教："所以你是怎么加女生微信的？"

邹乾说："你就找个合适的契机，直接开口去要。"

时光桦面露好奇："你都是直接要别人微信吗？小程说你最近认识了一位歌手……"

邹乾对"歌手"一词极为敏感，恼羞成怒地辩解："我、我没有，我怎么可能如此冒犯，直接跑去要她微信？！"

"但我还没说是谁。"时光桦沉默片刻，冷静地指出，"而且你刚刚才建议我去直接要？"

时光桦听邹乾讲得头头是道，误以为对方经验丰富、手法老到，谁知道好友也只是一个理论巨人，嘴上叭叭地支招，执行却乱七八糟。

这可能就是人类的通病吧，指点他人感情门儿清，轮到自己就慌得不行。

"但我好歹碰面还能跟人家说得上话，你这种进组一个月了都没沟通是真的离谱！"

"……我有跟她打过招呼。"

"哦，说什么啦？"

"就是'你好'。"

"……"

邹乾闻言，沉吟数秒，无波无澜道："好的，我懂了，我确信你这回依然会无功而返。不过没事，上回你只在后台偷看了人家一眼，现在是进组偷看了好几眼，也算有了一点进步吧。"

顿了顿，他又出言嘲笑："等你俩真加上微信的时候，麻烦让我孙女烧纸告诉我。"

时光桦平静道："你怎么能确定自己有孙子孙女呢？"

邹乾迷惑。

休息室内，楚月怡和工作人员们围着大桌开茶话会，虽然剧组的日常极为紧张，但偶尔也会有闲暇的下午，在庞大的夜戏之前，众人能忙里偷闲一番。

大家聊的无非是琐事，还有最近玩的游戏，以及热播影视剧中的角色。

"我要是女主角，绝对选男二，不是男主角不好，就是不'感冒'他……"

休息室内叽叽喳喳，时光桦进屋来拿东西，余光捕捉到人群中的楚月怡，他莫名心里一跳，也不敢停留太久，拿起一边的硬盘就要离开。

男副导看时光桦进来，热情地招呼："时老师坐下聊会儿吗？"

屋内的女生们正热议着剧集，男副导在一旁莫名落寞，希望有别的男同事可以留下，冲散休息室当前的氛围。

时光桦伸手婉拒："不……"

"月怡喜欢剧里的谁，你也喜欢男二吗？"

"不，我可能偏向男主角。"

女生面露诧异："唉，好意外，你不觉得男二很深情吗？"

楚月怡不好意思地解释："主要是因为我的性格吧，属于对方不

.248.

主动，基本就没有故事的类型，所以男二那类不太行……"

女生："啊，完全看不出来，我感觉你很好相处！"

楚月怡无奈地想，她们现在是同事，而且长期都一起待在剧组，自己当然会好相处。可人际关系需要维持，等工作结束后，众人各奔东西，状况又不一样了。

楚月怡有个习惯，她在工作上能包容旁人，但工作结束就一拍两散。有些人惦记着她曾经的好，后续还会频频跟她联络，那双方的友谊就可以延续下去，不然就有可能多年都不会再聊天。

她跟谁都能聊得挺好，但似乎离开谁也都可以。

时光桦原本要拒绝男副导的邀请，听到不远处飘来的话，他一瞬间就改变了主意，直接拉开椅子坐了下来。

男副导不料对方在刹那间变卦，满头雾水地挠了挠头。

好在剧组人都挺能瞎侃，休息室内的人越来越多，氛围愉快又热闹，即使时光桦坐在男副导身边一言不发，也不会显得破坏气氛。

屋内没有冷场过，就没人注意到他。

楚月怡跟女生们又开始聊游戏了，"女野王"立马成为话题中心人物。

"我也想学打野，你能教教我吗？我要好好学习、重新做人，不能再在峡谷里做混子！"

"可以啊。"

"那我们加个微信吧？改天还能组队打。"

楚月怡没有意见，开始依次跟剧组人加上微信。众人都是休息时才聚在此处，在此之前其实交流不多，现在加好友也正常。

时光桦眼看她开始逐一加微信，意识到契机近在咫尺，不禁微微挺直了后背。

男副导瞬间坐不住了，故意高声道："我也要加！别落下我！"

楚月怡吐槽："你不是有我微信嘛，筱筱姐都推给你了。"

楚月怡跟男副导妻子认识，相比其他人自然更熟稔。

"有又怎样？重在掺和！"男副导笑着打趣，听到门口有人喊自己，他又一秒切换到工作状态，"好嘞，来了来了！"

男副导离开了休息室，只剩其他人还在继续聊天。

楚月怡顺着座位添加微信，加完最后一个女生，扭头冷不丁扫到时光桦，略感错愕地愣住。

　　她犹记女生和时光桦中间原本还隔着一个空座，那是男副导离开前坐的位置，现在座位不翼而飞，只有两人间的距离还赫然显示空座曾经存在过。

　　楚月怡瞥见一边被挪开的椅子，有点不解，但也没有在此刻多话，而是老老实实地收起了手机。

　　时光桦眼看她收回手机，表面不动声色，内心却大感失落！

　　她为什么突然不加了？！

　　时光桦都将手机放在桌上了，就等她加完前一人到自己，然而她却莫名其妙地停下了。

　　前面也有人跟楚月怡没怎么聊过天，但她也出于礼貌地添加了微信，不过楚月怡感觉时光桦应该是公事公办的专业型人士，估计不喜欢交换联系方式，她尊重他的待人处世习惯，所以就没有主动打扰对方。

　　时光桦见她转身要走，条件反射地站起，顿时惊住了在场众人。

　　楚月怡同样没料到他会起身，诧异地停下脚步，只见他默默地拿起手机，忽然就递出一个添加好友的二维码。

　　楚月怡迷惑。

　　时光桦的视线别扭地落到一旁，说不出话。他此时根本没胆看楚月怡，身躯紧绷着，连带另一只手的指尖都微微颤抖。

　　楚月怡不知道他僵硬表情下的汹涌情绪，她严重怀疑对方是在给自己递台阶，可能也并不愿加她，就是想从众地应和。

　　她善解人意道："我们工作上应该没有交流，其实不加也可以。"

　　所以他不想加也没事。

　　众人目睹时光桦掏手机已经惊得合不拢嘴，再听楚月怡说的话更是强忍着没开口，实际上内心早发出阵阵尖叫！

　　女生们捂住嘴巴，她们疯狂地交换眼神，全都像看好戏般盯着此幕。

　　时光桦能起身拿出手机就已经是鼓足勇气了，他哪想到事情的发展居然如此坎坷，有一天他竟被自己的话挡了回来，他绞尽脑汁地组织措辞，最后却硬邦邦地挤出一句："我想学习。"

"学什么？"楚月怡迷惑地眨了眨眼，"你也想打野吗？"

时光桦连打野是什么都不知道，此时却闷声应道："嗯。"

这真是最为蹩脚的理由，不过楚月怡也没有深究，她好脾气地取出手机，大方道："可以，那我扫你吧。"

楚月怡没将他的话当真，没准他很快就会忘却此事。

两人加完微信，却发现其他人都在莫名偷笑，气氛一时间有些奇怪。

楚月怡找借口离开，拿着剧本前往化妆室。时光桦也没在休息室多停留，回到了自己的房间。

经历一个多月的蛰伏，时光桦望着微信列表里的"CYY"，强忍着没让自己嘴角上扬。

加到了！

时光桦平复完情绪，又给邹乾发消息，用陈述语气分享欢欣："没法让你孙女烧纸给你了，我已经加上微信了。"

邹乾望着消息，从中读出一丝骄傲感，颇感无语，这事没什么值得炫耀的吧？

他都有楚月怡微信好长时间了，时光桦这么骄傲，不知情者还以为加她微信能有多难呢。

时光桦很快就收到邹乾回复。

"恭喜你，终于跟我同一起跑线了，剩下进度烧纸告诉我。"

时光桦和楚月怡加上微信后，又有好长时间没说过话，别看剧组地方不算大，好歹有几百人，真想天天碰到确实难。

楚月怡是演员，每天都要在片场拍摄，收工后待在公共区域的时间也有限。

时光桦作为幕后人员，不可能打扰剧组进度，而想在休息时遇到楚月怡更加难上加难，更何况他有时见了都不敢搭话。

不过虽然双方无交流，但各类八卦不少。

自从楚月怡和时光桦在休息室加上微信后，剧组内总有工作人员议论此事，他们还煞有介事地向楚月怡保证："他肯定对你有意思。"

楚月怡暗道他有没有意思不一定，这帮胡思乱想的吃瓜群众挺有意思。

今日，同组的女演员又旧事重提，笃定道："他居然主动加你，这绝对很不一般。"

"我觉得一般。"楚月怡无奈地叹息，"加微信又不是什么大不了的事。"

"你可是演员，要分析人物，加微信对别的人来说没什么大不了，但放在特定的人物上面，那透露出的信息量就很多了！"女演员痛心疾首道，"月怡，你平时看着挺机灵，怎么突然就不开窍了？"

楚月怡坦白道："因为我不会自作多情。"

女演员说："这怎么叫自作多情？"

"为什么世上痴男怨女那么多，不就是因为自作多情吗？"楚月怡作为资深情感大师，侃侃而谈，"别人加你微信，别人给你发早晚安，别人一日三餐嘘寒问暖，别人说些似是而非、模棱两可的话，然后他们就被朦胧的感觉冲昏了头脑，但其实别人连喜欢都没说啊。"

所以她不会自作多情，不明确的东西就是不存在。

女演员原本是想要八卦一下，现在却只差痛哭流涕："呜呜呜，别骂了别骂了，这就是深受暧昧之苦的我啊，他到最后居然对我说没喜欢过，那他跟我浪费啥时间呢。"

楚月怡安抚道："好一位心酸的失恋人。"

时光桦一直躺在楚月怡的微信列表里安安静静，致使她逐渐将此事忘在了脑后。

然而，这部戏的拍摄时间着实够久，两人不可避免地再次相遇了。

片场内，导演望着乱七八糟的场景，头疼地揉了揉脑门，烦躁道："还是不行吗？"

美术制景头乱如麻，蹲在地上修补场景，无奈道："今天可能没法拍了，这鬼天气变化太快。"

"行了行了，不耽误了，通知剧组转场！不拍这场了！"

场内导演暴躁不已，像无头苍蝇般乱转。

拍影视说好听点是在搞艺术，但现场突发状况极多，真要混乱起来跟工地也没差别。

　　大家发现导演心情极差，全都唯唯诺诺不敢搭话，只有被放走的工作人员微松了口气，虽然后续还要补拍，但有些人今日能提前收工，也算是有了一个得以喘息的下午。

　　"月怡你稍等片刻，我去问问导演，转场完有没有你的戏。"

　　"好的，不着急。"

　　因为场景突然有变化，所以之前的通告单也没用了，需要导演及统筹重新现场商议。

　　楚月怡前往一旁的休息室等消息，却没想到屋内还有其他人，一时间有点意外。

　　时光桦戴着耳机，原本坐在桌边摆弄电脑，见她进来当场愣住。

　　两人面面相觑，相对无言。

　　楚月怡率先开口："抱歉，打扰到你了吗？我换个房间？"

　　"没……"时光桦忙不迭道，又继续补充，"不打扰，请进吧。"

　　楚月怡经过时看到了复杂的音轨页面，觉得时光桦应该是在专心致志地做正事，她不好跟他搭话，但现在也无事可做，只好时不时看一眼手机，等待着工作人员的消息。

　　时光桦用余光偷瞄她，发现她并不忙碌，他低声道："打游戏吗？"

　　很好，机会是留给有准备的人的。

　　时光桦开始庆幸自己提前做过功课，知道众人当初聊的游戏是什么了。

　　楚月怡一愣："啊，可以是可以，但你不是在忙工作吗？"

　　时光桦将内容保存，轻轻地合上电脑，解释道："没有，现在我也不好工作。"

　　楚月怡往屋里一坐，时光桦就心脏乱跳，整个人思绪都有些发飘，根本没法投入到创作之中。

　　楚月怡若有所思，果然自己还是打扰到他了。

　　她有点犹豫要不要出去，但看到时光桦都取出手机，她转念又打消了主意，顺水推舟地组队打起了游戏。

　　但两人的段位实在相差过大，没办法排位，只能娱乐地匹配。楚月怡思及时光桦曾说过想学打野，提议道："你平时玩什么，你要不要打野？"

　　时光桦只理解游戏机制，但还没实际操作过，内心其实有点虚，他闷声道："我补位。"

　　楚月怡纳闷，难道是隐藏大神，如此胸有成竹？

　　楚月怡怀疑时光桦是在拿小号跟自己玩，否则他如何能风轻云淡地说出补位，这不都是强者才做的事情吗？她没有继续推脱，随手选了一个擅长的英雄，开始了游戏。

　　没过多久，楚月怡就发现自己想多了，时光桦并不是什么隐藏大神，他的技术和段位完全匹配……

　　他用最专业的态度，打出了最菜的成绩！

　　好在他们匹配到的玩家还算善良，不然他可能会直接被举报。

　　时光桦显然也意识到自己的成绩极糟，他不安地移开了视线，无法直视同队的楚月怡，在一旁如坐针毡。

　　楚月怡好脾气道："不然我教你打野？"

　　时光桦："……不了，我先自己练练，下回有机会再玩吧。"

　　他倒是提前做过功课，无奈战绩实在拉垮。

　　楚月怡察觉到他的垂头丧气，哭笑不得道："为什么要自己练？而且我感觉你打游戏兴致也不高，怎么会想学打野？"

　　之前时光桦为了学打野不得不加自己微信，看起来好像很重视这游戏，他玩的时候却情绪不高，总觉得心思不在这上面。

　　不像邹乾那些人，他们喜欢玩游戏，在过程中还会咋咋呼呼，任谁都能瞧出乐在其中，可时光桦完全不属于此行列。

　　时光桦瞥了她一眼，垂眸道："因为想跟人交流。"

　　楚月怡："啊？"

　　时光桦抿抿唇，老实道："玩游戏的话，起码有话题。"

　　楚月怡面对时光桦一本正经的单纯神色，思及剧组内说他习惯拒人于千里之外，感受到莫大的反差，竟然忍不住扑哧地笑出了声。

　　见时光桦迷茫地望向自己，她连忙重整情绪，掩拳遮盖住笑意，和缓道："对不起，稍微有点好笑……"

　　他玩游戏居然是为了跟剧组里的人交流！

　　她简直要被他逗得当场笑死，这种事根本不用学游戏吧！

时光桦落寞道："好笑吗？"

楚月怡连忙安慰："不是，也不是好笑，就是觉得你不用玩游戏，其实也可以跟人交流。"

时光桦虚心求教："那该怎么交流？"

楚月怡差点被他认真的态度再次逗乐，但她又认为自己这样挺不厚道，总不能由于自身没有交际困难，就不把别人的难题当回事儿吧。

她耐心地教学："好多人其实也不玩游戏，你就大大方方地搭话就行，实在没话题可以送点吃的或饮料，这是最快拉近距离的办法，偶尔再帮别人点小忙，我感觉就足够了。"

楚月怡认为剧组是最好交朋友的地方，众人都聚集在一起，而且性格基本也都外向，在茶话会上分分零食，就能熟悉地互相搭话了。

她没想到时光桦会有不知如何交流的困扰，这还真跟他高冷的外表截然相反，剧组里的人都以为他是不屑跟人交流。

时光桦受教地点点头："原来如此，我记下了。"

楚月怡发现他还在手机上编辑备忘录，吐槽道："倒也不必当作金玉良言专程记下。"

她就只是随口提出了几点，他却颇为郑重地记录，总觉得莫名搞笑。

时光桦抬眼望着她，他犹记要帮些小忙，诚恳道："请问你有什么需要帮助的吗？"

楚月怡："……"现学现卖那么快？

楚月怡撞上时光桦清透的眼神，总觉得眼前的景象跟某乙女游戏重合了，类似于咖啡馆或甜品屋里的攻略角色突然破次元走出来，声音还格外悦耳动听。

他该不会以后在剧组里逢人就问吧？

楚月怡总感觉他的脑回路过于简单了，她无力道："暂时没有，十分感谢。"

时光桦露出遗憾神色，轻轻地叹息了一声。

自从"如何跟人交流"课程结束后，楚月怡和时光桦逐渐熟悉起来，相遇时能主动打招呼，偶尔也会随意地聊几句，还会谈及共同认识的人，例如邹乾等。

这是一种正常的熟人相处的氛围，但唯一微妙的地方就是，时光桦极度热衷于投喂她。

如果楚月怡早知他如此将自己的话放在心上，她绝不会用"送零食或饮料"来举例，因为他现在时不时就会给她送点吃的，最关键的是还挺美味。

楚月怡刚开始还犹豫要不要婉拒，但思及他"想要跟人交流"的愿望，又觉得此举略微伤人，不如收下后找机会还礼。

怀揣此等想法，她才接受了时光桦的投喂，然后惊觉，他送的实在太好吃了！

他不是音乐人，他简直是美食家！

时光桦今天送的一袋新鲜莲子，剥开薄皮后吃着清甜回甘，有种沁人心脾的美好滋味。楚月怡完全没吃过如此惊为天人的优秀品种，那几天兜里都揣着莲子，还不断地请求时光桦给自己发购买链接。

她总感觉时光桦是隐世的美食大师，都不知道是从哪里淘到这么多好吃的。

片场内，女演员同样观察到时光桦频频投喂的行径，她面无表情地问道："事已至此，你还说你俩没关系？"

楚月怡无奈道："说出来你可能不信，事情发展到这一步真是误会，要怪就怪我当时的举例不对。"

楚月怡在最近的日子里对时光桦有所了解，他的思维其实相当简单纯粹，外表看着居高临下有清冷感，其实内心细腻，渴望跟人交流，这从他当初正式求教的态度上就能看出来。

这大概就是反差萌吧。

女演员狐疑道："真的吗？我不信。"

楚月怡："真的，他就是想跟人交流才总送我吃的……"

女演员严谨地纠正："不，他是想跟你交流才送吃的！他没送过别人！"

楚月怡一蒙："……不可能吧？"

女演员："当然可能，我已经问过全组人，他绝对就只送给过你！"

楚月怡敏锐地捕捉到关键词，赶忙道："等等，你怎么就信誓旦

旦自己问过全组人了？而且这种事需要专门去问吗？"

朋友，这是不是有点闲？

女演员坚定地点头："需要，我们都热切期盼着后续。"

八卦吃瓜是枯燥搬砖的剧组人为数不多的乐趣了。

楚月怡："……"

楚月怡从群众处得知信息，一时心情微妙，没想到会这样，平时她都在专心拍戏，确实也不知道时光桦跟别人的相处情况，现在才总算意识到不太对劲了。

翌日，时光桦再次投喂，楚月怡便不好收下了，她思索着要如何不着痕迹地婉拒，没像平常般大方地接过。

时光桦见她难得犹豫，不禁有点迷茫，开口道："是辣炒花蛤。"

楚月怡瞬间找到借口，为难地笑道："啊，原来是这个，我以前总感觉里面有沙，就不太喜欢这个……"

楚月怡原本也挺喜欢吃炒花蛤，但无奈这边的餐馆不讲究，花蛤里总有小沙粒，她吃得就很难受。

"嗯，我知道。"时光桦听她提过，他眨了眨眼，"这个没有沙，我保证。"

楚月怡发觉思路简单型选手很难应付，她必须要将话说得直白，他才能够读懂其中内涵，于是她又犹豫起来，有些进退两难。

时光桦见状，打开盖子递过来，郑重承诺道："真的没有沙，你可以尝尝。"

楚月怡："……"这是关键吗？

楚月怡被他不按套路出牌的行为打败，只能硬着头皮夹起一枚，入嘴后果然只尝到鲜美的味道，完全没有任何沙粒及异味。她惊讶地瞪大眼："你在哪家店买的？"

时光桦看到她捧场的反应，内心也柔软起来。他轻声道："我自己炒的。"

楚月怡眼睛睁得更大，不可思议地看着他，要知道酒店确实配有厨房，但怎么会有人真的有闲心烹饪？

她现在慌得不行了。

楚月怡将花甲壳丢进垃圾桶，感觉大事不妙，强作镇定道："……

你怎么老送我吃的？"

时光桦迷惘地反问："这不是你教我的吗？"

楚月怡震惊，大哥，你能不能跟我同频道聊天啊？

时光桦被她瞪得不明所以，只得继续答道："而且你吃的时候很开心。"

楚月怡淡淡地接话："我会反思一下自己的嘴馋。"

"所以我也很开心。"

"……"

时光桦的语气很平和，却如砸进水里的石子，瞬间溅起层层涟漪。

楚月怡猝不及防地被他的话撩到，又见他满脸坦荡，她突然恼羞成怒："这叫什么话？！"

时光桦不懂她的变脸，试探道："实话？"

楚月怡质疑道："这话根本立不住脚，要是我吃什么都开心的话，难道你就一直接着做吗？"

"也可以？"时光桦应道，"如果你喜欢吃什么，我可以一直做给你吃。"

他不觉得"一直"是件很麻烦的事情，就像现在投喂她，他也乐在其中。

如果是其他人说这话，楚月怡只当是天花乱坠的说辞，但她现在面对的是长期送饭的时光桦，她确定对方能把这话当真，她下意识地否定："不可以！"

她有种奇怪的预感，再吃他东西的话，自己会付出代价。

时光桦第一次跟楚月怡发生分歧，他莫名生出勇气，低声道："为什么不可以？"

楚月怡也头一回暴露了真面目，她现在心脏疯狂乱跳，果断道："不可以就是不可以，你是蓝猫淘气三千问吗，怎么那么多问题？！"

时光桦："……"

时光桦不理解楚月怡为何会产生这么大的反应，他没有跟她争辩，只是见她放下筷子，疑惑道："你不吃了吗？"

楚月怡心道她哪还敢继续吃，她当时教他如何攻略人，谁知道他居然来攻略自己？

他的想法过于简单，致使她放松了警惕心，最终竟是在旁人提醒中才发现。

但她又不好过于失礼，只能婉拒道："你拿回去吃吧。"

时光桦："我不能吃这个。"

楚月怡一愣："为什么？"

时光桦坦白道："有可能过敏。"

双方近期闲聊过多，早没了最初的尴尬，楚月怡下意识地询问："你是海鲜过敏吗？"

她话音刚落，又感觉不对，问他这些似乎显得自己太上心，但这几个月的习惯又没法立马改。

"嗯。"时光桦没察觉到她的异状，应道，"我没有吃过花蛤，不确定是否过敏。"

时光桦神情坦荡，就像是随口一提。

楚月怡闻言只觉脑袋更昏，这居然还是专程做给自己的。

为什么他说这话不会别扭啊？！

两人经过友好协商，秉持拒绝浪费粮食的原则，楚月怡最终还是收下了这份辣炒花蛤。

休息室内，楚月怡捧着饭盒相当无措，正巧碰到剧组内的女演员，对方看清了她手里的饭盒，立刻开始起哄："哎哟，这是又送啦？"

楚月怡以前还会百般解释，现在却头皮发麻，问道："你要吃吗？"

女演员："不，我绝不会做这么没眼力见儿的事，你自己好好吃吧，组里没人敢吃的。"

楚月怡无奈地打开饭盒，她认为自己该食不知味，可惜时光桦厨艺很好，最后她竟然吃得津津有味。

她又想起他直白地说"你吃的时候很开心"，细想来那应该不是嘲讽，或许就只是陈述。

女演员发现楚月怡的神情微妙，她当即兴致勃勃地坐过来，八卦道："聊聊呗，在想啥？"

楚月怡察觉到同事看热闹的态度，淡淡道："反思自己的嘴馋。"

"你怎么想的是这个？"女演员大失所望，接着笑道，"不过你现在才发现，真是够迟钝的，时光桦平常是多难相处一人啊。"

楚月怡迟疑地发声："还好吧？"

"哪里还好啦？没听录音导演点评他跩得跟二五八万似的嘛。"

"……他很跩吗？"

"啧啧，情人眼里出西施，也就你觉得不跩吧。"

"……"

楚月怡瞬间不敢再接话，但她确实没觉得时光桦有多跩，反正刚开始接触她就认为他看起来不太聪明的样子。

正因如此，她才会许久都没发现异状，一是她不喜欢自作多情，二是他明显就不太聪明，谁会往那方面想？

他俩数月间就是聊天及分享食物，连越界的话都没有说过，估计最暧昧的部分就是剧组人八卦！

她要不是知道他海鲜过敏还做花蛤，甚至可以继续将对方当成互换零食的好朋友！

女演员见楚月怡满脸纠结，安抚道："不过你要是真对他没意思，直接拒绝也可以啦。"

楚月怡无力道："朋友，我也要有拒绝的机会啊，这还什么都没有呢。"

只有告白了才能拒绝，她目前最多也是拒绝投喂，还能拒绝什么？

楚月怡一度怀疑是她仍在自作多情，没准剧组的人也都在胡扯，时光桦单纯就是人好。不然，就是时光桦段位过高，其实他是推拉强者，但他脑袋瓜似乎没有如此灵光啊？

她坚信没有自己看不透的人，当然她也不能过分托大，还是要有些警惕心，绝不会轻易地入套。

之后，时光桦仍会时不时地送吃的，楚月怡有时候会婉拒，推托不过就会收下，因为亲手做的不能存放，尤其他还不能吃海鲜，只能由她将这份料理消化。

久而久之，时光桦总结出了经验，他认为她只喜欢吃海鲜，就开始光送这类食物。

楚月怡同样发现了他的变化，好家伙，这是把她当游戏攻略对象，送礼刷好感度呢？

这样的日子一长，楚月怡深感不对，硬着头皮道："你为什么还

要送呢？"

时光桦试探道："你是不喜欢吃这个了吗？"

楚月怡："不是，我就是想跟你说，即使你坚持送，可能也得不到你想要的结果……"

她觉得自己的话应该够明白了，主要他还什么都没说。

时光桦迷茫道："我想要的结果？我想要什么结果？"

"……"他是真不懂还是装不懂？

楚月怡："那你送这些是图什么？"

时光桦总觉得她之前问过类似问题，他眨了眨眼，诚实道："我觉得很开心。"

这是他的心里话，他就是觉得很开心，反正她喜欢自己烹饪的食物，他就有感同身受的欢欣，即使是他没办法吃的海鲜。

时光桦并不是目的性很强的人，他有点凭着感觉走，刚开始觉得看她一眼就开心，后来感觉跟她交流也开心，再接着是给她做吃的更开心。

他还没想过结果，只是觉得光是在此刻就满足了。

楚月怡被时光桦的答案搞蒙了。

她如今的感受就像第一次跟他玩游戏时一样，原以为他是胸有成竹的野王，一开局却发现他只能选瑶瑶公主。

他的长相跟段位完全不相符。

楚月怡吐槽："你是不是还喜欢喂养小动物？"

时光桦："那倒没有。"

楚月怡很想说，他这种心态极容易沦为备胎，但他的长相似乎又跟这种词汇搭不上边，最后只能默默地将话咽回去。

就这样吧，她心累了。

她搞不明白时光桦的想法，决定先将这个问题放置在一边。

一来二去，时光飞转，两人闲暇时依然会在剧组交流，依然会被周围人八卦起哄，也依然没有什么突破性的暧昧进展。

如果抛却部分特别优待，楚月怡会认为时光桦就是想跟自己做好朋友，偶尔做些消遣时间的无聊事，例如在休息时盯着蚂蚁搬家等……

这像是成年男女的暧昧互动吗？

楚月怡每回听到剧组人打趣，心里都阵阵无语，总觉得现实跟他们嘴里说得截然不符。

　　时间过得很快，再长的戏总会拍完。
　　剧组迎来杀青，众人齐聚一堂。
　　杀青宴上，楚月怡碰到那位录音导演，对方果然极不喜欢时光桦，莫名其妙就开始细数其罪证，明里暗里说他高高在上、我行我素。
　　时光桦和录音导演的工作交集不多，都不知道两人为何能结仇，还在大庭广众下被提及。
　　时光桦一向不参与此类聚会，当然不存在当面驳斥的机会，否则录音导演也不会有恃无恐。
　　其他人劝道："好啦好啦，多大点事儿，他性格就那样。"
　　楚月怡明知自己此刻不该接话，但听到时光桦被单方面抹黑，她突如其来地感到有点不爽，笑道："其实他也没那么傲慢吧？"
　　录音导演没想到她会反驳，一时间错愕地愣住，好半天没说出话来。
　　其他人听闻此话，没像录音导演般沉默，反而当场爆发哄笑："哎哟，老杨啊老杨，你是摊上大事儿啦，没料到人家有人罩吧！"
　　"急了急了，还跟我们天天否认呢，还说什么关系都没有呢。"
　　如果换作是平时，楚月怡肯定又要解释，但她面对讪讪的录音导演，总觉得如果此时跟时光桦一刀切，又会将他置于孤立无援的境地。
　　她若是继续听到别人对他的诋毁，估计心里会越发不舒服。
　　楚月怡轻笑道："可能吧。"
　　在场人发出更亢奋的叫声，他们恨不得要敲锣打鼓，也不知缘何欢乐至此。
　　录音导演在此等环境中无所适从，直至杀青宴结束，他都没再说过话。
　　夜色里，楚月怡从吵闹的宴席中出来，她顺着小路往酒店走，恰巧碰到缺席的某人。
　　那人在外面独自享受清静，他的身影在月色下挺拔不已，远远望去格外醒目。

楚月怡挑眉："你倒是悠闲。"

时光桦扭头看见她，询问道："杀青宴结束了？"

楚月怡点头："嗯，你怎么没参加，还待在这里？"

时光桦沉吟数秒，他瞥了她一眼，又低声道："不想告别。"

他感觉剧组的生活好快，明明有将近半年，竟然一眨眼就过去了。

他们说不定再碰到的机会也不多了，所以他不太想立刻告别。

楚月怡嘲道："你还不想告别呢，知不知道自己被别人说成什么样了？"

时光桦："谁说我了？"

楚月怡："录音导演说你高高在上。"

时光桦："哦，那可能是他水平过低，所以才会觉得我高吧。"

楚月怡不可思议地望着他："原来是我刚刚的话说满了。"

时光桦满脸好奇："你刚刚说什么？"

楚月怡眉头直跳："我说你没那么傲慢，但现在听来你确实傲慢。"

楚月怡认为自己被光速打脸，她真没见过他如此锋利的模样，搞半天他还会跟别人这么说话？

时光桦闻言心中微动，他强忍着胸腔内翻涌的愉悦，嘴角微翘道："你替我说话了？"

楚月怡望着时光桦微赧的雀跃模样，又思及他刚刚评价别人的淡漠语气，吐槽道："你怎么还有两副面孔？！"

还以为组里对他的传闻都是谣言，原来是她没有看到他的真实面。

楚月怡的确没见过时光桦跟别人交流，他总是在她独自休息时搭话，基本不在众目睽睽之下找她。

两人的闲聊偶尔会被剧组人撞到，其他人从最初的惊讶到后期的起哄，却都没试图参与过楚月怡和时光桦的话题。

所以她没有参照对象，就总觉得他跟谁聊天都有点呆，现在自然感受到一丝错愕。

时光桦见她瞪大眼，疑惑道："什么两副面孔？"

"就是你平时说话……"楚月怡迟疑道，"好像不是这风格？"

时光桦："有吗？"

时光桦现在语气和缓，又恢复成往常的憨憨，他不明所以地盯着她，似乎刚才透出的冷漠都是幻觉。

楚月怡狐疑地上下扫视时光桦，冷不丁提议道："你能不能摆出高冷态度？"

时光桦不解。

楚月怡感觉自己对他的认知还不够完善，试探道："我们现在做一个游戏吧，你来扮演冷漠寡言的人，来一段即兴表演？"

她以前认为是别人在妖魔化时光桦，现在却怀疑是自己遗漏了部分信息。

时光桦为难道："我不会演戏。"

楚月怡："游戏啊，不用很专业。"

时光桦摇头，没有答应。

他不理解她为何有这种要求，这对他来说倒不难，无非就是用对待陌生人的态度面对她。

他一直以来都不觉得自身性格有任何问题，就像她曾说自己没必要跟别人一样，他就是这么确信的。但其他人可能并不认同，他们总认定他态度不好，而他有时都不知道不好在哪儿。

当然，他并不在意别人的看法，只是他不想冒这个风险，他担心她会觉得"不好"，索性就不要进行表演。

楚月怡难得被他拒绝，奇怪道："为什么，你这么讨厌表演吗？"

时光桦："不是，我不想给你留下不好的印象。"

楚月怡闻言，一瞬间慌得不行，他为什么要担心会留下不好的印象？

楚月怡："不、不是，这种话就这么直接说吗？"

时光桦不解地反问："但我总不能对你撒谎啊？"

"……"

楚月怡现在脑袋嗡嗡作响。她的优势是精细布局，类似运筹帷幄的棋手，然而时光桦完全是直球型选手，上来就把棋盘给砸了，让她不好应付。

她在心里疯狂暗示自己别多想，自然而然地跳转话题："你的票订好了吗？"

时光桦思及离别，顿时失落起来，低声道："还没有……"

.264.

楚月怡面露诧异："你在剧组还有工作？"

"没。"

楚月怡更感古怪："那怎么不订票，你从剧组出去要回哪儿？"

"工作室在首都。"

"我也回首都，这两天的票都挺合适，不然把我经纪人列的航班发你看看。"

"……好。"

时光桦原本还在黯然神伤，但听说能跟楚月怡订上同航班，他又立马打起了精神来。

剧组里有车将工作人员送往机场，没多久他们就要各奔东西。

机场内，楚月怡跟时光桦挥别剧组的其他人，并肩前往共同的登机口。

楚月怡总感觉哪里不太对，李柚当初发来了不少航班信息，她的本意是时光桦可以挑一个合适他的，但他怎么偏偏就跟她同航班了呢？

时光桦一路倒没跟她频频搭话，他井然有序地办理登机手续，还帮她将各类箱子办理托运，倒是相当沉稳靠谱。

简而言之，楚月怡没必要动脑子，基本跟着他走就可以了。

楚月怡作为戏红人不红的女演员，还有一大优势就是在机场很自由，虽然偶尔会有人认出她来，但他们只会新奇地打声招呼，并不会有多狂热的情绪。

剧组拍摄的半年间，楚月怡参演的一部主旋律电影上映，按理说此类题材一般水花不大，但这部电影却莫名其妙口碑极佳，在一众电影中杀出重围。

电影主演们都不是知名明星，更多的是演技派老前辈，楚月怡在剧组里年纪最小，饰演的是一位爱国女歌手。

现在，楚月怡在机场里被人认出，路人呼喊的也是剧中歌手的名字，并非她的本名。

休息室内，时光桦回想一路上别人对楚月怡的称呼，若有所思道："我都还没来得及看。"

这部主旋律电影才刚刚上映，他们在剧组里没空观影。

楚月怡不好意思道："不用特意去看啦。"

楚月怡只当时光桦在客套，想要支持她的电影作品。

时光桦："但别的我都看了。"

楚月怡一愣，她刚想追问一番，电话却突然响起，她抱歉地应道："稍等，我接下电话……"

时光桦毫不介意地点点头。

"喂，柚柚姐，我在机场。"楚月怡迷惘道，"有什么急事吗？"

"你有看我给你发的节目吗，感觉怎么样？"

楚月怡思及昨晚看到的企划，她头皮发麻地回道："柚柚姐，我看了，但你确定吗？我根本没资格做评审，我真的对音乐一窍不通。"

"《梦之华音》邀请的不是评审，是华音助力员，和你在《兴华风云》里的角色设定恰好相符，录制主流电视台节目也很合适你……"

楚月怡无奈地提醒："但我只是演了女歌手，并不代表我真是歌手啊。"

她有时都不知道要如何纠正观众的想法，她仅仅是演好了一个女歌手，其实本人没有任何音乐细胞。

经纪人李柚的想法也没问题，楚月怡是依靠主旋律电影出头的，加上为人处世都挺端正，没有任何劣迹污点，继续跟主流接触，同样不失为一种发展路线。

《梦之华音》节目的立意相当正能量，是为了帮扶心怀梦想的歌手及音乐人，弘扬及传播优秀的华夏之音，还带有一定公益性质，一看就是主流电视台的节目。

这类节目的嘉宾不乏高人气明星，但节目组筛选时也很谨慎，倘若不是楚月怡饰演过的角色及履历过于合适，恐怕还轮不到她，跟主流接轨不一定火，但一定能走得比较远。

楚月怡挂断电话，轻轻地叹息了一声。

时光桦关切道："怎么了？"

楚月怡："经纪人想安排我上一档节目做评审……哦不，安排做华音助力员，但我根本听不懂音乐。"

她总不能全程为选手们加油鼓掌，但一点有用的话都说不出来吧？

时光桦："是让你录《梦之华音》吗？"

楚月怡一愣："你怎么知道，刚刚听见了吗？"

"不，邹乾跟我说他要去《梦之华音》做助力员。"时光桦停顿数秒，他抿了抿唇，小声补充道，"而且我也会参加。"

楚月怡好奇道："做选手吗？"

时光桦摇头："不是，是音乐总监。"

楚月怡惭愧地低头："……对不起，是我有眼不识泰山。"

楚月怡当真对时光桦的工作一无所知，她就知道他制作音乐很厉害，但具体多厉害没有准确概念，就像一个完全不打游戏的人甚至不知道钻石和铂金哪个段位高。

剧组里有人曾介绍时光桦是顶级音乐人，但楚月怡也不明白顶级在何处，反正但凡是音乐人都比她水平高。

时光桦没想到双方还能继续合作，他按捺住心底的激动之情，强忍着没透露分毫，试探道："你要参加吗？"

"我还没有想好，主要我的水平不够。"楚月怡思及他的职业，虚心求教道，"你觉得演员能做助力员吗？邹乾好歹还会唱歌，而我连晚会都没上过。"

时光桦耐心道："你现在的音乐水准是什么样的？"

楚月怡坦白："听歌只能给出'好听'和'一般般'的评价。"

时光桦果断地点头："够了。"

楚月怡难以置信地看向他："你确定吗？虽然是助力员，但应该也有点评环节吧？"

时光桦再次确认："够了，助力员就是助力员，音乐部分会有专业人士去负责。"

时光桦信誓旦旦，成功说服楚月怡，让她接下了节目。

她也不懂音乐节目的流程，远没有他经验丰富，自然他说什么她就信什么。

楚月怡感慨："这还真是凑巧啊，我都不知道你接下来的工作是这个，而且居然还能碰到邹乾。"

时光桦一直都是音乐人，她才是冷不丁冒出来的外行，这样还能继续合作，确实堪称有缘。

时光桦："嗯。"

两人在飞机上又聊了聊音乐节目，楚月怡发现时光桦提及专业头头是道，这又是她不知道的另一面，尽管他们在剧组时常碰面，但都没有聊过工作上的事，她心中不由得涌出打工人式敬佩。

回京后，时光桦跟楚月怡告别，回到文创园内的公司。

时光桦刚刚进到工作室，就找到小程，开口道："我去《梦之华音》。"

小程："啊？你不休息一下吗？虽然节目组有提过你，但你要是感觉累的话，不去也行。"

公司里也还有其他音乐人，每年参与制作的节目及专辑都不少，并不是每一项工作都要时光桦自己上。

时光桦坚持道："我要去。"

小程："……你什么时候那么有事业心了？"

时光桦并没有功成名就的野心，或者说他的功利心不够强，所以制作水平才能一直维持在线。

小程看他突然热切于工作，此刻自然感到满头雾水。

经纪人李柚跟《梦之华音》敲定好合同细节，连带节目组也出言安抚楚月怡，表明不会把华音助力员的点评压力放在她身上，还会有另外两位助力员刘妍及邹乾来助阵。

刘妍是五十多岁的歌坛老前辈，比较严肃毒舌，邹乾是二十多岁的当红唱跳歌手，对音乐也认真，他俩的业务能力就足够覆盖评价环节。

而楚月怡一开始就被编导们定位为气氛咖，她只要满脸笑容地鼓掌打气，说一些哄哄选手们的话，活跃一下场内氛围就行。

楚月怡听完自己的任务，道理她其实都懂，但夸也要会夸啊。

她总不能对谁都说好听，这未免也有点太不走心了！

节目组可能听说过楚月怡高情商的传闻，但说到底她所谓的待人高情商，无非是因为了解对方，可她不了解音乐，就听不出差别来。

后台里，录制就快要开始了，楚月怡在原地惘惘地打转，倒碰到

了检查乐队的时光桦。

首期录制相当忙乱，两人之前一直没能说上话，时光桦发现了她的不安，询问道："你在做什么？"

楚月怡麻木道："思考自己为什么来录音乐节目。"

她想到之前时光桦的连番规劝，不由得静静地盯着罪魁祸首。

时光桦被她瞪得发虚，低声道："……我记得他们说你不用点评。"

楚月怡嘀咕："他们说我只要夸人就好，但我怎么知道如何夸？而且我也不知道哪个更该夸。"

时光桦认真地思考了一番，提议道："我待会儿在你位置处压张纸条。"

楚月怡满脸迷茫："什么纸条？"

"光桦，来一下，你看看这边！"团队的人在不远处呼喊时光桦。

楚月怡见他事务繁忙，好声好气道："你先过去吧。"

时光桦不好逗留，他步履匆匆地离开，只言简意赅道："你看那个就行。"

时光桦作为音乐总监，工作量并不低，既要负责各个选手的音乐编排，又要负责现场乐队及设备的调动，从彩排到录制，可谓全方位参与。

没过多久，正式录制开始，楚月怡在 VCR（录像带）介绍中微笑着登场，她跟华音助力员刘妍、邹乾依次打过招呼，便作为第三位华音助力员落座。

楚月怡仍记着时光桦的话，她不着痕迹地挪开桌上的摆设，果然在下方发现一张薄薄的纸片，上面还有工整的手写字体。

楚月怡强压惊讶地左右望望，她没有看到时光桦的身影，而刘妍和邹乾显然都没有纸片。

邹乾坐在楚月怡身边，察觉到她的异状，只当她还在紧张，他宽慰道："没事，录音乐节目不难，就跟你演戏差不多！"

邹乾在剧组里接受过楚月怡指点，琢磨待会儿要不要在节目上帮帮她。

首位参赛选手在灯光下亮相，展现出水平不低的歌唱实力。

一曲结束，刘妍和邹乾都给予专业点评，终归轮到真正的门外汉楚月怡。

邹乾偷偷地瞟了楚月怡一眼，打算等她不方便时解围。

没想到楚月怡此刻却毫不紧张，笑意盈盈地夸赞："你的歌声真的很好听，尾音的处理特别棒，而且气息控制稳定，如果出气快没节制，声音就容易干瘪，但你的声音特别饱满……"

台上男选手面对她真挚的夸奖，连忙激动而不知所措地躬身："谢谢，真的谢谢……"

邹乾不可思议地望着楚月怡，她居然是隐世的高手？

节目组原本计划让楚月怡做吉祥物，谁想她口中夸奖选手的语句侃侃而来，这可真是意料之外的事情。

他们在底下皆头脑发蒙，小心翼翼道："我怎么感觉她比邹乾还懂音乐？"

时光桦经历过选手彩排，他非常清楚每个人的优势，直接给楚月怡手写了一张纸条，大致将重点罗列出来。

时光桦写得简明扼要，楚月怡只需增加修饰词汇，更显繁花似锦。

楚月怡凭借时光桦的小抄，一连成功混过了好几位选手，只有一位选手被时光桦定义为"真的哪方面都不行"，她才给出万能的夸人手法，赞美该选手无价的音乐精神。

歌坛前辈刘妍向来毒舌，此时都感慨道："月怡还挺有音乐想法的，虽然都是在夸人，但夸在了点子上。"

邹乾坐在两人正中间，整个人晕头转向，一度怀疑起自己的音乐水准，为什么连纯演员的楚月怡都比他强？他都没被前辈表扬……难道真是他过于懈怠了？

不可能吧。

他觉得自己在歌手里不算差啊。

录制过半，邹乾终于在休息时间发现了内幕，他瞄到楚月怡桌上的纸条，顿时气得坐不住了："黑幕，这简直是黑幕，怎么她就能有小纸条？"

编导："没有啊，我们都没给各位老师写稿。"

楚月怡平静地扯回纸条，无波无澜道："听到没？导演没写稿。"

邹乾早就认出了字迹，哪能不知真相。他心里既好气又好笑："时总监，时总监，你怎么厚此薄彼，还带这样玩呢！"

楚月怡听到邹乾喊时光桦，这才心虚地挪开视线，还真是骗不过邹乾。

刘妍在旁看戏："嗨呀，年轻人真热闹。"

这倒不是非要较真什么，邹乾就是单纯看不过自己被忽略，他跟时光桦明明认识多年，对方却帮同节目组另一人"作弊"，还完全没有告诉可怜的自己。

众人都好奇时总监要如何回答，一时间都兴致勃勃地盯着此幕。

邹乾兴师问罪道："为什么她能被你优待？你作为音乐总监，不该一视同仁吗？"

楚月怡瞪了邹乾一眼，心想他可真能掺和。

时光桦被邹乾喊来，神情镇定自若，没有丝毫愧疚，他淡然而简短道："她充值了。"

邹乾面对理直气壮的双标某人："……"

好家伙，录节目还能有充值服务呢？

他依然在愤愤不平："黑幕！黑幕！"

刘妍笑呵呵地劝道："哎呀，演艺界就是讲关系的地方。"

邹乾狐疑道："他俩能有什么关系？"

楚月怡友善地警告："你是不是……"话有点多。

刘妍是歌坛前辈，她看向邹乾，干脆地补刀："他俩什么关系我不知道，但你明显跟他俩没什么关系。"

邹乾被当场扎心。

片刻后，他开始顾影自怜，佯装悲戚道："只有我，既没钱也没关系，仅仅只能依靠自己的音乐实力，却还比不过充值玩家。"

时光桦面露迟疑："……音乐实力？"

邹乾："……"

曾经的海外挚友组莫名其妙地掐起来，或者说是邹乾在单方面地叽叽喳喳，让旁观的楚月怡颇感新奇。

她好像逐渐理解剧组人说过的话了，时光桦平时的语气不能说特别冷漠，但感觉确实没有对着自己时那么友善。

在接下来录制《梦之华音》期间，楚月怡越发感受到了这一点。

时光桦工作时话不多，除了节目流程上的事，他基本不跟人闲聊。或者更为准确地说，他就只跟楚月怡闲谈，连面对邹乾时都是以倾听为主。

难怪当初剧组的人天天看热闹，一如现在节目组里的人。

某日，楚月怡望着不远处聚集的工作人员，还开口向时光桦提议："不去跟其他人聊会儿吗？"

时光桦摇头。

楚月怡："但你为什么经常找我聊天？"

时光桦："开心。"

"……"

很好，这又让她接不下去了。

录制期间，楚月怡和邹乾、刘妍同为华音助力员，他们时常在收工后一起用餐，跟节目组里的其他人聊一聊选手及后续。

餐厅包间内，一屋人围坐在桌前，面前各放了一个热气腾腾的小铜锅，转桌上放着羊肉、鱼片等新鲜食材，众人聚在一起涮火锅，氛围相当融洽，不时爆发出笑声。

刘妍在台上点评毒舌，台下也是爽利性格。她跟邹乾都懂音乐，一直在畅聊选手们新一轮的表现，连带还询问楚月怡一句："月怡觉得呢？"

楚月怡并非内行人，这时倒没有不懂装懂，她遗憾地笑笑，坦诚道："我不太懂。"

她本质上还是一个门外汉，不好瞎说不擅长的事。

刘妍思及对方是演员，也就没有再追问，她又瞥见一旁的某人，随口道："时光桦，你觉得呢？"

邹乾："哎哟，他对歌手要求可高了，您是不知道他平时损我有多厉害。"

时光桦面对前辈搭话，平和而谦逊道："我不太懂。"

邹乾迷惑。

这话跟楚月怡刚才答得一模一样，让她都不禁疑惑地扭头望向他。

邹乾盯着好友，深感陌生，难以置信道："你现在装什么不懂，平时不是点评挺犀利吗？"

以前说他音乐不行的人，难道不就是时光桦吗？

时光桦："就是不懂。"

刘妍大笑："这是怕人家说不懂落单，还非要跟她搭个伴儿啊！"

刘妍是直肠子性格，一向口无遮拦，直接点破了真相。

桌上的人都在聊选手及音乐，楚月怡却说自己不懂，便显得有些格格不入。

她确实不在意，有人却会在意。

时光桦不言。

楚月怡被歌坛前辈提醒，瞬间神情微僵，忙不迭圆场道："哈哈，时总监开个玩笑而已。"

刘妍继续戳破："他还能有幽默细胞？反正我是不信。"

楚月怡："……"她忽然想起刘妍前辈年轻时跟人骂战的经历了，这样的处事风格确实又辣又直。

邹乾知道时光桦的心事，在节目组看好友跟楚月怡互动，那都是揣着明白装糊涂，偶尔被腻味得心烦，还要躲着两人走。

刘妍则不同，她本就心直口快，早捕捉到两人日常的相处点滴，一时间兴致勃勃地八卦："你俩小年轻谈恋爱呢？"

楚月怡被前辈说得一秒破防，赶紧干笑地摆手："没有，真没有，您误会了！"

"哦，那就是还没追到。"刘妍大大咧咧道，"你们什么时候认识的，应该之前就认识了吧？"

楚月怡额头冒汗，一时间慌得不行。她发现自己特别不擅长应付直球选手，尤其当她还要遭遇连续莽进式提问。

不过时光桦还算镇定，他答道："正式点是去年六月认识的。"

刘妍一琢磨："啊，那岂不是有大半年了，再录完这节目就快一年了！你们可真够磨叽的，怎么还成不了呢？换我年轻时都够谈两回了！"

楚月怡："您真的误会……"

她想解释自己跟时光桦没有暧昧，但她也不理解双方的频繁互动到底是什么意思，主要她还摸不透时光桦的想法，他的脑回路跟常人不一样。

邹乾斜了时光桦一眼，幸灾乐祸道："能力不行呗，磨叽到现在。"

刘妍皱眉："时光桦啊，别怪我说话直，你这种八竿子打不出一个闷屁的性子就是烦，虽然你天天找人家聊天，但好半天都聊不到重点，难怪人家觉得啥也没有，一晃眼就要过去一年了……"

时光桦若有所思，他的交流手段本就取经于楚月怡，现在又虚心向刘妍请教道："那应该怎么做呢？"

楚月怡面红耳赤地瞪着他，小声道："你瞎应什么声？"他平时话不是挺少吗，现在怎么还跟着问起来了？

刘妍的语气明显咬定双方关系不一般，时光桦这时应声就跟直接承认无异了！

时光桦面对炸毛边缘的楚月怡，不解地眨眨眼，不知自己为啥触怒她。

刘妍不耐烦道："这还要人教吗？你稍微有点眼力见儿，吃饭时给人端茶送水，平日里主动点给人报备，没事送花约吃饭看电影，表达起来简单直白一点，不然谁知道你心里在想啥，都猜不明白的！"

时光桦认真地记下来，又道："但她要是不喜欢这些呢？"

刘妍干脆道："那她就会直接拒绝，你到时候再看着换！"

时光桦思及楚月怡收吃的，也是有的收有的不收，想来刘妍的说法没错。他了然地点头："原来如此。"

两位直球选手交流顺畅，很快就完成经验传授。

楚月怡："……"原来如此个屁啊！

时光桦察觉楚月怡紧绷神情下的慌乱，不动声色地看了她一眼，忽然提起桌上装有茉莉茶的茶壶，不紧不慢地给她杯里续水。

楚月怡强作镇定地喝茶，以此掩盖自己的局促。

时光桦一边看她喝茶，一边开口道："我明天在工作室写歌。"

楚月怡迷茫地回望："所以呢？"

时光桦现学现卖，答道："报备。"

刘妍赞美："真不错，这表达就清晰多了！"

"……"

楚月怡晕了，彻头彻尾地被搞晕了，直至一顿饭吃完整个人都还

.274.

轻飘飘的。

她一直以来都在用"不明确的东西就不存在"说服自己，谁知道时光桦跟歌坛前辈学习完，瞬间就进阶为直球系路线，杀得她措手不及。

楚月怡认为时光桦没说过越界的话，那肯定就是什么都没有。

但时光桦没有暧昧之举的原因很简单，他不知道该如何推进关系，现在被批评磨叽和表达不明确，他这才吸取外界建议，反思起自己的过往言行。

众人在屋内吃着小火锅，致使温热雾气蔓延。

楚月怡感觉自己整个人都已经烧了起来，坐在包间里简直喘不过气，她不好意思地打了一声招呼，决定偷跑到外面透透气，她真的不好意思继续坐下去了。

时光桦见状，同样放下筷子，担忧地起身跟着。

刘妍目送两人离去，感慨道："磨叽确实挺磨叽，但还有眼力见儿！"

邹乾吐槽："那是您不知道他之前浪费了多长时间。"

时光桦绝对是无进度之王，在真正进剧组前，他还徘徊纠结了好几回。

刘妍："浪费时间也不是坏事，真能为谁浪费一辈子，那也算是一个牛人了。"

餐厅门口，四下无人。

楚月怡沐浴在月色中，端详着夜色里的花园，她深吸一口气，总算是活了过来，驱散了些许待在包间里的燥热。

时光桦静静地走过来，站在她身边，关切道："你不舒服吗？"

现在没有其他人，楚月怡就原形毕露了，她不满地瞥着他，批评道："反思一下你自己。"

时光桦一愣："反思什么？"

楚月怡扬起下巴："反思你总是不能正确理解别人意思，刘妍老师教你的那套不是用来随便跟人增进交流的，你当时到底在应什么声啊。"

时光桦平静道：“嗯，我知道，那不是用来随便跟人增进交流的，只是用来跟你增进交流的。”

楚月怡一秒收声，她眸光微颤，错愕地望着他，当场惊在原地。

时光桦面色淡定，好脾气地解释：“我觉得我正确理解她的意思了。”

他深色的眼眸宛如黑宝石，不紧不慢的话语随风飘来，轻缓却震撼人心。

楚月怡蒙了。

她总觉得自己的心脏都要从胸腔里蹦出来，此刻连大气都不敢出，只留下鼓点般的心跳声。

楚月怡原以为是他误会了，谁想到是自己误会了！

她难以置信地盯着他，明明往日巧言善辩，如今却结巴起来：“但、但你当时说是由于开心才……”

她以前搞不懂时光桦，是因为他的目的性不强，包括他曾经还在疑惑“想要什么结果”，所以她确信自己不该自作多情，只觉得时光桦是外冷内热。

直到这次录制节目，她才发现不对劲，他似乎也不是对谁都这样。

“因为喜欢跟你待在一起，所以很开心……”时光桦思及表达要简单直白，后半段话就戛然而止。

他将视线投向一边，睫毛不安地颤动，连带耳根都泛起粉意，声音几不可闻：“或者说喜欢你，所以很开心。”

他不知道楚月怡是否如刘妍所说，根本猜不到自己的想法，索性鼓起勇气说了出来。

楚月怡被此话震得脑袋瓜嗡嗡作响，只觉得浑身血液都在沸腾上涌。

说完，时光桦显然也不好意思了，他好半天不敢看她，眼底都是颤动的碎光。

他偷偷地瞟了楚月怡一眼，又抿了抿唇，小声道：“你愿意出来看电影吗？”

楚月怡面对他微耷低头的状态，试图压抑自己如潮水般起伏的情绪：“你这样太狡猾了——”

时光桦疑惑地望着她。

楚月怡："你、你这么搞，我怎么拒绝？"

她当初居然误解了他"开心"的含义，一直在接受他的付出，现在瞬间就变得被动起来，她总不能一口就回绝吧？

"你不必用回报的心态答应。"时光桦垂眸道，"我做任何事，是由于开心，你也用开心与否来决定就行，就像不想吃的就不吃一样。"

时光桦不想自己付出一分，她就客气地回一分，那事情就变得没有意义。

他当时说的话也不算作假，重点不是达成的结果，而是心生欢欣的过程。

楚月怡陷入静默，她现在脑袋很混乱，暂时理不清头绪。

如果按照时光桦的逻辑，跟他相处，她确实没有不开心的时候，两人都能津津有味地聚头看蚂蚁搬家，从某种意义上看他们简直是过于开心。

但这么简单判断就行了吗？

她控制不住地想要去想很多因素，总认为还有许多事都得反复掂酌。

片刻后，楚月怡询问道："就是看电影吗？"

时光桦："对，你喜欢看电影吗？"

楚月怡沉吟数秒，诚实道："喜欢。"

周末，楚月怡站在电影院门口，开始反思自身，那天她怎么就会被时光桦说服，莫名其妙地答应跟他一起看电影呢？！

看电影确实会让她很开心，但她好像也不必非得跟他一起看。

他将她套进了"用开心与否来决定"的思维模式，然后用他丰富的经验打败了自己！

最糟糕的是，楚月怡这会儿还认真挑选了服装，提前了好久抵达电影院，然后一直在自我反省，为何她潜意识里如此重视此事。

难道是因为她总跟时光桦接触，近墨者黑，也被传染成了憨憨？

楚月怡原以为自己要等很久，但没想到时光桦也提前过来了，她不禁诧异道："你来得好早啊。"

时光桦不料她已经提前抵达，一瞬间怀疑自己是不是又搞砸了，他低声道："但你也……"

时光桦已经是提前了半小时过来，谁想到楚月怡更厉害。

楚月怡呼吸一窒，但她演技极佳，信口撒谎道："别人顺路搭上我，我就早到了一点。"

这是谎言。

她根本就是自己过来的。

时光桦不疑有他，不知她等待了多久，他抱歉道："对不起，这个……"

时光桦不好为自己的迟到辩解，他只能默默地递出身后的花。

楚月怡一怔，眼前是一束典雅的白玫瑰，花束不大，但包装精美雅致，花瓣娇嫩芬芳，气质并不流俗。

她忽然想起上次刘妍的教学，面对他笨拙地示好，她突然就有种想笑的冲动。

他还真不是装傻，完全就是没经验，现在在慢慢钻研，刷好感度。

楚月怡接过花束，应道："谢谢。"

时光桦见她神情柔和，心里微松一口气，莫名又拘谨起来。

楚月怡摆弄着花朵，将其抱在胸前，又道："为什么送白玫瑰，花语是什么？"

时光桦："啊……"

楚月怡似笑非笑道："你肯定也不会没有意义地送花，应该提前在网上搜过了吧？"

她都可以想象他私下的举动，估计就像认真查攻略的美少女游戏玩家，分析应该送什么花才合适。每种花的花语挺多，不知他是看中了哪一条。

时光桦在她的机敏下无处遁形，没想到自己的小心思被直接戳破了。

但送花和亲口说花语是两回事。

他平复完悸动的心跳，总算艰难地开了口。

"……甘心为你付出所有。"

楚月怡怀疑她是在自掘坟墓，伤敌八百，自损一千。

她确实是故意出言调侃时光桦的，却没想到等他真说出来，杀伤力竟然如此大，完全是在她心扉间炸开了一朵烟花。

时光桦说完有些不好意思，他的视线不敢再落在楚月怡身上，而是飘移到一边。

楚月怡也低头数起花瓣，此刻她脸庞有些发烫，一时也说不出话来。

两人都有些紧张及羞赧，默契地静默了好长时间，场面难得僵住。

最终，还是时光桦率先打破沉默，他轻声道："我去取票。"

他僵硬地转身走向取票机，以往的挺拔背影现在看上去却有点不对，总让人感觉哪里别扭。

楚月怡仔细观察了一番，发现他竟同手同脚了。

什么呀！

表面装得镇定，其实已经慌得不行了吗？

她忍不住翘起嘴角，忽然就不再局促紧绷，连带心里很多思虑都烟消云散。

楚月怡是个思考周全、逻辑缜密的人，她无时无刻不在推演未来，并不会头脑一热就兀自沉浸进去。因为害怕接受别人的好意需要偿还，所以她索性只向他人施放善意，这就是楚月怡一直以来的做法。

因此，当时光桦对她说不需要回报时，她反而变得不知道该怎么办了。抛去圆滑的社交技巧，人和人就是用真心交流，但她可能还不太适应。

不过现在她似乎摸到了些许诀窍，或许可以学着流露一些真心了。

学着就像他一样。

时光桦取票归来时，楚月怡已经平静下来。

她接过电影票，看清上面的影片名，瞬间眉毛一挑，她慢条斯理道："有一说一，你挑这部影片，我会怀疑你是想检阅我的工作。"

楚月怡那天答应邀约后就智商掉线了，她也没具体询问要看哪部电影，没想到时光桦挑的居然是《兴华风云》。

《兴华风云》是一部主旋律电影，楚月怡还出演了其中一个角色。她实在佩服时光桦的脑回路，要不是他的告白还萦绕耳边，她都要怀疑他是不是在整自己了。

时光桦愣怔道："会吗？"

楚月怡麻木地点头："嗯，不过我可以理解你的选择，估计网上也没写这些。但我还是建议你，以后跟女生看电影时，不要选择对方参演过的影片。"

时光桦："那下回你告诉我你想看的电影？"

楚月怡错愕地睁大眼："怎么就又有下回了？你有点得寸进尺。"这回都还没看呢。

时光桦面露迟疑："但你刚刚说以后看电影……"

楚月怡："……"

她说的是以后他再跟别的女生看电影，这怎么就默认还是她了？

时光桦搞人心态的方式真是一流。

楚月怡明明刚刚都平复情绪了，现在又差点被他点炸。

好在她面对频繁的直球已有经验，没过多久就调整了过来，跟着他进入影院观影。

虽然楚月怡参演过《兴华风云》，但如今坐在电影院里欣赏成片倒也是别有一番滋味。电影拍摄时，片场都是一片混乱，然而最终呈现出的镜头都还不错。

时光桦望着银幕上爱国女歌手颇具年代感的扮相，又用余光去观察楚月怡，不小心被对方抓了个正着。

《兴华风云》已经上映很久了，现在来观影的人不多，影厅里稍显空荡。

楚月怡发现他偷瞄，立马压低声音，不满道："看我做什么？"

时光桦："寻找差别。"

楚月怡嗤笑："找到了吗？"

时光桦不言。

楚月怡："没找到？"

时光桦："……不敢说。"

楚月怡疑惑道："这有什么不敢说的，我又不会吃人。"

时光桦犹豫片刻，坦白道："真人凶一点。"

实际上，楚月怡刚跟时光桦认识时脾气很好，基本都是和颜悦色的，但某天突然就变了。

他记得，似乎是从他说可以一直给她做东西吃那天起，她偶尔就会莫名其妙地耍毛，似乎摘掉了完美而和谐的面具。

而爱国女歌手的角色比较接近最初的楚月怡，她现在要更张牙舞爪一点。

楚月怡瞪了他一眼，又觉得此举像是被他说中了，干脆默默扭头不理他，继续认真地观看电影。

"你可以凶一点。"时光桦唯恐她不悦，他垂下眼眸，小声补充道，"……我也很开心。"

那也是真实的她，而且还是属于只被他看到的独有一面，同样珍贵而有意义。

楚月怡目不斜视，依言照做，冷声道："闭嘴。"

时光桦乖巧低头："好的。"

她心想，他有病。

居然还主动要求被凶，多少是有点问题。

楚月怡现在已经领悟跟他相处的模式了，那就是表达简单直接一点，不然他可能搞不明白。

虽然时光桦看着挺高冷，但其实性格随意又好说话，对她的各类决策都没有抱怨，远比她想的包容度高。

两人从影院出来，又一起吃了顿午饭。饭后，楚月怡发现了一家手工制作的小店，她心血来潮地想要试一试。时光桦陪着她进店制作，两人各自挑了一件艺术品开工。

店内装修风格极佳，灯光暖黄，舒缓音乐在耳边流淌。

楚月怡刚开始还兴致勃勃，但很快就感到头大，在频频受挫中失去了耐性。

她扭头盯着正在专心制作的时光桦，眼看着他手下的工艺品成型。

时光桦做完自己的工艺品，察觉到她怅然的眼神，提议道："我帮你做吧？"

楚月怡等的就是这句话，她一秒起身让位，果断道："好！"

楚月怡是位理论巨人。

什么是理论巨人？

那就是自己不做，但会开口指点。

楚月怡紧盯着时光桦动手操作，不时提一些建议，宛如光说不做的甲方。

时光桦倒是有耐性，全程没有多说话，只是按部就班地执行。

片刻后，楚月怡意识到这样不太好。她小心翼翼地观察着他神色，忙不迭补救道："你没有生气吧？"

时光桦总是沉默寡言，楚月怡不确定他是在恼火，还是跟平时一样。

时光桦沉稳道："没有，这也不难。"

刚才搭都搭不起来的楚月怡立刻横眉："这不难吗？"

时光桦面色犹豫："……有手就行。"

楚月怡："……"

这是楚月怡曾经在打游戏时对他说过的话，他现在居然原封不动地照搬了过来！

天道好轮回，他学完就用。

楚月怡瞬间没有了愧疚心，肆无忌惮地指挥他，还提出各类刁难意见，以解由于自身拙劣手工能力而产生的心头之恨。

而时光桦全盘接受，最后出色地完成了。

楚月怡望着心目中的成品，本应该兴高采烈，见他真没被难倒，又微妙地憋闷起来。她酸溜溜道："还真是有手就行，手和手的差距还很大啊。"

时光桦发现她的低落，主动伸出手来，说道："要送你吗？"

楚月怡诧异道："送什么，你的手吗，这怎么送？"

她脑海里浮现出血腥画面，偷偷冒出了一些阴暗的小想法。

时光桦："先寄存在我这里，你需要的时候，就可以来找我。"

她下次再找他结伴做手工就行。

楚月怡抿了抿唇，开始控制不住地冒出坏水。她故意为难道："不要，我不喜欢寄存，你现在就送。"

时光桦："……"他想的是温情故事，她的想法却如此残暴。

楚月怡望着他苦思冥想的纠结模样，就猜到他没办法当场"剁手"，取笑道："所以还是送不了？"

时光桦沉吟数秒，无奈地打商量："那我只能跟你回去了。"

楚月怡发觉自己不能跟时光桦纠缠奇怪的点，会一拳打在棉花上，不然就是被他无孔不入的直球惊到。

夜色将至，两人的游玩结束，时光桦开车送楚月怡回家。

车内，楚月怡怀里抱着花束，坐在副驾驶上，总觉得哪里不对，又不敢继续细想。

汽车抵达目的地，双方也就要告别。时光桦将车停好，转头看楚月怡解开安全带，冷不丁问道："我能问一个问题吗？"

楚月怡随手放开安全带："问什么？"

时光桦眨了眨眼："今天算约会吗？"

楚月怡硬邦邦道："不算！"

时光桦倒没生气，若有所思道："哦……"

楚月怡差点炸毛，听他语气平和，她转瞬也冷静下来，嘀咕道："你这是什么反应，为什么要问这个？"

时光桦老实道："我只是好奇你的定义，主要我也没有经验。"

楚月怡一愣："所以我说不是约会，你就接受不是约会？"

时光桦点头："嗯，不是你来定的吗？"

楚月怡："……"

她停顿数秒，语重心长道："虽然这么说略有些失礼，但我感觉你的想法也挺危险，很容易上当受骗……"

尽管楚月怡知道他是缺乏部分常识，但这确实有一点离谱了，她就难免想要教育一番。就算没谈过恋爱，好歹也应该听过无数感情故事吧，怎么还能这样不设防？

时光桦虚心请教："为什么会上当受骗？"

"对方说什么就信什么，那就会被对方一直吊着，紧接着沦落为备胎……"楚月怡瞥了他一眼，"假设一下，说不定我是坏人，现在就想要吊着你呢？"

"你为什么要吊着我？"

"好玩呗。"

时光桦认真地思考了片刻，正当楚月怡以为他有所醒悟时，他却好脾气道："你开心就好。"

他是不理解她的恶趣味，不过倒也可以接受。

楚月怡苦口婆心地解释了半天，谁料他竟然完全不知悔改，她顿时恼羞成怒："……你真的有病！"

他跟她简直就是跨频聊天，根本没有正确领悟到她的意思！

时光桦完全不懂自己又如何惹恼她了，茫然道："所以你会吊着我吗？"

楚月怡认为他该有防范意识了，她理直气壮地挺腰，摆出恶人姿态，硬声硬气道："会啊，就是吊着你，你现在在做何感想？"

她就不信自己跟他讲不清楚了，这点道理怎么就掰扯不明白？

时光桦不好点破她扬起下巴的小模样就如猫装老虎，她可能认为自己很厉害，但其实并没有什么震慑力，还有一种幼稚的可爱。

他也不知要如何回答，最终迟疑地建议："……那你吊久一点？"

她被时光桦打败了。

作为一个有智商有情商的正常人，她最终被一个不太聪明的憨憨打败了。

她就不明白是怎么聊到此处的，现在整个人都有些晕头转向。

她麻木而无力地应声："嗯，行吧，先吊你个几十年？"

时光桦刚刚还没什么反应，现在听到这话，他直直地望向她，煞有介事道："那你可要说到做到。"

楚月怡："……"为什么他的认真会用在这种奇怪的地方？

楚月怡都遗忘自己当时是如何稀里糊涂地下车的了。

她明明是想跟时光桦探讨防范意识的话题，却突然开启了"吊着几十年"的奇怪游戏，她不理解，对话是如何推到此处的？

回家后，楚月怡总算是稍微冷静了下来，她低头望着怀里的白玫瑰及手工品，又掏出手机给某人发消息，礼貌而客气地表达了感谢。

虽然面对时光桦时她会频频炸毛，但只要没跟他正面交锋，交流起来就会理性很多。

这可能也是双方长期没有说出越界之词的缘由，她发微信时都挺克制谨慎，加上时光桦又不擅长线上交流，两人私下的聊天就很平平无奇。

时光桦回复得很快："我刚刚上网查了一下，他们说吊着是一种不好的行为。"

时光桦显然不知交往中的推拉技巧，他没有立马离开，而是停好车打开手机学习，从信息丰富的互联网上吸取人类世界的普遍认知。

楚月怡看到时光桦发来的内容，心想他可算清醒过来了，她满意地鼓励起来："很好，你应该多了解一些正常人的想法。"

她难得发去可爱的猫猫表情，要知道她平时都不会给异性乱发表情包，现在却以此传达了内心的强烈赞同。

她觉得时光桦应该认识到自身的离谱了，却没想到对方又发来了一句。

"他们说吊着是忽冷忽热，释放模糊不清的信号，但我为什么觉得你没释放过信号？"

【CYY：？】

时光桦直接发来一篇某乎文章，其中有某位回答者详细描述了被人吊着的感受，如何在失望中迎来希望，又在希望中再次失望，被对方的若即若离伤透后，却依旧不长记性地沦陷在虚假的温柔之中。

楚月怡看完这篇文章，第一反应是恋爱脑果然没有好果子吃。

而时光桦看完这篇文章，第一反应是出言询问："为什么你吊着我的时候就没有那么多互动？"

时光桦大为不解，别人都聊天频繁，楚月怡却没怎么跟自己聊过。

【CYY：？？？】

楚月怡被他问蒙了。

她对他的脑回路感到匪夷所思。

天啊，人家那是搞暧昧欺骗感情，完全就是令人不齿的行为，他看完却问她为啥不玩弄他的感情？！

【CYY：……你是在指责我没把你吊好吗？】

时光桦回得快而简短："对。"

他又补上一句："我现在才发现别人的聊天内容都很多，而且还会释放模糊不清的信号。"

时光桦以前没有微信聊天互动的概念，查完资料后才发现这些人真的好能聊。

回答者原本想用自己凄惨的被吊经验告诫旁人千万别恋爱脑，谁曾想时光桦从中吸取的不是教训，而是觉得自己应该频繁地跟对方聊天。

这就类似于长辈说雨天路滑别乱跑，而时光桦听完就从山坡上一记百米冲锋冲了下来，完美地展现了什么叫反面典型！

楚月怡眉头直跳，无力地回道："我现在莫名想揍你。"

她现在连线上聊天都无法保持理性了，因为她发现跟时光桦根本讲不通道理。

时光桦虚心求解："这算是一种信号吗？"

【CYY：886】

【CYY：略略略.jpg】

【好吧，我接收到信号了。】

楚月怡握着手机陷入无语，感觉自己给自己挖了个坑，她就不该说吊人的事情，现在被架上去就下不来了。

真不错。

她连正常恋爱都没有，上来就让她做渣女，确实非常有挑战性。

她将手机放在一边，又开始处理玫瑰花。她原本想找个瓶子将花插好，但做到一半又开始嫌麻烦，才拆开花束就累了。

她甚至开始反思自己为何要插花，搞得好像她很重视白玫瑰一样。

最后她没有插花，也没有将玫瑰丢掉。她将散开的花束放在阳台，从娇嫩的花朵变成脱水的干花，更添了一分凌乱的枯萎美感。

枯花的枝干被剪掉，洁白的干花被丢进玻璃瓶，后来放在楚月怡书架上成了装饰品，两人那天做的工艺品就放在旁边，准确来说是时光桦做的，楚月怡动嘴指挥比较多。

电影之日后，楚月怡和时光桦的交流发生了些许变化。

时光桦一向坦坦荡荡，他对楚月怡的态度照旧，简直就将双标写在了脸上。

而楚月怡面对时光桦，却总有点控制不住小脾气，时不时就要反思自己的言行。她明明对别人都挺和善，但碰到时光桦就莫名有种来气的感觉。

《梦之华音》录制期间，节目组会准备一些零食，桌上还摆有冠

名商饮料。尽管大家不敢明目张胆地植入，但总归会有播广告的环节，无外乎是华音助力员及选手们喝饮料的镜头。

演播休息室内，楚月怡率先抵达，她发现屋里只有时光桦跟几名选手，另外两名华音助力员还暂时没到。

楚月怡跟众人友好地打完招呼，看到桌上的饮料，好奇道："我们待会儿就在这里拍广告吗？"

楚月怡算是三名华音助力员里人缘最好的，主要她在台上点评以夸奖为主，选手们面对她不会感到担惊受怕。她作为节目组定位的"气氛咖"，基本上在镜头前都带着笑容。

刘妍估计是选手们最敬畏的人物，她的资历摆在那里，加上性格直爽，老前辈就算没有生气，说话都有种呛声的味道，便显得非常犀利。

邹乾可能是搞笑咖，虽然他夸奖比不过楚月怡，批评又比不过刘妍，但自带了一种奇妙的好笑风格。

选手们同样迷茫不已："应该是吧……我们也不知道……"

楚月怡了然地点头，她随手拿起一瓶饮料，打算先尝一尝味道。说来惭愧，在没拍《梦之华音》前，她还没喝过这个冠名商品牌的饮料。

选手们都在角落里小声闲聊，时光桦注意到楚月怡的举动，主动起身，朝她走了过来。

楚月怡握着瓶身猛拧了两下，然而饮料瓶盖纹丝不动，她不由得皱着眉头继续使劲。

时光桦走过来，朝她伸出手，似向她讨要手中饮料，看上去打算要帮她。

如果换作其他人要帮忙，楚月怡没准顺水推舟，就直接递给对方，然后笑着感谢了。然而，她看到时光桦就莫名有胜负欲，她赌气地背过身去，非要自己将饮料拧开。

时光桦望着背对自己的楚月怡不解，他这是哪里又惹到她了？

时光桦最近发现了楚月怡的新一面，她有时会莫名跟他斗争起来，然而他其实什么错事都没有做。

这可能就跟猫科动物一样吧，心情好时就软声软气，心情不好便朝人哈气，虽然不会有真正的攻击性行为，但总会努力保持有杀伤力的状态。

她这是"杀熟"。

她对其他人就不会这么凶。

时光桦已经习以为常，他好脾气地跟着她，再次静静地朝她伸出手。

楚月怡一边因为拧不开着急，一边看他游刃有余的模样就更好胜，她望着他悬在半空的手掌，条件反射地伸出手将其拍掉。

时光桦倒不感到疼，他刚将手收回，瞥到她怀里的饮料，又下意识地再次伸出手，然后见她又要伸手拍自己。

他略微收回手，她拍自己的手就放下一点。

他朝她伸出手，她就又将手掌举起。

两人开始在互相试探中对峙，进入了某种奇怪的打手游戏。

一旁目睹此幕的选手们有点蒙。

某选手没懂双方的僵持，他诧异地起身："这是拧不开吗？楚老师我帮您……"

其他人立刻将他按回去，劝道："别去，你会被打的。"

"她拍那一下又不疼。"

"我有说你是被楚老师打吗？"

选手们现在帮她拧，她必然不会拒绝，但另一人的心态可不好说了。

什么叫一个愿打一个愿挨，这是他们能插手的事吗？

楚月怡听到周围人的嘀咕，瞬间不好意思起来，没想到别人会发现他们的小动作。她随手将饮料递给时光桦，没再继续进行幼稚的交锋。

时光桦将饮料拧开，重新递还给她："喝吧。"

楚月怡抿了抿嘴唇，闷声道："不喝了。"

时光桦无视了她的别扭，只得耐心地扩句："喝吧，怕你渴，求你了。"

他现在总结出经验规律了，交流时不能让她感觉输了，不然事情基本就推动不下去。

楚月怡轻哼了一声，这次总算接过饮料瓶，慢慢地喝起饮料。

众选手在旁啧啧地感慨，听音乐总监求人真是难得啊，简直是破天荒头一回。

"我希望时总监以后也这么跟我们交流，他能够一眼看穿我的坚强，然后说'用这个配器吧，怕你不知道选哪个，求你了'，而不是冷声反问一句'原因呢'……"

"大白天就开始做梦？"

现实是，时光桦在工作时根本不会哄人，他的建议基本就代表了决定，除非选手们能给出合理解释，证明自己的选择更好，否则他就会面无表情地盯着那人。

而目前暂时没人能比时光桦的选择更好。

所以，时光桦是选手们敬畏的隐藏人物。

如果说刘妍的锐利点评会刺伤人，那时光桦的冷漠寡淡就是另一种风格，他不善言辞也不会批评人，更多透出一种"我懒得跟你浪费口舌"的疏离，让众人怀疑人生。

刘妍的批评是"你很笨但有救"，时光桦的沉默是"你很笨没救了"。

可没想到现在看来他也是有耐心的，就是平时不爱用。

这真是神奇的事情。

楚月怡老师脾气最好，也不太懂音乐的事，但居然专克音乐人。

某选手若有所思地摸了摸下巴："这就是生物链吗？"

于是近期，楚月怡发现自己竟然意外地变得更受欢迎，虽然她以前对选手们就比较和善，但也没到被他们频频挽留的地步。

演播室内，楚月怡回来拿东西，正巧撞上排练的选手们。她跟他们打完招呼，便客气而官方地笑道："那你们加油啊，我就先……"

某选手失望道："楚老师不留下来看我们排练吗？"

楚月怡脸上的笑容无懈可击，心里却有点蒙。

华音助力员虽然确实偶尔会参与排练，刘妍和邹乾都曾私下指导过选手，但她来做这事好像不合适，她会误人子弟吧。

如果让她传授表演经验，她绝对不会推辞，但她唱歌又不好……

楚月怡很有自知之明，为难地开口："我以为你们都对我的音乐水平有认知了，我的指导你们敢听吗？"

她倒没觉得承认自己唱歌不行丢脸，毕竟她的本职是演员，节目组让她来也不是做指导的。

选手们劝哄道："你留下来看看吧，有别的老师指导！"

"待会儿有声乐老师，而且时总监他们都在，你坐在旁边看就行。"

楚月怡面对热情邀约的选手们，内心更感狐疑："……"那我存在的必要是什么？

"时总监太凶了，你在就会好点。"有人看出她的犹豫，终于说出实话。

楚月怡面露错愕："他凶吗？"

众人坚定道："凶。"

楚月怡脑袋转得很快，她立马就品出深层含义，他们这是在暗戳戳地告小状，只是不知为何告诉给她。

楚月怡只得留下来，她坐在一旁的座位上，没多久就看到时光桦等人。

时光桦发现她后一愣，如果非要描述一下他现在的感受，那就是授课老师进班上课，忽然发现校长坐在最后面旁听，连带声音都和风细雨起来。

虽然授课内容都一样，但精气神就变了。

选手们开始挤眉弄眼，这次效果显然不错。

各个选手依次开始彩排，时光桦今日没有疯狂散发冷气，连带着选手们胆子都变大了，说话也硬气起来："时总监，如果我自己弹琴伴奏呢？"

这名选手提出此想法好几回了，但都没法说服时光桦，现在又旧事重提。

时光桦眉头一挑，他刚要直接回绝，不料楚月怡好奇地凑过来："以前是谁伴奏？"

时光桦语气放缓，解释道："现场有乐队。"

楚月怡不懂现场表演，又道："那跟他自己弹有什么区别呢？"

时光桦沉吟数秒，他不好跟楚月怡阐述复杂的流程，只能用简单的话来说明："乐队发挥很稳定，这种比赛里又弹又唱，现场风险性比较大。"

这类音乐竞技节目可不是跟着录音伴奏唱就行，请来的伴奏跟和声团队都相当专业。时光桦倒不是排斥选手自己伴奏，他单纯就是觉得对方水平还不够。

这实际是好意，但他不爱解释。

选手愣怔道："但您以前没说过这事……"

时光桦平静道："我以为你对自己的演奏水平有正确认知。"

他一直不懂选手弹得不好还坚持要弹的原因，被纠缠几回后自然更不愿解释。

选手："……"很好，我现在有认知了。

楚月怡紧盯时光桦片刻，眨了眨眼，冷不丁道："你好凶哦。"

时光桦满脸茫然："凶吗？"

楚月怡点头："嗯，凶到我了。"

她作为音盲有被伤害到，说实话自己水平也不如选手。

时光桦瞬间慌乱，他身躯一僵，试图解释道："我只是觉得等他弹得更好，才适合上台自己伴奏……"

楚月怡满意道："这比较像你平时说话的风格。"

她大概理解选手为何说时光桦凶了，因为他不善于解释，只会直接给人展示一目了然的结果。

选手们听到此话，纷纷兴奋起来，似看热闹般起哄："时总监，我们也需要这种说话风格！"

时光桦："……"

时光桦再迟钝也反应过来，这次怕不是被选手们设套了，难怪她今日会离奇地在这里旁听，这显然是有人想找上级领导告状。

节目组没人能管住刘妍和时光桦，忠言逆耳利于行，两人的点评不好听，但确实也没有错。

楚月怡幸灾乐祸道："原来时总监在工作里那么刻薄。"

时光桦被她调侃又没法反击，他只能转而将情绪泼向罪魁祸首，扭头朝选手们冷声道："你们现在提要求有什么用？她不会一直待在这里听的。"

时光桦面对楚月怡天然友善，那是下意识的习惯，但对着选手就没有这习惯了。

他现在都想好了，只要楚月怡一走，他就立刻切回以前的状态，就不信这群人还敢肆意提意见。

时总监是公正的人，不管歌手有名或无名，实力不行就是不行，他绝不会哄着对方说话。

选手们也需要这种说话风格，那他们是不是还需要上天？

没错，他摊牌了。

他就是双标，他也不装了！

其他人倒吸了一口凉气："这是威胁啊！完全是撕破脸的威胁！"

"楚老师，你今天要是踏出这个门，在场的我们都没法活了。"

众选手倒没有恼火，反而更加夸张地哄笑。

楚月怡现在面红耳赤，他这不就是破罐破摔，摆明对她和对旁人没法用同等态度吗？！

这话再直接一点就算当众告白了！

楚月怡打算逃跑，她颤声道："时间也不早了……"

选手们哪敢让楚月怡离开，忙不迭劝道："再看一会儿吧！"

"是啊，我还没彩排呢，你可不能光看他们的。"

众选手：开玩笑，楚月怡要现在走了，我们就真要被当场暗杀了。

楚月怡被选手们团团围住，思及刘妍和邹乾都看过彩排，最后她还是很有职业操守地留下了，坐在角落里看着。

但她很快又被请到舞台旁。

时光桦正在台边指导，却见楚月怡被某女选手挽着胳膊，两人最终来到他身边。

"月怡老师坐这里吧！"女选手热情地安排楚月怡坐在距时光桦仅一步之遥的地方。

楚月怡总觉得此刻自己就像监工，正在紧盯着时光桦的日常工作。

时光桦看了她一眼，又继续进行讲解。

别的选手感慨道："果然有一种柔声效果，他现在语气和缓了好多。"

"这是不是也算混响？"

楚月怡："……"你们好像在拿我当奇怪的设备。

楚月怡被迫留在演播室内保障选手们的人身安全。

她确实不好提指导建议，但依旧在履行自己作为气氛咖的职责，偶尔会好奇地问两句。

时光桦耐心地解答完，见她百无聊赖，又问道："不然你先回去？"

现场彩排都枯燥而乏味，他担心楚月怡感到没意思。

众选手听到此话，瞬间神情紧绷，不安地等待楚月怡的答案。

楚月怡摇头："没事，你们忙吧，还挺有意思的。"

这倒不是假话，她以前看的都是舞台上的成品，现在观摩了彩排流程，感触又有所不同。

楚月怡还给在场的人订来了咖啡及零食，一直陪着时光桦及选手们到最后。

彩排结束时天色已晚，时光桦提出送楚月怡回家，她并没有婉言拒绝。

毕竟她现在已经有种无动于衷的麻木，在全体人员都认为双方暧昧的环境里，继续扭捏也没什么意义。

果不其然，选手们笑嘻嘻地跟两人告别，脸上又露出"我就说你们肯定有情况"的微妙神情，楚月怡已经习以为常了。

"时总监拜拜！月怡老师拜拜！"

"楚老师下次彩排还来吗？"

时光桦闻言望向她，楚月怡面露迟疑："啊……"

"不为我们过来，可以为别人啊！"选手们看看时光桦，又瞧瞧楚月怡，疯狂朝她使着眼色。

楚月怡："……"

她多希望此刻自己能跟时光桦一般不懂察言观色，不要理解这群选手们的层层深意。

楚月怡和时光桦乘电梯抵达停车场。

停车场内，时光桦思及她一直无聊地坐着，关切道："是不是很累？"

"那倒没有……"楚月怡犹豫道，"我是不是打扰你工作了？"

楚月怡可以理解选手们害怕高冷的音乐总监，但她感觉时光桦可能也需要立威，就像老师不能永远顺着学生一样，或许他也有自己的工作方式。

"没。"时光桦认真地坦白，"你愿意留下来，我其实很开心。"

他平时都觉得这是一种重复性工作，还没有自己编曲有意思，但等她坐在旁边后感觉又不一样了。

楚月怡嘀咕："但据他们说这都不像平常的你了。"

时光桦无奈道："其实我没觉得语气跟平常有差异，是他们多想了吧？"

楚月怡从中品出一丝辩解味道，她质疑道："但我以前就没听你说过'我以为你对自己的演奏水平有正确认知'这种话？"

时光桦："……"

他的视线心虚地飘到一边："可能开心时就不会说。"

楚月怡既好气又好笑："不开心就会说？"

"不……"

"平常和不开心都会说。"时光桦抬眼望着楚月怡，又轻声问道，"所以你以后还来看彩排吗？"

他盯着她的目光专注，尽管没有多说任何话，却使她瞬间读懂了他的心声。

他说她愿意留下来很开心，又说开心时就不会说那种话。

现在还问她以后来不来看彩排。

选手问她还来不来时，她的回答客套又模棱两可。但他小心翼翼地出言试探时，她就突然没法虚与委蛇，感觉应该给出明确的答案。

楚月怡沉默片刻，她下意识地抿紧唇，不服气地嘟囔："你这不是拿自己开心与否威胁我吗？"

或者说，他还在用在场选手威胁她，谁让他平常和不开心时都懒得和颜悦色，估计又要让选手们哀鸿遍野。

时光桦垂下眼睑，低声辩解道："不能说是威胁，我又没法控制。"

他看到她开心是情绪问题。

而情绪总在无意间撩动心弦，这不是他能够左右的事。

楚月怡恼羞成怒道："不要总说这种话！"

她想自己偶尔会跟他赌气，没准就是由于他总会突然说些让人不好意思的话。

时光桦执着道："所以你以后还来看彩排吗？"

"你希望我来吗？"

"希望。"

新一轮彩排现场，楚月怡再次露面，自然让另外两位华音助力员大感新奇。

刘妍和邹乾同样会来看彩排，但他们近期的出席次数都少于楚月怡，想来吸引楚月怡的绝不是选手，他们难免在休息期间八卦了起来。

时光桦在舞台边检查流程，楚月怡则在观众席接受邹乾和刘妍的盘问。

邹乾好奇地询问："所以你们是在那什么？"

楚月怡佯装不懂："那什么？"

邹乾急道："就那什么！"

楚月怡满脸无辜："什么什么？"

刘妍不愧为暴躁老姐，她打断谜语人行为，高声道："谈恋爱、处对象、谈婚论嫁，来选一个吧！"

"……"

楚月怡思来想去不好解释，最终硬着头皮道："没，我吊着他。"

没错，这可能是当前最科学的解释了。

邹乾满脸诧异："这种话是能直接说的吗？"

楚月怡："没事，他知道这事，现在还在监督我。"

她偶尔某天跟他交流变少了，都要被指责吊人不用心。

刘妍恍然大悟："哦，那叫什么吊着他，明明是你吊死在一棵树上了！"

邹乾迷茫道："这就是城里人的说法吗，管谈恋爱叫吊着？"

楚月怡："……"

刘妍若有所思："果然时代不一样了，还是年轻人会玩，谈恋爱就谈恋爱，说法都变得与众不同。"

邹乾："那为什么不直接说谈恋爱，这就是幽默吗？"

楚月怡："……"

因为她根本就没机会回应啊！

谈恋爱的流程是告白再接受，但他当时说完就邀请她去看电影，再后面也是一串直球直接将人打蒙，不知不觉事情就发展到了这一步。

明明全世界人都感觉他们关系不一般了，可偏偏她没机会正式回应！

她现在都不知道该怎么办了，她总不能立马走上前，直接拍一拍时光桦肩膀，然后通知他谈恋爱，仔细想一想这也挺离谱。

《梦之华音》决赛当晚，现场舞台被制作成壮观而绚丽的火烧云效果，而诸多选手的精彩献唱将整场气氛带到了顶峰，甚至让不少现场观众激动得当场落泪。

音乐是能感染人的，决赛氛围格外浓烈，即使是犀利毒舌的刘妍，在此刻都眼眶通红，依依不舍地跟选手们拥别。

数月的相处使人建立了羁绊，选手和华音助力员都产生了感情。

楚月怡同样在台上跟选手及工作人员们告别。

决赛后就是庆功宴，众人热热闹闹地吃着饭，完全是欢闹的派对。

席间，楚月怡从屋里出来透气，她至今仍感到浑身亢奋，决赛的动听高音刻在脑海里挥之不去，甚至让她此刻仍想蹦来跳去。

包间内灯火辉煌，露台边却是某人熟悉的背影，他还是老样子，不喜欢凑热闹。

楚月怡一拍时光桦肩膀，故意恶声恶气道："又开始偷跑，被我抓到了。"

他似乎只适应熟人在一起聚餐，人数一多就喜欢悄悄离场。

时光桦幽幽地瞥了她一眼，眼神莫名有点委屈，他小声道："今天我待在里面的时间比以前长。"

这有什么值得骄傲的？

楚月怡迟疑道："表扬一下？"

时光桦心满意足地转过头。

"……"

楚月怡都不知该如何吐槽他了。

两人站在露台吹风，听着不远处草丛中的陌生虫鸣，莫名有种静谧的美好。

楚月怡感慨：“我感觉明天是世界末日都能接受了，今天已经让人完全没有遗憾。”

他们经历过紧张的决赛，又迎来赛后的狂欢，现在欣赏夜色静美，可谓充实而饱满。

时光桦：“这样就没有遗憾了？”

楚月怡点头：“嗯，你有什么遗憾吗？”

时光桦跟她并肩站在露台边，他侧头看着她，缓声道：“说不上遗憾，就希望停在这一刻，世界末日不要到来。”

“不想有世界末日？”

“不，只是不想这一刻消失。”他的眼睛就如今夜的星，声音低凉如微风，“就是当下这一刻。”

只有他和她的这一刻。

他倒不惧怕世界末日的到来，但潜意识总盼望能跟她待在一起就好。

世界末日也好，世界静止也好，关键是她在哪儿。

夜色浓浓，薄云之下，他的眼神平和安静，忽然就触动到她。

好半晌后，楚月怡开口道：“你要是这么说，那在世界末日前，我还是有遗憾的。”

“什么遗憾？”

“没能在世界末日前结束幼稚的吊着玩游戏，更加正式地推进一下我们的关系。”

时光桦原本双臂撑着露台，闻言他不可思议地转身，见她坦坦荡荡地望着自己，耳根又控制不住地泛起粉意，只感觉胸腔内有烟花炸裂。

楚月怡面对他微赧的神情颇感新奇，笑道：“你天天都说那种话，我还以为你不会害羞呢。”

时光桦干巴巴道：“你要是这么说，我会很期待世界末日的。”

楚月怡：“那你回家就查查让世界末日到来的方法？”

时光桦坦白：“等你回包间就查。”

楚月怡：“你对世界好残忍。”

时光桦："对不起。"

楚月怡听他毫无愧疚地道歉，忽然忍不住笑了，或许她早就知道自己拿他没办法，又或许自己早就想要回应。

"那就退一步吧，对世界好一点，不用世界末日。"

"现在就正式推进我们的关系。"